历代名著精选集

［战国］孟轲 著
金良年 注评

孟子

凤凰出版传媒集团 凤凰出版社

图书在版编目(CIP)数据

孟子 /(战国)孟轲著;金良年注评. —南京:凤凰出版社,2010.1

(历代名著精选集)

ISBN 978-7-80729-643-0

Ⅰ.孟…　Ⅱ.①孟…②金…　Ⅲ.①儒家②孟子—注释　Ⅳ.B222.52

中国版本图书馆 CIP 数据核字(2009)第 230957 号

书　　名	孟　子
著　　者	(战国)孟轲 著　金良年 注评
责任编辑	卞　岐　林日波
出版发行	凤凰出版传媒集团 凤凰出版社(原江苏古籍出版社) 南京市中央路 165 号　邮编 210009 发行部电话 025—83223462
集团网址	凤凰出版传媒网　http://www.ppm.cn
照　　排	南京展望文化发展有限公司
印　　刷	江苏凤凰扬州鑫华印刷有限公司 扬州市江阳工业园蜀岗西路 9 号　邮编:225008
开　　本	960×1304 毫米　1/32
印　　张	6.625
字　　数	197 千字
版　　次	2010 年 1 月第 1 版　2010 年 1 月第 1 次印刷
标准书号	ISBN 978-7-80729-643-0
定　　价	16.00 元

(本书凡印装错误可向承印厂调换,电话:0514—85868858)

目　　录

前　言

过去习惯将儒家思想称为“孔孟之道”，“孔”当然是“至圣先师”孔子，“孟”则是指战国时代儒家著名学者孟轲（约前372—前289），被称为“亚圣”。他的故乡在现今山东的邹县，距孔子的家乡不远。司马迁在《史记》中只为他作了一篇一百四十字的传记，其中还包括了近五十字的时代背景介绍，因此，后人对他生平的了解十分粗略。据说他的父亲名激，很早就去世了，幼年的孟轲实际由母亲抚养长大。孟子在早年很得力于母亲的教诲，汉代刘向《列女传》中记载的“孟母三迁”故事，后来还写进了大名鼎鼎的训蒙读物《三字经》，被作为贤母教子的典范而广泛流传，在过去几乎家喻户晓。孟子长大后，曾“受业子思之门人”（《史记·孟子荀卿列传》，子思是孔子的孙子），奠定了他以儒家学说为终生信仰的基础。学业成就后，他像当时许多学者一样，一面设帐授徒，一面游历各国，向诸侯国君阐说自己的主张。他曾先后到过齐、宋、滕、魏、鲁等国，并一度担任齐宣王的客卿，在齐国的稷下学宫讲过学。据《史记》记载，由于当时的君主不采纳他的治国主张，所以他就不再过问世务，而以著作的方式来阐发儒家学说，写成了《孟子》一书。但后人一般认为，今天所见的《孟子》并非出于孟子自作，它和《论语》一样，也是由他的门徒编纂而成的，不过与《论语》稍有不同的是，其中的部分章节很可能经过孟子的亲自润饰。朱熹也曾说过：“《论语》多门弟子所集，故言语时有长长短短不类处。《孟子》疑自著之书，故首尾文字一体，无些子瑕疵。不是自下手，安得如此好！”（《朱子语类》卷十九）现在流传的《孟子》共有七篇，约三万五千余字，据《汉书·艺文志·诸子略》的记载，西汉时的《孟子》传本有十一篇，今天我们所见到的《孟子》七篇属“内篇”，另有《性善》、《辨文》、《说孝经》、《为政》（前三篇或作《性善辨》、《文说》、《孝经》）等四篇为“外篇”。东汉时为《孟子》作注的赵岐认为，这四篇的文辞、风格与“内篇”有很大的差异，可能是后人的伪作（冯友兰的《中国哲学史史料学初稿》认为，外篇的题目“都是有独立意义的，因此跟七篇大不相同，可以断定它们与七篇不是同时期的作品”)，所以后来就逐渐亡佚，在《隋书·经籍志》中已不见这四篇的踪迹了。至于现在所传的《孟子外书》四篇，则出于明人伪撰，早在清代这就已是无可改移的铁案了。

孟子在儒家中的地位原先并不高，孔子去世之后，儒分为八，“子思之儒”就是其中的一个派别(《韩非子·显学》)，后于孟子的儒家大师荀子还曾批评子思、孟轲一派是“略法先王而不知其统，犹然而材剧志大，闻见杂博，案往旧造说，谓之五行，甚僻违而无类，幽隐而无说，闭约而无解”(《荀子·非十二子》)。在当时儒家性善、性恶的论争中，孟子主张性善，而荀子主张性恶，见解是很不相同的。因此，在《汉书·艺文志》中，《孟子》一书仅一般性地列于儒家，并未特别予以表彰。东汉时赵岐曾为《孟子》作注，其性质也仅是为一般的儒家典籍作注。相对于同时期《论语》被列于学官、一再整理，《孟子》显然是受到冷落的。即使是儒家宗师孔子，当时究竟是称为“先圣”还是“先师”，也经常是在摇摆之中，一般情况下，孔子是列名于周公之后，“周孔”并称(如南北朝萧梁时的王褒曾说“及于知命，既崇周孔之教，兼循老释之谈”)。孔子之下，首先提到的则是他的大弟子颜回(如晋代王沉自称“少长于孔颜之门”)。到了唐代，颜回被封为“亚圣”，“周孔”并称逐渐淡出，但那时儒家的地位正受到释、道两教的挑战，晚唐时力主辟佛的韩愈在《原道》中提出了后来具有重大影响的“道统”说：“吾所谓道也，非向所谓老与佛之道也，尧以是传之舜，舜以是传之禹，禹以是传之汤，汤以是传之文、武、周公，文、武、周公传之孔子，孔子传之孟轲，轲之死，不得其传焉。”在这个儒家传承体系中，孟子取代了颜回的地位，成了孔子的嫡派传人，后来惯称的“孔孟之道”即渊源于此。当时曾有过多次要求提高《孟子》一书地位的请求，如代宗宝应二年(763)礼部侍郎杨绾疏请《论语》、《孝经》、《孟子》兼为一经，懿宗咸通四年(863)进士皮日休请立《孟子》为学科，但在唐末官府所刻的“开成石经”中仍没有将《孟子》列入。到了宋代，统治者正式将《孟子》升格为“经”。由于南宋淳熙年间理学家的鼓吹与“四书”的编纂，《孟子》作为“经”的地位才正式固定下来，南宋陈振孙编纂《直斋书录解题》，首次将《孟子》与《论语》并列归入经部，他在分类说明中说：“自韩文公称‘孔子传之孟轲，轲死，不得其传’，天下学者咸曰‘孔孟’，孟子之书固非荀、扬以降所可同日语也，今国家设科取士,《语》、《孟》并列为经,而程氏诸儒训解二书常相表里,故今合为一类。”

《孟子》与《论语》一样,也属于以记言为主的语体文,但它比《论语》又有所发展。《论语》的文字简约、含蓄,《孟子》则有许多长篇大论,气势磅礴,逻辑性强,既尖锐机智而又从容舒缓,对后代的散文创作产生了深远的影响。当时,与孟子同时代的一些思想家如商鞅、荀子、庄子等人都已经在写作专题短论,而《孟子》的文体仍然依仿《论语》,后人认为《孟子》一书的编纂沿袭了《论语》的体裁是不无道理的。这不仅是形式上的模仿,它与孟子自诩为儒家的正统传人有很大的关系。孟子曾说“五百年必有王者兴,其间必有名世者”,“由孔子而来至于今百有余岁,去圣人之世若此其未远也,近圣人之居若此其甚也,然而无有乎尔”?(《孟子·公孙丑下》)他虽然没有直说,但自负其传道之任的倾向是很明显的。

对比《论语》和《孟子》,两者在形式和内容上都有很大的不同,朱熹曾多次和门弟子谈论过两者之间的差异:“孟子教人多言理义大体,孔子则就切实做工夫处教人。”“譬如今沙糖,孟子但说糖味甜耳。孔子虽不如此说,却只将那糖与人吃。人若肯吃,则其味之甜,自不待说而知也。”“孔子之言,多且是泛说做工夫,如‘居处恭,执事敬’,‘言忠信,行笃敬’之类,未说此是要理会甚么物。待学者自做得工夫透彻,却就其中见得体段是如此。至孟子,则恐人不理会得,又趱进一着说,如‘恻隐之心’与‘学问之道,求放心’之类,说得渐渐亲切。”(《朱子语类》卷十九)两者的不同,显然与他们所处的时代不同有关。春秋时代仅仅是“礼崩乐坏”,而战国时代则变法已经到处展开,清代学者顾炎武曾经对比这两个时代的不同说:“春秋时犹尊礼重信,而七国则绝不言礼与信矣;春秋时犹宗周王,而七国则绝不言王矣;春秋时犹严祭祀、重聘享,而七国则无其事矣;春秋时犹论宗姓氏族,而七国则无一言及之矣;春秋时犹宴会赋诗,而七国则不闻矣;春秋时犹有赴告策书,而七国则无有矣。”(《日知录》卷十三“周末风俗”)尤其是孟子当时还面临着与其他学派争鸣,以维护儒家地位的问题,他曾说:“杨、墨之道不息,孔子之道不著,是邪说诬民,充塞仁义也。仁义充塞,则率兽食人,人将相食。吾为此惧。……我亦欲正人心,息邪说,距诐行,放淫辞,以承三圣(按指禹、周公、孔子)者,岂好辩哉?予不得已也。能言距杨、墨者,圣人之徒也。”(《孟子·滕文公下》)其次,则与他们两人的秉性和思想观念的差异有关。孟子只是当时孔门诸多学派中的一派，尽管同属儒家，但他所阐发的道理只是强调了其中的某个方面，所以朱熹也说："夫子所说包得孟子，孟子所言却出不得圣人疆域。"(《朱子语类》卷十九)因此，在理学的"四书"体系中，《大学》是"定其规模"，《论语》是"立其根本"，而《孟子》则"观其发越"(《朱子语类》卷十四)。朱熹指导门弟子读《孟子》的方法说："《孟子》成大段，首尾通贯，熟读文义自见，不可逐一句一字上理会也。""孟子之书，明白亲切，无甚可疑者，只要日日熟读，须教它在吾肚中先千百转，便自然纯熟。某初看时，要逐句去看它，便觉得意思浅迫，至后来放宽看，却有条理。然此书不特是义理精明，又且是甚次第文章。某因读，亦知作文之法。"(《朱子语类》卷十九)

现在呈献给读者的这个《孟子》读本，是笔者根据凤凰出版社的出版要求，在以前出版的《孟子译注》中选出来的，略去的只是白话翻译部分，如果读者仔细理会注释的话，少了白话翻译并不造成阅读的障碍，反而能促使读者进一步启动自己的思考。每章之后的评语，只是笔者自己当时阅读《孟子》的感受，不足以全面、深入阐明孟子的论说本意，此次发稿前又重新阅读了这些评语，自觉仍有未善。尤其值得一提的是，过去对于孟子所属思孟学派的研究，其可信资料仅限于《中庸》、《孟子》等寥寥数篇，自上世纪70年代以来，大量出土文献的面世，如马王堆汉墓帛书《五行》篇、郭店楚墓竹简《五行》、《缁衣》等篇，为思孟学派的研究带来了新的资料，也为传世文献的诠释提供了更为准确的依据，而笔者在编写《孟子译注》时，还未能赶上利用这些资料，但由于这次交付出版的时间急迫，只能作一些技术上的小改，聊以为读者阅读的一点参考而已。

梁惠王上

孟子见梁惠王①，王曰："叟不远千里而来②，亦将有以利吾国乎③？"

孟子对曰："王何必曰利？亦有仁义而已矣。王曰'何以利吾国'，大夫曰'何以利吾家'，士、庶人曰'何以利吾身'，上下交征利而国危矣④。万乘之国⑤，弑其君者必千乘之家⑥；千乘之国，弑其君者必百乘之家。万取千焉，千取百焉，不为不多矣。苟为后义而先利，不夺不餍⑦。未有仁而遗其亲者也，未有义而后其君者也⑧。王亦曰仁义而已矣，何必曰利？"

【注释】

① 梁惠王：即魏惠王，名罃，前369—前319年在位，惠是他死后的谥号。前362年，魏国将都城从安邑（今山西夏县）迁到大梁（今河南开封），因而它也被称为梁。② 叟：对老人的尊称。据万斯同《群书疑辨》考证，孟子见惠王时年已53岁，一说为63岁，故惠王称他为叟。③ 亦：句首助词，无义。下文的"亦有仁义而已"中的"亦"则是但的意思。利：朱熹《孟子集注》（以下简称"《集注》"）云："王所谓利，盖富国强兵之类。"④ 交征：朱熹《集注》云："征，取也。上取乎下，下取乎上，故曰交征。"⑤ 万乘（shèng）之国：具有万乘兵车的国家。春秋战国时代以兵车的数量来计算国家的实力，大体上说，一乘兵车由四匹马牵拉，每辆作战用车配备战士三人、步兵七十五人，每辆防御和后勤补给用车配备战士三人、步兵二十三人。每一百户居民供给战车一乘、防御用车一乘的所有装备和士兵。所谓"万乘之国"，就是能动员万乘兵车、万乘后勤用车的国家。据当时的说法，天子地方千里，能拥有万乘兵车；诸侯地方百里，只能拥有千乘兵车。因此，"万乘之国"是天子的代称，但那时称为"七雄"的诸侯大国都已自称为王，所以时人就用此词指称强国。⑥ 弑（shì）：古代对在下者杀害在上者的说法。千乘之家：此处的家指有封邑采地的公卿大夫。⑦ 餍：满足。⑧ 后：朱熹《集注》云："不急也。"

【导读】

据《史记·魏世家》记载，魏惠王三十五年（前 335），“卑礼厚币以招贤者，而孟轲至梁”。（清代学者崔述认为《史记》的记载有误，孟子至魏当在惠王去世前一二年。见《孟子事实录》）魏国在战国初年本是一个较强的国家，到了惠王统治时，正如他自己在后文中所说的，“东败于齐，长子死焉；西丧地于秦七百里，南辱于楚”，求强之心比较急切。因此，一见面就问孟子：“将使我国有所获利吗？”孟子认为，导致战国纷攘这一大变局的根源正在这个“利”上，“利”打破了延续了数百年的统治体制与社会秩序，因此，孟子针锋相对地提出，“利”如果没有“仁义”节制，“上下交征利而国危矣”。“仁义”既是本章的要点，也是孟子思想的大纲。司马迁对孟子的这一论点也十分赞赏，他在《史记·孟子荀卿列传》的序中说：“余读孟子书，至梁惠王问‘何以利吾国’，未尝不废书而叹也。曰：嗟乎，利诚乱之始也！夫子罕言利者，常防其原也。”

孟子见梁惠王，王立于沼上①，顾鸿雁、麋鹿②，曰：“贤者亦乐此乎？”

孟子对曰：“贤者而后乐此，不贤者虽有此不乐也。《诗》云：‘经始灵台③，经之营之④。庶民攻之⑤，不日成之⑥。经始勿亟⑦，庶民子来⑧。王在灵囿⑨，麀鹿攸伏⑩。麀鹿濯濯⑪，白鸟鹤鹤⑫。王在灵沼，于牣鱼跃⑬。’文王以民力为台为沼，而民欢乐之，谓其台曰灵台，谓其沼曰灵沼，乐其有麋鹿鱼鳖。古之人与民偕乐，故能乐也。《汤誓》曰⑭：‘时日害丧⑮？予及女偕亡⑯！’民欲与之偕亡，虽有台池、鸟兽，岂能独乐哉？”

【注释】

① 沼：水池。上：此指岸边。② 鸿雁、麋鹿：朱熹《集注》云：“鸿，雁之大者；麋，鹿之大者。”③《诗》：此处诗句引自《诗·大雅·灵台》，这是一首歌颂周文王德行的诗歌。经始灵台：孔颖达《毛诗正义》（以下简称“孔疏”）释此句云：“经理而量度，初始为灵台之基址也。”灵台的旧址在今陕西省鄠县以东。④ 营：郑玄《毛诗笺》（以下简称“郑笺”）云“营表其位”，孔疏云：“谓以绳度立表以定其位处也。”⑤ 攻：朱熹《集注》云：“治也。”⑥ 不日：不到一天，喻时间很短。一说，是不限期限的意思。⑦ 勿

亟：朱熹《集注》云："亟，速也，言文王戒以勿亟也。"⑧ 子来：像子女为父母出力一样。⑨ 王：指西周的开国君主周文王。灵囿：囿是畜养禽兽的场所，规模小的用于游观，规模大的用于围猎。灵台之下有囿和池沼，故称"灵囿"，下文的"灵沼"与此意同。⑩ 麀(yōu)：雌鹿。攸：郑笺云："所也。"伏：朱熹《集注》云："安其所，不惊动也。"⑪ 濯濯：朱熹《集注》云："肥泽貌。"《诗》毛传（以下简称"毛传"）谓"娱游也"。⑫ 鹤鹤：朱熹《集注》云："洁白貌。"《诗》原文作"翯翯"，毛传云"肥泽也"。⑬ 于：句首助词，无义。朱熹《集注》说是赞美叹词。牣(rèn)：毛传云："满也。"郑笺释此句意云："灵沼之水，鱼盈满其中，皆跳跃，亦言得其所。"⑭《汤誓》：《尚书》篇名，商汤讨伐夏桀的誓师词。⑮ 时：朱熹《集注》云："是也。"害(hé)：何，指何时。《尚书》原文作"曷"，义同。据《尚书大传》说，夏桀暴虐无道，大臣向他劝谏，他居然无耻地说："上天有太阳，如同我拥有天下，太阳会灭亡吗？太阳灭亡了，我也就灭亡了。"于是民众就说了此处所引的一段话，表示了对夏桀统治的厌弃。⑯ 女：通"汝"，你。偕：一同。

【导读】

此章是说，统治者必须与民众忧乐相通，体恤下民。这样民众高兴，统治者也高兴，形成上下和谐的政治局面。否则，把自己的作乐建立在民众的痛苦之上，将加剧贫富差距带来的痛苦，这样的快乐难以持久，统治者即使得到了，也不会感受到快乐。

梁惠王曰："寡人之于国也[①]，尽心焉耳矣[②]！河内凶[③]，则移其民于河东、移其粟于河内[④]，河东凶亦然。察邻国之政，无如寡人之用心者。邻国之民不加少，寡人之民不加多，何也？"

孟子对曰："王好战，请以战喻。填然鼓之[⑤]，兵刃既接，弃甲曳兵而走[⑥]，或百步而后止，或五十步而后止。以五十步笑百步，则何如？"

曰："不可！直不百步耳[⑦]，是亦走也。"

曰："王如知此，则无望民之多于邻国也。不违农时，谷不可胜食也[⑧]；数罟不入洿池[⑨]，鱼鳖不可胜食也；斧斤以时入山林[⑩]，材木不可胜用也。谷与鱼鳖不可胜食，材木不可胜用，是使民养生丧死无憾也[⑪]。养生丧死无憾，王道之始也。五亩之宅树之以桑，五十者可以衣帛矣⑫；鸡豚狗彘之畜无失其时⑬，七十者可以食肉矣⑭；百亩之田勿夺其时，数口之家可以无饥矣；谨庠序之教⑮，申之以孝悌之义⑯，颁白者不负戴于道路矣⑰。七十者衣帛食肉，黎民不饥不寒⑱，然而不王者未之有也。

"狗彘食人食而不知检⑲，途有饿莩而不知发⑳，人死则曰'非我也，岁也'，是何异于刺人而杀之曰'非我也，兵也'㉑。王无罪岁㉒，斯天下之民至焉㉓。"

【注释】

① 寡人：朱熹《集注》云："诸侯自称，言寡德之人也。"② 焉耳：赵岐《孟子注》(以下简称"赵注")云："焉耳者，恳至之辞。"焦循《孟子正义》(以下简称"《正义》")云："当作'焉尔'。何休注：'焉尔，犹于是也。'然则此言'尽心焉耳'者，犹云尽心于是矣。"③ 河内：相当今河南境内的黄河以北地区，《史记·晋世家》："当此时晋强，西有河西，与秦接境，北边翟，东至河内。"凶：荒年，《墨子·七患》："三谷不收谓之凶。"④ 移其民、移其粟：朱熹《集注》云："移民以就食，移粟以给其老稚之不能移者。"并引杨氏说云："移民移粟，荒政之所不废也，然不能行先王之道，而徒以是为尽心焉，则末矣。"河东：指今山西省西南部，因黄河经此作北南流向，该地区位于黄河以东而得名。⑤ 填然：鼓声充盈的意思。古代作战，以击鼓表示进军，以鸣金(击钲，钲是一种形似钟的乐器)表示退兵。之：句末助词，无义。⑥ 曳(yè)兵：拖着兵器。走：《说文》云："趋也。"古代所说的走，相当于现在所说的跑；而现在所说的走，在古代称为步。⑦ 直：只是。⑧ 胜(shèng)：尽，朱熹《集注》云："不可胜食，言多也。"⑨ 数罟(shuò gǔ)：网孔细密的渔网。毛传云："罟必四寸，然后入泽梁。"当时的四寸约相当于现在的九厘米左右。赵注云："密细之网，所以捕小鱼鳖者，故禁之不得用。鱼不满尺者不得食。"洿(wū)：大的意思。又，朱熹《集注》云："窊下之地，水所聚也。"⑩ 斤：砍刀，古代常斤、斧连称。以时：按一定的季节，《礼记·王制》云："草木零落，然后入山林。"⑪ 丧死：葬送死者。⑫ 五十者可以衣(yì)帛：朱熹《集注》云："五十始衰，非帛不煖，未五十者不得衣也。"衣在此作动词用。⑬ 鸡豚狗彘(zhì)：豚是猪，彘是

小猪，此处概指农家养殖的家畜。无失其时：不耽误养育的时节。朱熹认为是指在家畜繁育的季节不宰杀母畜。⑭ 七十者可以食肉：朱熹《集注》云："七十非肉不饱，未七十者不得食。"⑮ 庠序：古代的乡学。《礼记·学记》："古之教者，家有塾，党有庠，术有序，国有学。"⑯ 申：重复、一再，《左传·成公十三年》："申之以盟誓，重之以昏姻。"⑰ 颁白：同"斑白"，花白头发的老人。负戴：古代用人力搬运重物的两种方式，负指背在背上，戴指顶在头上。《礼记·祭义》"斑白者不以其任行乎道路"，郑玄注："任，所担负也。不以任，少者代之。"赵注云："壮者代劳，心各安之，故曰'颁白者不负戴于道路'也。"⑱ 黎民：老百姓，朱熹《集注》云："黎，黑也。黎民，黑发之人，犹秦言黔首也。"⑲ 检：节制、制止，赵注云："以法度检敛也。"一说，有的本子此字作"敛"，意思是说，丰收的年份粮食富足，人们不知爱惜，连猪狗都吃得像人一样好，这时国家就应该收购粮食以备荒年，如不去购敛就是失职。⑳ 途：道路。莩：饿死的人。发：开仓赈济。㉑ 刺人而杀之：古代作战的主要兵器是矛，这是一种以刺杀来伤人的武器，故此处云"刺人"。兵：此指武器。㉒ 无：同"毋"，不要。㉓ 斯：那么。

【导读】

孟子认为，梁惠王的办法不能说一无是处，但还是没有在根本问题上着力，所以用"五十步笑百步"的例子来打比喻。梁惠王关注的中心问题是如何才能使更多的民众来归顺他，孟子因势利导地讲述了"王道"的政治、经济措施。孟子认为，要称王称霸，首先必须得到民众的拥护，而做到这一点的起码条件是民生有保障，这就是文中所说的"养生丧死无憾，王道之始也"（生死没有缺憾，是王道的开端）。孟子在此所规划的施政措施，概括起来是两条：一是使百姓富庶，二是要对他们进行伦理道德教育。这与孔子所谓"富之"（先使民众富庶）、"教之"（然后要对他们进行教育）的观点（见《论语·子路》篇）是一脉相承的。宋代理学家程颐说："孟子之论王道，不过如此，可谓实矣。"（朱熹《集注》引）

梁惠王曰："寡人愿安承教[①]。"

孟子对曰："杀人，以梃与刃有以异乎[②]？"

曰:“无以异也。”

“以刃与政有以异乎?”

曰:“无以异也。”

曰:“庖有肥肉[3],厩有肥马[4],民有饥色,野有饿莩,此率兽而食人也[5]。兽相食且人恶之,为民父母,行政不免于率兽而食人,恶在其为民父母也[6]? 仲尼曰‘始作俑者,其无后乎’[7],为其象人而用之也[8]。如之何其使斯民饥而死也?”

【注 释】

① 安:安心、乐意。② 梃:木棍。刃:刀。③ 庖:厨房。④ 厩(jiù):马棚。⑤ 率:放任。一说,“率”作率领讲,朱熹《集注》云:“厚敛于民以养禽兽,而使民饥以死,则无异于驱兽以食人矣。”⑥ 恶(wū):何,疑问副词。⑦ 仲尼:孔子字仲尼。俑:古代用于殉葬的偶人。后:后裔。朱熹《集注》云:“古之葬者,束草为人以为从卫,谓之刍灵,略似人形而已。中古易之以俑,则有面目机发,而大似人矣。故孔子恶其不仁,而言其必无后也。”孔子的意思是说,制作俑来殉葬,开了一个很坏的头,再以后,人们就进一步用活人来殉葬了。《文子·微明》云:“纣为象箸而箕子唏,鲁以偶人葬而孔子叹,见其所始即知其所终。”其实,古代是先有活人殉葬,尔后才以俑来代替的,孔子不知道这点,所以作此感叹。⑧ 象:同“像”。

【导 读】

此章承上章而言,梁惠王听了孟子的一番话后,心有所动,要求孟子具体指出自己施政的弊病。孟子尖锐地指出,惠王的治国政策是民穷国富,等于是“率兽而食人”(放任野兽去吃人)。

梁惠王曰:“晋国天下莫强焉[1],叟之所知也。及寡人之身,东败于齐[2],长子死焉;西丧地于秦七百里[3];南辱于楚[4]。寡人耻之,愿比死者壹洒之[5],如之何则可?”

孟子对曰:“地方百里而可以王[6]。王如施仁政于民,省刑罚、薄税敛，深耕易耨[7]；壮者以暇日修其孝悌忠信，入以事其父兄，出以事其长上，可使制梃以挞秦[8]、楚之坚甲利兵矣。彼夺其民时，使不得耕耨以养其父母，父母冻饿，兄弟妻子离散[9]。彼陷溺其民[10]，王往而征之，夫谁与王敌？故曰仁者无敌，王请勿疑！”

【注释】

① 晋国：朱熹《集注》云：“魏本晋大夫魏斯，与韩氏、赵氏共分晋地，号曰三晋，故惠王犹自称晋国。”魏在战国初年曾因革新变法而强盛一时，故此处谓“天下莫强焉”。莫强，犹言没有强过它的。一说，这里的“晋国”仍是指春秋时的晋国，亦通。② 东败于齐：魏惠王三十年（前340），魏发兵攻韩，韩向齐国求救。齐派田忌、孙膑率军攻魏救韩，两军在马陵（今河南范县西南）交战，魏军中计大败，将军庞涓自杀，统帅太子申被俘（下文的“长子死焉”即指此）。魏国从此一蹶不振。③ 西丧地于秦七百里：马陵之战后，魏国遭到齐、秦、赵三国的围攻，魏国在向秦国反攻时被商鞅统领的秦军打得大败，将军公子卬被俘。后来又多次败于秦国，魏国被迫割地求和，黄河天险尽入秦国之手，魏国在西部完全失去了进攻能力。④ 南辱于楚：据《战国策·韩策》和《史记·楚世家》的记载，梁惠王后元十二年（前323），楚国为了迫使魏国倒向它，插手魏国的王位继承，派柱国昭阳在襄陵打败魏军，夺取了魏国的八座城邑。⑤ 比死者壹洒之：洒通“洗”，《说文》云：“洒，涤也。”朱熹《集注》云：“比，犹为也。言欲为死者雪其耻也。”⑥ 地方百里而可以王：朱熹《集注》云：“百里，小国也，然能行仁政则天下之民归之也。”赵注说，这里是指古代的周文王以小国灭殷夺取天下。⑦ 易耨：朱熹认为是指清除杂草；王引之《经义述闻》则谓易是疾、速之意，指抓紧时机清除杂草的意思，即《国语·齐语》所谓的“深耕而疾耰之”。⑧ 制：通“掣”，焦循《正义》云：“谓可使提掣木梃，以挞其坚甲利兵。”赵注谓“制”是制作的意思，焦循以其“言近于迂”而不取。⑨ 妻子：妻与子。⑩ 陷溺：朱熹《集注》云：“陷，陷于阱；溺，溺于水，暴虐之意。”

【导读】

此章与前两章的涵义基本相同。孟子认为，在战国当时的社会现实下，只要施行仁政、王道，就能天下无敌。此章中所说的"仁政"，也就是前两章中所说的"王道"。这是孟子提出的新概念，它较之孔子的"礼乐"政治理想更为完整，诚如李泽厚所指出："之所以如此，现实原因在于氏族制度在战国时期已彻底破坏，'礼'完全等同于'仪'而失其重要性，所以孟子已经不必要像孔子那样以'仁'来解释'礼'和维护'礼'，而是直截了当地提出了'仁政'说。"（《中国古代思想史论·孔子再评价》）

孟子见梁襄王①，出语人曰②："望之不似人君，就之而不见所畏焉。卒然问曰③：'天下恶乎定④？'吾对曰：'定于一⑤。'"

"'孰能一之？'对曰：'不嗜杀人者能一之。'"

"'孰能与之？'对曰：'天下莫不与也⑥。王知夫苗乎？七八月之间旱，则苗槁矣；天油然作云⑦、沛然下雨⑧，则苗浡然兴之矣⑨，其如是，孰能御之？今夫天下之人牧未有不嗜杀人者也⑩，如有不嗜杀人者，则天下之民皆引领而望之矣⑪，诚如是也，民归之由水之就下⑫，沛然谁能御之？'"

【注 释】

① 梁襄王：即魏襄王，名嗣（一说名赫），魏惠王的儿子，前318—前296年在位，襄是他死后的谥号。此处所说的事，当在襄王继位后不久。② 语（yù）：告诉。③ 卒：通"猝"，突然。朱熹《集注》概括以上描述梁襄王形态的语句云："盖容貌辞气乃德之符，其外如此，则其中之所存者可知。"④ 恶（wū）乎：怎样，如何。⑤ 定于一：朱熹《集注》云："必合于一然后定。"⑥与：此处为归顺、随从之意。⑦ 油然：朱熹《集注》云："云盛貌。"⑧ 沛然：朱熹《集注》云："雨盛貌。"⑨ 浡（bó）然：朱熹《集注》云："兴起貌。"⑩ 人牧：管理民众的人，即统治者。⑪ 领：即脖子。⑫ 由：通"犹"。

【导 读】

本章值得注意的是关于统一的论述。孟子认为，唯有统一才能使天下安定。当时下距秦始皇统一中国还有将近百年，也就是说，早在秦统一中国之前一个世纪，统一已成为知识精英（即士阶层）的共识了。秦的政治统一与西周的政治统一是两种不同的模式，前者是中央集权制，后者颇类似于后来的自治联邦制。孟子所谓的“统一”，究竟是何者呢？此章中没有明确讲，但从孟子不大讲恢复周礼，以及他在其他一些政治问题上不同于孔子的情况看来，他的“统一”似乎不是指西周式的统一。由此可以体会到，公元前221年的统一，实在是水到渠成的结果，而不是秦始皇个人的发明。至于孟子说“不嗜杀人者能一之”（不喜好杀人者能统一天下），是指争取民心问题，显然不是说统一的手段，孟老夫子虽然有迂阔之处，却不至于连这一点也看不透。所不同的是，他认为，以“至仁”讨伐“至不仁”，不至于打得“血流漂杵”；只要有了“仁”为资本，拿着木棒的民众也能对付“不仁者”的“坚甲利兵”（见本篇上一章）。

齐宣王问曰：“齐桓、晋文之事可得闻乎？”[①]

孟子以曰：“仲尼之徒无道桓、文之事者[②]，是以后世无传焉，臣未之闻也。无以[③]，则王乎！”

曰：“德何如则可以王矣？”

曰：“保民而王[④]，莫之能御也。”

曰：“若寡人者可以保民乎哉？”

曰：“可”。

曰：“何由知吾可也？”

曰：“臣闻之胡龁曰[⑤]，王坐于堂上，有牵牛而过堂下者，王见之曰：‘牛何之？’对曰：‘将以衅钟[⑥]。’王曰：‘舍之，吾不忍其觳觫[⑦]，若无罪而就死地[⑧]。’对曰：‘然则废衅钟与？’曰：‘何可废也？以羊易之[⑨]。’不识有诸？”

曰：“有之。”

曰：“是心足以王矣。百姓皆以王为爱也[⑩]，臣固知王之不忍也。”

王曰：“然，诚有百姓者。齐国虽褊小[⑪]，吾何爱一牛？即不忍其觳觫，若无罪而就死地，故以羊易之也。”

曰：“王无异于百姓之以王为爱也[⑫]，以小易大，彼恶知之？王若隐其无罪而就死地[⑬]，则牛羊何择焉？”

王笑曰：“是诚何心哉？我非爱其财而易之以羊也，宜乎百姓之谓我爱也。”

曰:“无伤也[14],是乃仁术也[15],见牛未见羊也。君子之于禽兽也,见其生不忍见其死,闻其声不忍食其肉[16],是以君子远庖厨也[17]。”

王说曰:“《诗》云:‘他人有心,予忖度之。’[18]夫子之谓也[19]!夫我乃行之,反而求之不得吾心,夫子言之,于我心有戚戚焉[20]。此心之所以合于王者[21],何也?”

曰:“有复于王者曰‘吾力足以举百钧[22],而不足以举一羽;明足以察秋毫之末[23],而不见舆薪[24]’,则王许之乎[25]?”

曰:“否。”

“今恩足以及禽兽,而功不至于百姓者,独何与[26]?然则一羽之不举为不用力焉,舆薪之不见为不用明焉,百姓之不见保为不用恩焉。故王之不王,不为也,非不能也。”

【注释】

① 齐宣王:齐国国君,名辟疆,齐威王之子,前319—301年在位,宣是他死后的谥号。钱穆《四书释义》谓,孟子与魏襄王相见后不久,就离开魏国来到齐国。齐桓:齐桓公,名小白,齐襄公的弟弟,前685—前643年在位。他继位后,任用管仲为国相,改革政治,以“尊王攘夷”为号召,多次打退少数民族对中原的侵扰,安定了周王室的统治,成为春秋时代第一个霸主。晋文:晋文公,名重耳,晋献公的儿子,前636—前628年在位。他在位期间,整顿内政,增强国力,帮助周王室平定内乱,并在城濮之战中打败楚军,被中原诸侯尊为霸主。② 道:言说、谈论,朱熹《集注》引董仲舒说云:“仲尼之门,五尺童子羞称五霸,为其先诈力而后仁义也。”③ 无以:朱熹《集注》云:“必欲言之而不止。”④ 保:朱熹《集注》云:“爱护也。”⑤ 胡龁(hé):齐国大臣。⑥ 衅钟:宗庙中的新钟铸成后,在启用前,用牲血涂于钟上进行告祭的仪式。⑦ 觳觫(hú sù):朱熹《集注》云:“恐惧貌。”又,杨慎《丹铅总录》云:“言牛将就屠而体缩恐惧也。”⑧ 若:指代词,犹言“它”。⑨ 以羊易之:《礼记·玉藻》云:“君无故不杀牛,大夫无故不杀羊,士无故不杀犬豕。”可见,羊比牛次一等。⑩ 爱:此指吝啬。⑪ 褊(biǎn)小:狭小。⑫ 异:惊异、奇怪。⑬ 隐:怜悯。⑭ 无伤:意为

没有关系，朱熹《集注》云："言虽有百姓之言，不为害也。"赵注谓为"无伤于仁"之意。⑮ 仁术：朱熹《集注》云："术，谓法之巧者。盖杀牛既所不忍，衅钟又不可废，于此无以处之，则此心虽发而终不得施也。然见牛则此心已发而不可遏，未见羊则其理未形而无所妨，故以羊易牛，则二者得以两全而无害，此所以为仁之术也。"贾谊《新书·道术》云："道者所从接物也，其本者谓之虚，其末者谓之术。"赵注释此句意为"是乃王为仁之道也"。⑯ 声：朱熹《集注》云："谓将死而哀鸣也。"⑰ 君子远庖厨：《礼记·玉藻》云："君子远庖厨，凡有血气之类弗身践之也。"因此，这句话可能是礼的条文，并不是孟子的发明，所以孟子亦谓"是以"。⑱ 说(yuè)：同"悦"，高兴。《诗》云：此处诗句引自《诗·小雅·巧言》。忖度(cǔn duó)：推想、理解。⑲ 夫子：对年长或有德者的尊称。⑳ 戚戚：朱熹《集注》云："心动貌。"㉑ 合于王：赵注释为"足以王"；焦循《正义》谓，合通"洽"，有足的意思，"故赵氏以'足以王'解'合于王'"。㉒ 复：说、报告。钧：古代重量单位，《说苑·辨物》云"三十斤为一钧"。㉓ 明：视力，《礼记·檀弓》："子夏丧其子而丧其明。"秋毫之末：朱熹《集注》云："毛至秋而末锐，小而难见也。"㉔ 舆薪：整车的柴草，朱熹《集注》云："以车载薪，大而易见也。"㉕ 许：同意、相信。㉖ 与：通"欤"，句末叹词。

曰："不为者与不能者之形何以异①？"

曰："挟太山以超北海②，语人曰'我不能'，是诚不能也；为长者折枝③，语人曰'我不能'，是不为也，非不能也。故王之不王，非挟太山以超北海之类也；王之不王，是折枝之类也。老吾老以及人之老④，幼吾幼以及人之幼，天下可运于掌⑤。《诗》云'刑于寡妻⑥，至于兄弟，以御于家邦⑦'，言举斯心加诸彼而已。故推恩足以保四海，不推恩无以保妻子。古之人所以大过人者无他焉，善推其所为而已矣。今恩足以及禽兽，而功不至于百姓者，独何与？权然后知轻重⑧，度然后知长短⑨，物皆然，心为甚，王请度之。抑王兴甲兵⑩，危士臣，构怨于诸侯，然后快于心与？"

王曰："否，吾何快于是？将以求吾所大欲也。"

曰："王之所大欲可得闻与？"王笑而不言⑪。

曰："为肥甘不足于口与[12]，轻煖不足于体与[13]？抑为采色不足视于目与[14]，声音不足听于耳与，便嬖不足使令于前与[15]？王之诸臣皆足以供之，而王岂为是哉？"

曰："否！吾不为是也。"

曰："然则王之所大欲可知已。欲辟土地[16]，朝秦楚[17]，莅中国而抚四夷也[18]。以若所为求若所欲，犹缘木而求鱼也[19]。"

王曰："若是其甚与？"

曰："殆有甚焉[20]！缘木求鱼，虽不得鱼，无后灾。以若所为求若所欲，尽心力而为之，后必有灾。"

曰："可得闻与？"

【注 释】

① 形：情形、表现。② 太山：即今泰山，太、泰通。北海：齐北邻于海，此泛指齐北境的大海。《墨子·兼爱下》有"挈太山以超江河"之语，可见这是当时常用的比喻，孟子向齐王进说，所以改用了齐人熟悉的"北海"。③ 折枝：枝通"肢"，谓屈仰肢体，赵注云："案摩折手节、解罢枝也。少者耻见役，故不为。"一说，"折枝"指屈身向老者行礼。又，朱熹《集注》云："为长者折枝，以长者之命折草木之枝，言不难也。"总之，这是一件常人不难办到的事情。④ 老吾老：前一个"老"作动词用，是尊重的意思。下文"幼吾幼"与此类似。⑤ 天下可运于掌：赵注云："天下可转之掌上，言其易也。"⑥《诗》云：此处诗句引自《诗·大雅·思齐》。刑：通"型"，规范、教诲。寡妻：国君的正妻，其称为"寡"，犹如国君自称寡人，是谦虚的说法。⑦ 家邦：犹国家，指家与国。⑧ 权：秤锤，此处作动词用。⑨ 度：尺度，此处作动词用。⑩ 抑：难道。⑪ 王笑而不言：赵注云："王意大而不敢正言。"⑫ 肥甘：指可口的食物。⑬ 轻煖：指华贵的衣服。⑭ 采：同"彩"。⑮ 便嬖(bì)：此指国君身边的姬妾近臣，朱熹《集注》云："近习嬖幸之人也。"⑯ 辟：开辟。⑰ 朝秦楚：使秦楚来朝见。在当时，朝见是臣服的表示。⑱ 莅：临。中国：此指中原地区。四夷：四方的少数民族。⑲ 缘木而求鱼：爬到树上去找鱼，比喻方向、方法不对，一定达不到目的。⑳ 殆：副词，表示不肯定或推测。

曰："邹人与楚人战[①]，则王以为孰胜？"

曰："楚人胜。"

曰："然则小固不可以敌大，寡固不可以敌众，弱固不可以敌强。海内之地方千里者九[②]，齐集有其一[③]。以一服八，何以异于邹敌楚哉？盖亦反其本矣[④]。今王发政施仁，使天下仕者皆欲立于王之朝，耕者皆欲耕于王之野，商贾皆欲藏于王之市，行旅皆欲出于王之涂[⑤]，天下之欲疾其君者皆欲赴愬于王[⑥]。其若是，孰能御之？"

王曰："吾惛[⑦]，不能进于是矣[⑧]，愿夫子辅吾志，明以教我。我虽不敏，请尝试之。"

曰："无恒产而有恒心者[⑨]，惟士为能。若民，则无恒产，因无恒心。苟无恒心，放辟邪侈[⑩]，无不为已。及陷于罪，然后从而刑之，是罔民也[⑪]。焉有仁人在位[⑫]，罔民而可为也？是故明君制民之产[⑬]，必使仰足以事父母，俯足以畜妻子，乐岁终身饱，凶年免于死亡，然后驱而之善，故民之从之也轻[⑭]。今也制民之产，仰不足以事父母，俯不足以畜妻子，乐岁终身苦，凶年不免于死亡。此惟救死而恐不赡[⑮]，奚暇治礼义哉[⑯]？王欲行之，则盍反其本矣。五亩之宅树之以桑，五十者可以衣帛矣；鸡豚狗彘之畜无失其时，七十者可以食肉矣；百亩之田勿夺其时，八口之家可以无饥矣[⑰]；谨庠序之教，申之以孝悌之义，颁白者不负戴于道路矣。老者衣帛食肉，黎民不饥不寒，然而不王者未之有也。"

【注释】

① 邹：即邾国，其国君相传是上古颛顼的后裔，辖境相当于今山东费、邹、滕、济宁、金乡等县，极为狭小。孟子是邹人，邹又邻近齐，所以用以为喻。② 方千里者九：古代有九州的说法，《礼记·王制》云："凡四海之内九州，州方千里。"③ 集有其一：朱熹《集注》云："言集合齐地，其方千里，是有天下九分之一也。"④ 盖：同"盍"，何不。反其本：朱熹《集注》云："力求所欲，则所欲者反不可得；能反其本，则所欲者不求而至。"⑤ 涂：同"途"，指道路。⑥ 疾：怨恨、不满。愬(sù)：同"诉"。⑦ 惛(hūn)：同"昏"，糊涂、愚昧。⑧ 进：达到，一说是施行的意思。⑨ 恒心：赵注云："人所常有之善心也。"⑩ 放辟邪侈：意为放荡胡来，

赵注云:“放溢辟邪,侈于奸利。”⑪ 罔:欺罔,朱熹《集注》云:“犹罗网,欺其不见而取之也。”赵注谓“是由(犹)张罗罔(网)以罔民者也”。⑫ 焉:哪、岂。⑬ 制:约制、规定。⑭ 轻:轻易、容易。⑮ 赡:朱熹《集注》云:“足也。”⑯ 奚:疑问词,何。⑰ 八口之家:赵注云:“八口之家,次上农夫也。”焦循《正义》云:“此节与第三章末节同,但彼言‘数口’,此言‘八口’;彼言‘七十者’,此言‘老者’,故赵氏以‘次上农夫’解之。虽随意立文,然以‘老者’与‘七十者’互明,谓不独七十,凡六十及八十以上例此也;以‘八口’与‘数口’互明,谓不独八口,凡九人与七人以下例此也。”

【导读】

此章是孟子谈仁政、王道的重要言论,一向受到学者的重视。齐宣王“喜文学游说之士”(《史记·田敬仲完世家》),因此,在他当政时,齐国政府所设立的稷下之学达到了鼎盛时期,先后到这里讲学的各国学者多达近千人,孟子大致就是在这时来到齐国的。齐国稷下学的传统是“不治而议论”,著名的学者“皆赐列第,为上大夫”(同上)。秦汉时代的博士参议制,就是由这种不治而议的政治风尚演化而成的。后世中外政治实践表明,这样的政治制度安排,对于统治者的行为,能起到一定的制约作用,有利于上下交流。此章引起人们注意的是孟子对仁政、王道据以施行的表述。孟子认为,能否实施仁政、王道的充分和必要条件是“不忍之心”,这种“不忍之心”不像孔子所说的“仁”那样难以达到,而是人人都可能有的恻隐之心(见本书《公孙丑》篇“人皆有不忍人之心”章)。其次,执政者要善于把这种“不忍之心”外推,由对禽兽的“不忍”推及于天下之人。李泽厚指出:“这里,孟子把孔子的‘推己及人’的所谓‘忠恕之道’极大地扩展了,使它竟成了‘治国平天下’的基础。一切社会伦常秩序和幸福理想都建筑在这个心理原则——‘不忍人之心’的情感原则上。这固然是由于民族传统崩溃,理想的‘仁政王道’已完全失去现实依据的历史反映。但从理论上讲,孟子又确是把儒家关键抓住和突出了,使它与墨子的兼爱、老子的无为、韩非的利己等等有了更为明确的基础分界线。”(《中国古代思想史论·孔子再评价》)

梁 惠 王 下

庄暴见孟子[①],曰:“暴见于王[②],王语暴以好乐,暴未有以对也。”曰:“好乐何如[③]?”

孟子曰:“王之好乐甚,则齐国其庶几乎[④]!”

他日,见于王曰:“王尝语庄子以好乐,有诸?”王变乎色[⑤],曰:“寡人非能好先王之乐也,直好世俗之乐耳[⑥]。”

曰:“王之好乐甚,则齐其庶几乎! 今之乐犹古之乐也。”曰:“可得闻与?”

曰:“独乐乐[⑦],与人乐乐,孰乐?”曰:“不若与人。”

曰:“与少乐乐,与众乐乐,孰乐?”曰:“不若与众。”

“臣请为王言乐。今王鼓乐于此,百姓闻王钟鼓之声、管籥之音[⑧],举疾首蹙頞而相告曰[⑨]:‘吾王之好鼓乐,夫何使我至于此极也[⑩]? 父子不相见,兄弟妻子离散。’今王田猎于此[⑪],百姓闻王车马之音,见羽旄之美[⑫],举疾首蹙頞而相告曰:‘吾王之好田猎,夫何使我至于此极也? 父子不相见,兄弟妻子离散。’此无他,不与民同乐也。

“今王鼓乐于此,百姓闻王钟鼓之声、管籥之音,举欣欣然有喜色而相告曰:‘吾王庶几无疾病与,何以能鼓乐也?’今王田猎于此,百姓闻王车马之音,见羽旄之美,举欣欣然有喜色而相告曰:‘吾王庶几无疾病与,何以能田猎也?’此无他,与民同乐也。今王与百姓同乐,则王矣!”

【注 释】

① 庄暴:齐国大臣。② 见于王:被齐王召见或朝见齐王。焦循《正义》云:“此章之王亦宣王也。”③ 好乐何如:这句话也是庄暴所说的,中间加以“曰”,表示说话另外起了一个话头(俞樾《古书疑义举例·一人之辞而加曰字例》)。④ 庶几:差不多,朱熹《集注》云:“近辞也,言近于治。”⑤ 变乎色:改变了脸色。朱熹《集注》云“变色者,惭其好之不正也”,赵注则说是宣王恼怒庄暴把他“好乐”的事告诉孟子。⑥ 直:不过、仅仅。⑦ 独乐乐:独自一人娱乐的快乐。前一个“乐”作动词用(音

yào)，以下几句类似的句子同。⑧ 管龠(yuè)：赵注云："管，笙；龠，箫。"笙是一种簧管乐器，在商代的甲骨文中已有记载；这里的箫是指排箫，与现在所称类似笛的箫不同。这两种乐器都是当时的主要乐器，在湖北随县春秋时代的曾侯乙墓中均有实物出土。⑨ 举：皆、都。疾首蹙頞(cù è)：忧愁的样子，赵注云："疾首，头痛也；蹙頞，愁貌。"王夫之《孟子稗疏》云："疾首者蓬头不理，低垂丧气，若病之容耳。"頞就是鼻梁，蹙頞即皱起鼻梁来。⑩ 极：朱熹《集注》云："穷也。"⑪ 田猎：在野外打猎。在春秋战国时代，这是一项带有军事训练性质的活动。由于它要发动百姓驱赶野兽，各级地方官员都要准备物资并亲自参与，所以古人主张应该在农闲时候有节制地举行，以免扰乱正常的生产秩序。⑫ 羽旄：旗帜。

【导读】

此章主要阐明为政者必须与民众同乐的道理。要能与民众同乐，本质上并不是一个简单的娱乐方式，而是统治者是否关心民生的问题。贤明君主与暴虐君主之所以引起不同的反响，关键在于前者能施惠于百姓，而后者使民众穷困、父子妻儿流散。儒家认为，音乐是辅助教化的重要手段，孟子之所以说世俗的音乐与古代的雅乐差不多，是为了突出"与民同乐之意，则无古今之异耳。若必欲以礼乐治天下，当如孔子之言，必用《韶》舞，必放郑声。盖孔子之言，为邦之正道；孟子之言，救时之急务，所以不同"(朱熹《集注》引范氏说)。

齐宣王问曰："文王之囿方七十里[①]，有诸？"

孟子对曰："于传有之[②]。"

曰："若是其大乎？"

曰："民犹以为小也！"

曰："寡人之囿方四十里，民犹以为大，何也？"

曰："文王之囿方七十里，刍荛者往焉[③]，雉兔者往焉[④]，与民同之。民以为小，不亦宜乎？臣始至于境，问国之大禁，然后敢入[⑤]。臣闻郊关之内有囿方四十里[⑥]，杀其麋鹿者如杀人之罪，则是方四十里为阱于国中[⑦]。民以为大，不亦宜乎？"

【注释】

① 文王：指周文王。② 传：此指文献记载。③ 刍荛(ráo)者：赵注云："取刍薪之贱人也。"朱熹《集注》云："刍，草也；荛，薪也。" ④ 雉兔者：赵注云："猎人取雉兔者。言文王听民往取禽兽、刈其刍薪，民苦其小，是其宜也。"⑤ 大禁：重要的禁令。先问，"然后敢入"，是为了避免触犯。按，入国问禁本是一般的礼节，但孟子此处的意思是齐国的禁令特别多和严，必须问明才敢进入。⑥ 郊关之内：郊是国都之外的近郊，关是边境上的关卡，此处是指国境之内。⑦ 阱：陷阱，朱熹《集注》云："言陷民于死也。"

【导读】

此章涵义与上章基本相同。

齐宣王问曰："交邻国有道乎？"

孟子对曰："有。惟仁者为能以大事小，是故汤事葛、文王事昆夷[①]；惟智者为能以小事大，故大王事獯鬻、句践事吴[②]。以大事小者，乐天者也[③]；以小事大者，畏天者也[④]。乐天者保天下，畏天者保其国，《诗》云[⑤]：'畏天之威，于时保之[⑥]。'"

王曰："大哉言矣！寡人有疾，寡人好勇。"

对曰："王请无好小勇[⑦]。夫抚剑疾视曰'彼恶敢当我哉[⑧]'，此匹夫之勇，敌一人者也，王请大之。《诗》云[⑨]：'王赫斯怒[⑩]，爰整其旅[⑪]，以遏徂莒[⑫]，以笃周祜[⑬]，以对于天下[⑭]。'此文王之勇也，文王一怒而安天下之民。《书》曰[⑮]：'天降下民，作之君，作之师。惟曰其助上帝，宠之四方[⑯]，有罪无罪，惟我在，天下曷敢有越厥志[⑰]？'一人衡行于天下[⑱]，武王耻之[⑲]，此武王之勇也，而武王亦一怒而安天下之民。今王亦一怒而安天下之民，民惟恐王之不好勇也！"

【注释】

① 汤事葛：汤是殷商的开国君主，葛是夏末的诸侯国，其故地在今河南宁陵县(一说在今葵丘县东北)。"汤事葛"的事，详见本书《滕文公

下》“宋小国也今将行王政”章。文王事昆夷：昆夷亦作“混夷”，是当时在周族西北边境活动的少数民族。“文王事昆夷”的本事不详，焦循《正义》引《帝王世纪》称，文王时昆夷曾侵犯周国，“一日三至周之东门，文王闭门修德而不与战”，“周为之困如此，文王虽不绝愠怒，然且使聘问而不废交邻之礼，是正文王事昆夷之事”。② 大王事獯鬻（xūn yù）：大王亦作“太王”，指周的先祖古公亶父；獯鬻亦作“薰育”，是当时北方的少数民族。据《史记·周本纪》记载，周族原居住在豳（亦作“邠”，今陕西旬邑），屡遭獯鬻的侵扰，古公亶父遂带领族人迁移到岐下（在今陕西岐山县一带，近年在该地区出土了西周早、中期的建筑遗址以及大批窖藏青铜器，证实了这一带确实是周代重要的政治中心），“豳人举国扶老携弱，尽复归古公于岐下，及他旁国闻古公仁，亦多归之”。本篇“滕小国”章对此亦有较详的记叙。句践事吴：句践即春秋末年越国的国君勾践，吴国是在今江苏、安徽、浙江一带的诸侯国。春秋末年，吴越两国经常相战，前494年越国被吴打败，越王勾践以屈服求和来争取机会，刻苦图强，最后终于在前473年攻灭吴国（详见《史记·越王句践世家》）。③ 乐天：朱熹《集注》云：“大之字（按：当系‘事’之讹）小、小之事大，皆理之当然也，然合理，故曰乐天。”④ 畏天：朱熹《集注》云：“不敢违理，故曰畏天。”⑤《诗》云：此处诗句引自《诗·周颂·我将》，这是一首祭祀周文王的颂歌。⑥ 于时：于是。⑦ 小勇：朱熹《集注》云：“小勇，血气所为；大勇，义理所发。”⑧ 疾视：朱熹《集注》云：“怒目而视也。”⑨《诗》云：此处的诗句引自《诗·大雅·皇矣》，这是一首歌颂周先祖功业的诗歌。⑩ 赫：朱熹《集注》云：“赫然怒貌。”⑪ 爰：发语词，无义。整：整顿、整饬。旅：军队。⑫ 遏：遏止、制止。徂：往。莒：通“旅”，此处指犯疆的敌军。此诗前面提到，密国（亦作“密须”，在今甘肃灵台西南）前去侵犯阮国（约在今甘肃灵台、泾川之间），于是文王就发兵前往制止，以主持公道。一说，《韩非子·难二》有“文王侵盂、克莒、举酆，三举事而纣恶之”，即此句之本事，但与全诗文义不合，故不取。⑬ 笃：增强。祜（hù）：福祉。⑭ 以对于天下：朱熹《集注》云：“对，答也，以答天下仰望之心也。”又，赵注云：“以扬名于天下。”⑮《书》曰：赵注云：“《书》，《尚书》逸篇也。”后来的伪古文《尚书》将其采入《泰誓》。⑯ 惟曰其助上帝宠之四方：惟曰，发语词，无义。宠之四方,《尚书·泰誓》作"宠绥四方",孔注云:"当能助天宠安天下。"赵注此句的读法不同,他将"惟曰其助上帝宠之"属上读,而将"四方"于下句相连,读作"四方有罪无罪惟我在",亦通。此处取朱熹说。⑰ 越:违背。厥:同"其",代词。⑱ 衡行:同"横行",朱熹《集注》云:"谓作乱也。"⑲ 武王:西周的开国君主,在他的统治时期,周攻灭了殷商而成为天下诸侯的共主。

【导读】

朱熹说:"此章言人君能惩小忿,则能恤小事大,以交邻国;能养大勇,则能除暴救民,以安天下。"(《集注》)孟子对于大勇、小勇的区分,不像孔子那样否定小勇、肯定大勇,而是把小勇作为培养大勇的端点,将之进一步推广,就能成就大勇。这与孟子认为将"不忍之心"进一步推广就能实行"仁政"、"王道"的观念是一脉相通的。

齐宣王见孟子于雪宫①,王曰:"贤者亦有此乐乎?"

孟子对曰:"有②。人不得则非其上矣③,不得而非其上者非也,为民上而不与民同乐者亦非也。乐民之乐者,民亦乐其乐;忧民之忧者,民亦忧其忧。乐以天下,忧以天下,然而不王者未之有也。"

"昔者齐景公问于晏子曰④:'吾欲观于转附、朝儛⑤,遵海而南,放于琅邪⑥。吾何修而可以比于先王观也⑦?'晏子对曰:'善哉问也!天子适诸侯曰巡狩⑧,巡狩者巡所守也;诸侯朝于天子曰述职,述职者述所职也⑨,无非事者⑩。春省耕而补不足⑪,秋省敛而助不给⑫。夏谚曰⑬:"吾王不游,吾何以休⑭?吾王不豫⑮,吾何以助?一游一豫,为诸侯度⑯。"今也不然,师行而粮食⑰,饥者弗食,劳者弗息。睊睊胥谗⑱,民乃作慝⑲。方命虐民⑳,饮食若流,流连荒亡,为诸侯忧。从流下而忘反谓之流㉑,从流上而忘反谓之连㉒,从兽无厌谓之荒㉓,乐酒无厌谓之亡。先王无流连之乐、荒亡之行,惟君所行也。'景公悦,大戒于国㉔,出舍于郊㉕,于是始兴发补不足,召大师曰㉖:'为我作君臣相说之乐。'盖《徵招》、《角招》是也㉗。其诗曰'畜君何尤㉘',畜君者好君也。"

【注释】

① 雪宫：赵注云："离宫之名也，宫中有苑囿台池之饰、禽兽之饶。王自多有此乐，故问曰'贤者亦有此乐乎'。"② 有：赵注将此字连下读，作"有人不得"，云："人有不得志者也。"③ 非：责备、非议。④ 齐景公：春秋时齐国国君，名杵臼，齐庄公的异母弟，前547—前490年在位。晏子：齐国大臣，名婴，字平仲。现在所传的《晏子春秋》虽系后人托名而撰，但亦保留了他的许多言行。⑤ 观：巡游。转附、朝儛：赵注："皆山名也。"转附，旧说即山东诸城东南的琅邪山，或说是山东烟台以北的芝罘山。朝儛，旧说即山东荣成东北的成山角，或说是荣成以东的召石山。⑥ 遵：沿着。放：赵注云："至也。"琅邪：邑名，在今山东胶南东南的海滨。赵注云："齐东南境上邑也。"⑦ 何修：怎么去做。⑧ 适：前往。⑨ 述所职：朱熹《集注》云："陈其所受之职也。"⑩ 无非事者：赵注云："无非事而空行者。"⑪ 省：省视、视察。⑫ 敛：此指收获。⑬ 夏谚：赵注："夏禹之时民之谚语也。"⑭ 休：休养生息。⑮ 豫：《晏子春秋·内篇问下》云："春省耕而补不足者谓之游，秋省实而助不给者谓之豫。"⑯ 度：法度、榜样。⑰ 粮食：此处后面的"食"作动词用，赵注云："远转粮食而食之。"⑱ 睊睊（juàn）：赵注云："侧目相视。"胥：齐、皆。谗：抱怨。⑲ 慝：赵注云"恶也"，焦循《正义》云："谓悖逆暴乱。"⑳ 方命：朱熹《集注》云："方，逆也；命，王命也。"赵注以方同"放"，云："放弃不用先王之命。"㉑ 反：同"返"。㉒ 从流上：朱熹《集注》云："谓挽舟逆水而上。"㉓ 从兽无厌：赵注云："若羿之好田猎无有厌极，以亡其身，故谓之荒乱也。"在此，厌作厌倦、满足或有节制解。㉔ 戒：准备，焦循《正义》云："谓预备补助之事。"㉕ 出舍于郊：焦循《正义》云："景公将身亲振给，故出舍于郊，示忧民困也。"㉖ 大师：即太师，管理乐工的官员（焦循《正义》谓"大师，乐工之长，非乐官之长"）。㉗《徵招》、《角招》：赵注云："所作乐章名也。"焦循《正义》云："古人以声名调，若孟子言《徵招》、《角招》，师旷言《清商》、《清徵》、《清角》，皆是调名。"㉘ 尤：过错。

【导读】

此章也是讲统治者应该与民众忧乐相通的道理。

齐宣王问曰："人皆谓我毁明堂①，毁诸，已乎②？"

孟子对曰："夫明堂者王者之堂也，王欲行王政，则勿毁之矣。"

王曰："王政可得闻与？"

对曰："昔者文王之治岐也，耕者九一，仕者世禄③，关市讥而不征④，泽梁无禁⑤，罪人不孥⑥。老而无妻曰鳏，老而无夫曰寡，老而无子曰独，幼而无父曰孤，此四者天下之穷民而无告者。文王发政施仁，必先斯四者，《诗》云：'哿矣富人⑦，哀此茕独⑧。'"

王曰："善哉言乎！"

曰："王如善之，则何为不行？"

王曰："寡人有疾，寡人好货⑨。"

对曰："昔者公刘好货⑩，《诗》云：'乃积乃仓⑪，乃裹餱粮⑫，于橐于囊⑬，思戢用光⑭；弓矢斯张⑮，干戈戚扬⑯，爰方启行⑰。'故居者有积仓，行者有裹囊也，然后可以爰方启行。王如好货，与百姓同之，于王何有⑱？"

王曰："寡人有疾，寡人好色。"

对曰："昔者太王好色，爱厥妃，《诗》云⑲：'古公亶父，来朝走马⑳。率西水浒㉑，至于岐下。爰及姜女㉒，聿来胥宇㉓。'当是时也，内无怨女㉔，外无旷夫。王如好色，与百姓同之，于王何有？"

【注释】

① 明堂：赵注云："谓泰山下明堂，本周天子东巡狩朝诸侯之处也。"朱熹《集注》云："人欲毁之者，盖以天子不复巡狩，诸侯又不当居之也。"② 已：止。③ 仕者世禄：任职者的子孙世代承袭其俸禄。朱熹《集注》云："先王之世，仕者之子孙皆教之，教之而成材则官之。如不足用，亦使之不失其禄。盖其先世尝有功德于民，故报之如此，忠厚之至也。"④ 讥：朱熹《集注》云："察也。关市之吏，察异服异言之人，而不征商贾之税也。"又，赵注云："关以讥难非常，故不征税也。"⑤ 梁：截流捕鱼，《礼记·王制》"渔人入泽梁"，郑玄注："梁，绝水取鱼者。"⑥ 孥：妻子儿女，此作动词用，指连及家属。⑦《诗》云：此处诗句引自《诗·小雅·正月》。哿(gě)：朱熹《集注》云："可也。"赵注释此句之意云："诗人言，居今之世，可矣富人。"⑧ 茕：朱熹《集注》云："困悴貌。"赵注以"茕独"为词，谓指"茕

独羸弱者”。⑨ 货：钱财。⑩ 公刘：周族的先祖，传说是后稷的曾孙。他在夏代末年率领周族迁徙到豳，开荒安居，使周族得以繁衍。⑪《诗》云：此处诗句引自《诗·大雅·公刘》，这是歌颂公刘功绩的诗篇。乃积乃仓：赵注云：“积谷于仓。”句中的“乃”字是为了凑满四字句所加的衬字，无义。下两句中的“乃”、“于”与此情况相同。⑫ 餱(hóu)：干粮。⑬ 橐、囊：概指装东西的器具，朱熹《集注》云：“无底曰橐，有底曰囊，皆所以盛餱粮也。”⑭ 思戢用光：朱熹《集注》云：“戢，安集也。言思安集其民人，以光大其国家也。”⑮ 弓矢斯张：毛传云：“张其弓矢。”⑯ 干戈戚扬：干是盾牌，戚是大斧，扬是钺(形似大斧)。⑰ 爰方启行：朱熹《集注》云：“爰，于也。启行，言往迁于豳也。”⑱ 何有：朱熹《集注》云：“言不难也。”⑲《诗》云：此处诗句引自《诗·大雅·绵》，这是一首颂扬周族兴起业绩的诗歌。⑳ 来朝：次日清晨。走马：马跑得很快。此句描写古公亶父躲避獯鬻的行动迅速。㉑ 率：循、沿着。浒：水边。㉒ 姜女：古公亶父的妻子太姜。㉓ 聿：发语词，无义。一说是亲自的意思；赵注则释为“率”，意为与妻子太姜一同来。胥：省视。宇：居处。㉔ 怨女：已到婚龄而没有合适配偶的女子，下句的“旷夫”则指与此情况类似的男子。古代统治者经常大批挑选女子进宫，一方面在宫中有许多不能正常婚配的女子，另一方面在宫外则造成了许多找不到配偶的男子。孟子的意思是，贤王的“好色”并不妨碍百姓的正常婚配，故朱熹《集注》云：“无怨旷者，是大王好色而能推己之心以及民也。”

【导读】

据《周礼·考工记》与《礼记》的记载，当时的明堂是一种用于举行礼仪兼祭祀的建筑，天子在其中召见诸侯和颁布政令，并祭祀祖宗，它的建筑形式还带有特殊的象征涵义。齐宣王所说的“明堂”，是指周天子东巡时在泰山所建造的明堂。当时天子巡狩之礼已经废弃，所以有人建议将它拆毁，孟子则借此向齐宣王再次讲述“仁政”、“王道”。喜好钱财、喜好女色而能与百姓共同享有，也就是与民众利害相连、忧乐相通，把个人的情感推及他人的意思。以朱熹为代表的宋代理学家则将之解释为“存天理，灭人欲”，朱熹说：“盖钟鼓、苑囿、游观之乐，与夫好勇、好货、好色之心，皆天理之所有而人情之所不能无者。然天理、人欲同行异情，循理而公于天下者，圣贤之所以尽其性也；纵欲而私于一己者，众人之所以灭其天也。二者之间，不能以发，而其是非得失之归，相去远矣。故孟子因时君之问而剖析于几微之际，皆所以遏人欲而存天理。”（《集注》）

孟子谓齐宣王曰：“王之臣有讬其妻子于其友而之楚游者①，比其反也②，则冻馁其妻子，则如之何？”

王曰：“弃之。”

曰：“士师不能治士③，则如之何？”

王曰：“已之④。”

曰：“四境之内不治，则如之何？”

王顾左右而言他⑤。

【注释】

① 讬：同“托”，托付。② 比：及至、等到。③ 士师：朱熹《集注》云：“狱官也。其属有乡士、遂士之官，士师皆当治之。”按朱熹是据《周礼》而释，但《周礼》并非是实际官制的记录，因为“士”是当时低级官员的统称，故此处的“士师”还是看作一般意义上的长官妥当。④ 已：朱熹《集注》云：“罢去也。”⑤ 顾：张望。

【导读】

此章是颇能代表孟子“好辩”的著名章节。孟子的意思是说，君臣虽然不同等级，但都应该勤于自己的职守，这样才能治理好国家。这个问题，如果单就臣属来说，是毫无困难的，但要使国君承认自己的失职，就不那么容易了。孟子采用了层层设问、步步紧逼的方式，使宣王先承认貌似平和的结论，最后提出“四境之内不治”（整个国家不能治理好）的问题，显然，答案是很明确的，但宣王却无颜对答，只能“顾左右而言他”了。朱熹说：“及此而王不能答也，其惮于自责，耻于下问如此，不足与有为可知矣。”（《集注》）

孟子见齐宣王，曰："所谓故国者，非谓有乔木之谓也①，有世臣之谓也②。王无亲臣矣，昔者所进，今日不知其亡也③。"

王曰："吾何以识其不才而舍之？"

曰："国君进贤，如不得已将使卑踰尊、疏踰戚，可不慎与④？左右皆曰贤，未可也；诸大夫皆曰贤，未可也；国人皆曰贤⑤，然后察之，见贤焉然后用之。左右皆曰不可，勿听；诸大夫皆曰不可，勿听；国人皆曰不可，然后察之，见不可焉然后去之。左右皆曰可杀，勿听；诸大夫皆曰可杀，勿听；国人皆曰可杀，然后察之，见可杀焉然后杀之，故曰国人杀之也。如此，然后可以为民父母。"

【注 释】

① 乔：赵注云："高也。"② 世臣：朱熹《集注》云："累世勋旧之臣，与国同休戚者也。"③ 不知其亡：不知，犹言不恤。亡，指离君出走。④ 可不慎与：朱熹《集注》云："盖尊尊亲亲，礼之常也，然或尊者、亲者未必贤，则必进疏远之贤而用之。是使卑者踰尊、疏者踰戚，非礼之常，故不可不谨也。"⑤ 国人：当时对居住于国都之人的通称，这些人一般有参与议论国事的权利和服役、纳赋的义务。

【导 读】

尊贤，是儒家在政治上的一项重要主张。在贤能的标准上，孟子没有像孔子那样规定"仁"的要求，而是继承了孔子的"民之所好好之，民之所恶恶之"的主张（见《论语·子路》篇）。朱熹进一步指出："此言非独以此进退人才，至于用刑，亦以此道，盖所谓天命、天讨，皆非人君之所得私也。"（《集注》）

齐宣王问曰："汤放桀①、武王伐纣②，有诸？"

孟子对曰："于传有之。"

曰："臣弑其君③，可乎？"

曰："贼仁者谓之贼④，贼义者谓之残，残贼之人谓之一夫⑤。闻诛一夫纣矣⑥，未闻弑君也。"

【注 释】

① 放：流放。桀：夏的末代君主。《史记·夏本纪》记载，夏代末年，"汤修德，诸侯皆归汤，汤遂率兵以伐夏桀。桀走鸣条，遂放而死"。《书·仲虺之诰》云："成汤放桀于南巢。"② 纣：殷商的末代君主。③ 臣弑其君：因汤、武王相对于桀、纣来说是诸侯，所以宣王称他们的行为是"臣弑其君"。④ 贼：伤害、毁弃。⑤ 一夫：朱熹《集注》云："言众叛亲离，不复以为君也，《书》曰'独夫纣'。"⑥ 诛：指合乎正义地讨伐罪犯。

【导 读】

此章也是孟子比较引人注目的言论。齐宣王向孟子询问"汤武革命"的事情，孟子不明白宣王的用意，所以回答得比较审慎："于传有之。"（在典籍上有这样的记载）后来弄清楚宣王是谈论臣属谋害君主的问题，当即予以驳斥，认为失去民心的暴君乃是"独夫民贼"，实际上已失去了君上的资格，诛杀这种人是正义行为，不能视之为谋害君主。孟子对宣王说这番话是饶有深意的，是要借此警戒宣王：如果成了"独夫"，就人人得而诛之。从本质上说，孟子的主张与传统的"天命转移"是一脉相承的，只是表述上更为尖锐一点而已。据说，明代的开国皇帝朱元璋见到了《孟子》书中与此类似的对君王"不敬"的言论，曾大为震怒，说："这老儿要是活到今天，非严办不可。"孟子的配享牌位，也因此一度撤出了孔庙。后来，朱元璋于洪武二十七年(1394)组织人重新编定了《孟子》，从中删去了八十五章他认为不妥当的言论，这一章当然也在删除之列。

孟子见齐宣王，曰："为巨室，则必使工师求大木①。工师得大木则王喜，以为能胜其任也；匠人斫而小之则王怒②，以为不胜其任矣。夫人幼而学之，壮而欲行之，王曰'姑舍女所学而从我'，则如何？今有璞玉于此③，虽万镒必使玉人雕琢之④，至于治国家则曰'姑舍女所学而从我'，则何以异于教玉人雕琢玉哉？"

【注 释】

① 工师：管理工匠的官员，朱熹《集注》云："匠人之长。"② 匠人：工

匠。斫(zhuó):砍削。③ 璞玉:尚未经雕琢的玉石。④ 镒:古代的金银计量单位,二十两为一镒。万镒,喻其贵重。

【导读】

此章是说,治国必须任用具有能力的贤人。孟子的设喻很恰当,尖锐地批评了统治者"爱国家不如爱玉"(朱熹《集注》)的糊涂行为。

齐人伐燕,胜之①。宣王问曰:"或谓寡人勿取,或谓寡人取之。以万乘之国伐万乘之国,五旬而举之,人力不至于此,不取必有天殃②。取之,何如?"

孟子对曰:"取之而燕民悦则取之,古之人有行之者,武王是也;取之而燕民不悦则勿取,古之人有行之者,文王是也③。以万乘之国伐万乘之国,箪食壶浆以迎王师④,岂有他哉?避水火也!如水益深、如水益热,亦运而已矣⑤。"

【注释】

① 齐人伐燕:燕国是齐国的近邻,齐宣王五年(前315)燕国内乱,次年,宣王乘乱进攻燕国,燕国士卒厌战,城门不闭,齐军在短短五十天内就攻下了燕国的国都。② 不取必有天殃:《国语·越语》云:"天与不取,反为之灾。"③ 文王是也:周文王在位时,周国已争取到许多诸侯国的拥护,但文王认为时机还不成熟,所以迟迟没有发动灭殷的战争。赵注云:"文王以三仁(按:指殷商大臣微子、箕子、比干)尚在,乐师未奔,取之,惧殷民不悦,故未取之也。"④ 箪(dān):盛饭的竹筐。浆:此处概指饮料。⑤ 运:朱熹《集注》云:"转也,言齐若更为暴虐,则民将转而望救于他人矣。"

【导读】

孟子告诫宣王,伐燕的成功,说明燕国的民众期望齐国能从水深火热中拯救他们,因此,关键不在于要否占有燕国,而是能否实行顺从民心的政略。

齐人伐燕,取之。诸侯将谋救燕,宣王曰:"诸侯多谋伐寡人者,何以待之?”

孟子对曰:“臣闻七十里为政于天下者①,汤是也,未闻以千里畏人者也。《书》曰‘汤一征,自葛始’②,天下信之③,东面而征,西夷怨;南面而征,北狄怨,曰:‘奚为后我④!’民望之若大旱之望云霓也⑤,归市者不止⑥,耕者不变,诛其君而吊其民⑦,若时雨降⑧,民大悦,《书》曰:‘徯我后⑨,后来其苏⑩。’”

“今燕虐其民,王往而征之,民以为将拯己于水火之中也,箪食壶浆以迎王师。若杀其父兄,系累其子弟⑪,毁其宗庙⑫,迁其重器⑬,如之何其可也?天下固畏齐之强也⑭,今又倍地而不行仁政,是动天下之兵也。王速出令,反其旄倪⑮,止其重器,谋于燕众置君,而后去之,则犹可及止也。”

【注 释】

① 七十里:汤以七十里兴起的说法亦见于《荀子》、《史记》等书记载,很可能是当时通行的传说。至于其根据,《吕氏春秋·简选》谓汤以“良车七十乘、必死六千人”讨伐夏国,所谓的“七十里”大概即与此有关。② 《书》曰:此处的两段引文均见于伪古文《尚书》中的《仲虺之诰》,故赵注称它们“皆《尚书》逸篇之文也”。《仲虺之诰》是殷商初年汤的大臣仲虺劝勉汤的诰辞,但现在我们所见到的是后人辑集先秦古籍中的引文编造的,因此“汤一征”这段引文与现在见到的《尚书》该篇文字有些出入。据《史记·殷本纪》,此处的两段引文应该属于《汤征》篇。一征:朱熹《集注》云:“初征也。”汤征伐葛的事,详见本书《滕文公下》“宋小国也今将行王政”章。③ 天下信之:朱熹《集注》云:“信其志在救民,不为暴也。”④ 奚为:为何。⑤ 霓:赵注云:“虹也,雨则虹见,故大旱而思见之。”古代又称虹为“隮”,焦循《正义》引《诗》“朝隮于西,崇朝其雨”云:“云雨则虹见,当其望也,雨犹未降。”⑥ 归市者:赶集的人。又,《吕氏春秋·慎大》中有一段与此类似的文字,此句作“商不变肆”,故有人将此处的“归市者”坐实为商人,亦通。⑦ 吊:抚恤慰问。⑧ 时雨:及时雨,符合时令需要的雨。⑨ 徯(xī):等待。后:君王,《说文》云:“继体君也。”⑩ 苏:指得到解救,朱熹《集注》云:“复生也。”⑪ 系累:指捆绑、拘禁。⑫ 宗庙:供奉祭祀君主祖先的地方,在当时,这是国家政权存在的象征。⑬ 重器:

祭祀及礼仪所用的礼器及镇国之宝。⑭ 固：本来。⑮ 旄倪：旄同“耄”，朱熹《集注》云：“旄，老人也；倪，小儿也，谓所虏掠之老小也。”

【导读】

此章的基本涵义与上章相同。后人指出：“孟子事齐、梁之君，论道德则必称尧、舜，论征伐则必称汤、武。盖治民不法尧、舜则是为暴，行师不法汤、武则是为乱。”（朱熹《集注》引范氏语）

邹与鲁哄①，穆公问曰②：“吾有司死者三十三人③，而民莫之死也。诛之则不可胜诛，不诛则疾视其长上之死而不救④，如之何则可也？”

孟子对曰：“凶年饥岁，君之民，老弱转乎沟壑⑤，壮者散而之四方者，几千人矣⑥。而君之仓廪实、府库充，有司莫以告，是上慢而残下也。曾子曰⑦：‘戒之戒之！出乎尔者，反乎尔者也。’夫民今而后得反之也。君无尤焉⑧，君行仁政，斯民亲其上、死其长矣。”

【注释】

① 鲁：周初所分封的诸侯国，在今山东西南部，其始封君主是武王的弟弟周公旦。战国时沦为一般的小国，前256年为楚所灭。哄(hòng)：冲突、争斗。② 穆公：即邹穆公，其姓名及在位年代均不详，穆是他死后的谥号。③ 有司：指有关部门的官员。④ 疾：痛恨，赵注云：“忿其民不赴难。”又，朱熹以“疾视”者为民，云：“民怨其上，故疾视其死而不救也。”⑤ 转：朱熹《集注》云：“饥饿辗转而死也。”⑥ 几：将近。⑦ 曾子：名参，字子舆，鲁国人，孔子的弟子。⑧ 尤：怪罪。

【导读】

邹国是孟子的家乡，它的都城在今山东邹县，是个与鲁国相邻的小国。邹穆公见民众不肯救助官府的急难，非常不满，但他却不去检讨自己平日是如何对待民众的。后人指出：“有仓廪府库，所以为民也，丰年则敛之，凶年则散之，恤其饥寒，救其疾苦。是以民亲爱其上，有危难则赴之，如子弟之卫父兄、手足之捍头目也。穆公不能反己，犹欲归罪于民，岂不

误哉?”(朱熹《集注》引范氏语)

滕文公问曰[①]:“滕,小国也,间于齐、楚[②],事齐乎,事楚乎?”

孟子对曰:“是谋非吾所能及也。无已,则有一焉:凿斯池也[③],筑斯城也,与民守之,效死而民弗去[④],则是可为也。”

【注 释】

① 滕文公:滕是西周初年所分封的诸侯国,地在今山东滕县西南,其始封君主是周文王之子错叔秀(一说是周懿王之子)。前144年为越所灭,不久复国,后为宋所灭。据本书《滕文公上》篇,文公是滕定公的儿子,他们两人的姓名及在位年代均不详,赵注谓定公、文公与《世本》所记载的考公(名麇)、元公(名弘)相当。因《世本》今已亡佚,难以究诘。② 间于齐、楚:赵注云:“居齐、楚之间。”③ 池:护城河。④ 效死而民弗去:朱熹《集注》云:“效,犹致也。国君死社稷,故致死以守国,至于民亦为之死守而不去,则非有以深得其心者不能也。”

【导 读】

滕国是个小国,在七雄纷争的时代维持生存,确实是难以为继的。滕文公只想到用外交手段来维护国家安全,实践证明这是非常靠不住的办法。孟子认为,与其卑躬屈膝地去与虎谋皮,不如把力量放在自力更生的基点上:争取民心,加强战备。朱熹说:“此章言有国者当守义而爱民,不可侥幸而苟免。”(《集注》)

滕文公问曰:“齐人将筑薛[①],吾甚恐,如之何则可?”

孟子对曰:“昔者大王居邠,狄人侵之,去之岐山之下居焉。非择而取之,不得已也,苟为善,后世子孙必有王者矣。君子创业垂统[②],为可继也[③],若夫成功[④],则天也。君如彼何哉[⑤]?强为善而已矣[⑥]。”

【注 释】

① 薛:城邑名,在今山东滕县东南。它原是西周初年分封的诸侯

国，国灭后该地为齐所得，齐威王将它作为小儿子田婴（即著名的孟尝君）的封地。在《战国策·齐策一》中有孟尝君“将城薛”的记载（薛原是国都，应有城墙，可能是灭国时遭到了破坏，所以要加以重修），有人认为即此处所说的“筑薛”。因薛接近于滕，所以滕文公感到恐慌。② 垂统：传之后世。③ 可继：赵注云：“君子创业垂统，贵今后世可继续而行耳。”④ 若夫：至于。⑤ 如彼何：意为拿他怎么办。⑥ 强：勉力、努力。

【导 读】

齐人在临近滕国的边地筑城，其用意是很明显的。滕文公对此感到担忧，问孟子有什么好办法。孟子认为，齐强滕弱的态势是明摆着的，因此即使明知齐国的意图，滕国也没有妥善的良策，唯一的出路只有施行仁政。朱熹说：“此章言人君当竭力于其所当为，不可徼倖于其所难必。”（《集注》）

滕文公问曰：“滕，小国也，竭力以事大国，则不得免焉，如之何则可？”

孟子对曰：“昔者大王居邠，狄人侵之，事之以皮币不得免焉①，事之以犬马不得免焉，事之以珠玉不得免焉，乃属其耆老而告之曰②：‘狄人之所欲者，吾土地也。吾闻之也，君子不以其所以养人者害人。二三子何患乎无君？我将去之。’去邠，踰梁山③，邑于岐山之下居焉④。邠人曰：‘仁人也，不可失也！’从之者如归市⑤。或曰：‘世守也⑥，非身之所能为也。’效死勿去。君请择于斯二者。”

【注 释】

① 皮币：毛皮和丝绸，朱熹《集注》云：“皮，谓虎豹麋鹿之皮也；币，帛也。”② 耆老：古称六十为耆、七十为老，此处泛指老年人。③ 梁山：在今陕西乾县西北。④ 邑：此作动词用，指营建居住地。⑤ 归市：形容人们像赶集一般踊跃，朱熹《集注》云：“人众而争先也。”⑥ 世守：相代相守。

【导 读】

此章的基本涵义与前两章相同。有人指出：“孟子所论，自世俗观之，则可谓无谋矣。然理之可为者，不过如此，舍此则必为（张）仪、（苏）秦之

为矣。"(朱熹《集注》引杨氏语)

鲁平公将出[①],嬖人臧仓者请曰[②]:"他日君出,则必命有司所之。今乘舆已驾矣,有司未知所之[③],敢请。"公曰:"将见孟子。"曰:"何哉,君所为轻身以先于匹夫者[④]?以为贤乎?礼义由贤者出,而孟子之后丧踰前丧[⑤],君无见焉!"公曰:"诺。"

乐正子入见[⑥],曰:"君奚为不见孟轲也?"曰:"或告寡人曰'孟子之后丧踰前丧',是以不往见也。"曰:"何哉,君所谓踰者?前以士后以大夫[⑦],前以三鼎而后以五鼎与[⑧]?"曰:"否,谓棺椁衣衾之美也[⑨]。"曰:"非所谓踰也,贫富不同也。"

乐正子见孟子,曰:"克告于君,君为来见也。嬖人有臧仓者沮君[⑩],君是以不果来也[⑪]。"曰:"行或使之,止或尼之[⑫],行止非人所能也。吾之不遇鲁侯,天也,臧氏之子焉能使予不遇哉?"

【注释】

① 鲁平公:名叔,鲁景公的儿子,前314—前294年在位,平是他死后的谥号。② 嬖人:受宠爱的小臣,焦循《正义》谓指男宠。③ 乘舆:国君出行所用的车马。④ 轻身:看轻自身。⑤ 后丧踰前丧:孟子的父亲先去世,故此处的"前丧"指父亲的丧事、"后丧"指母亲的丧事。这两次丧事的不同,在本书《公孙丑下》篇"孟子自齐葬于鲁"章中也曾讲到。⑥ 乐正子:名克,孟子的弟子。当时他在鲁国任职。⑦ 以士:指按士的规格办丧事,下文"以大夫"指按大夫的规格。⑧ 三鼎:按士的规格来祭奠,下文"以五鼎"是指以大夫的规格来祭奠。《公羊传·桓公二年》何休注:"礼祭,天子九鼎,诸侯七,卿大夫五,元士三也。"⑨ 棺椁衣衾(qīn):指丧礼的用具。椁是外棺,衣衾是装殓死者的衣被。古代丧礼对这些东西如何使用、用多少都有严格的规定。⑩ 沮:阻止。⑪ 不果:不能如约。⑫ 尼:赵注云:"止也。"

【导读】

孟子对于自己未能与鲁平公见面一事非常达观,他对自己的弟子乐正说听从天意，颇有点孔子厄于陈蔡时的风度。其实，仔细体味孟子的话语，可以觉察他的意思是说，关键不在于是否有人从中阻挠，而在于鲁平公自己的意志是否坚定。如果坚定，决非区区臧仓的一二句话所能阻止；如果不坚定，勉强拖了他来也无济于事。

公孙丑上

公孙丑问曰[①]："夫子当路于齐[②]，管仲、晏子之功可复许乎[③]？"

孟子曰："子诚齐人也，知管仲、晏子而已矣。或问乎曾西曰：'吾子与子路孰贤[④]？'曾西蹴然曰：'吾先子之所畏也[⑤]。'曰：'然则吾子与管仲孰贤？'曾西艴然不悦[⑥]，曰：'尔何曾比予于管仲[⑦]？管仲得君如彼其专也，行乎国政如彼其久也，功烈如彼其卑也[⑧]，尔何曾比予于是？'"曰："管仲，曾西之所不为也，而子为我愿之乎？"

曰："管仲以其君霸，晏子以其君显，管仲、晏子犹不足为与？"

曰："以齐王[⑨]，由反手也[⑩]。"

曰："若是，则弟子之惑滋甚[⑪]。且以文王之德，百年而后崩[⑫]，犹未洽于天下[⑬]，武王、周公继之，然后大行。今言王若易然，则文王不足法与？"

曰："文王何可当也？由汤至于武丁[⑭]，贤圣之君六七作[⑮]，天下归殷久矣，久则难变也。武丁朝诸侯，有天下犹运之掌也。纣之去武丁未久也[⑯]，其故家遗俗、流风善政犹有存者，又有微子、微仲、王子比干、箕子、胶鬲皆贤人也，相与辅相之[⑰]，故久而后失之也。尺地莫非其有也，一民莫非其臣也，然而文王犹方百里起，是以难也。齐人有言曰：'虽有智慧不如乘势[⑱]，虽有镃基不如待时[⑲]。'"

"今时则易然也，夏后、殷、周之盛，地未有过千里者也，而齐有其地矣；鸡鸣狗吠相闻而达乎四境[⑳]，而齐有其民矣。地不改辟矣[㉑]，民不改聚矣，行仁政而王，莫之能御也。且王者之不作，未有疏于此时者也；民之憔悴于虐政，未有甚于此时者也。饥者易为食，渴者易为饮。孔子曰：'德之流行，速于置邮而传命[㉒]，'当今之时，万乘之国行仁政，民之悦之，犹解倒悬也[㉓]，故事半古之人，功必倍之，惟此时为然。"

【注释】

① 公孙丑：齐国人，孟子的弟子。② 当路：当政掌权，朱熹《集注》云："居要地也。"③ 管仲：名夷吾，在齐桓公时任国相，辅助桓公称霸诸侯，是当时著名的政治家。许：赵注云："犹兴也。"④ 曾西：前人有两种说法，一说是曾参的孙子，以赵注为代表，朱熹亦取此说；一说是曾子的儿子，因曾参的儿子字子西。后代学者各主一说，焦循《正义》认为，曾西为孙之说不可轻易否定。子路：即仲由，子路是他的字。孔子的弟子，孔门"政事"科的高材生。⑤ 蹴(cù)：朱熹《集注》云："不安貌。"先子：指自己逝世的长辈。⑥ 艴然：赵注云："愠怒色也。"一说，艴通"勃"。⑦ 曾：乃、竟。⑧ 功烈如彼其卑：功烈即功绩，赵注云："谓不率齐桓公行王道而行霸道，故言卑也。"⑨ 以齐王：此处的"王"作动词用，意为以齐国称王天下。⑩ 由反手：由通"犹"，赵注认为孟子此处是"讥管、晏不勉其君以王业也"。⑪ 滋：更加。⑫ 百年：朱熹《集注》云："文王九十七而崩，言百年，举成数也。"⑬ 洽：《书·大禹谟》"好生之德，洽于民心"，孔疏云："洽为沾渍优渥。洽于民心，言润泽多也。"⑭ 武丁：商代国君，后世亦称为高宗。据《史记·殷本纪》记载，他在位时"修政行德，天下咸欢，殷道复兴"。朱熹《集注》云："商自成汤至于武丁，中间大甲、大戊、祖乙、盘庚皆圣贤之君。"⑮ 作：赵注训"兴"、朱熹训"起"。在此，"六七作"即六七个的意思。⑯ 纣之去武丁未久：据《史记·殷本纪》记载，武丁去世后，先后由他的儿子祖庚、祖甲继位，再以下又传了五代。《尚书》的《无逸》篇说，自祖甲至殷亡，在位的那些国君"或十年，或七八年，或五六年，或四三年"。⑰ 微子：名启，商王武乙的长子。据《史记·殷本纪》记载，他与纣王是异母兄弟。因为纣王是嫡子，所以得以继承王位。纣王统治末年，"淫乱不止，微子数谏不听，乃与大师、少师谋，遂去"。商亡后，他归顺周朝，后来被封为诸侯，即宋国。微仲：据《吕氏春秋·当务》的记载，他是微子的弟弟，名衍。王子比干：商纣王的叔父，相传曾多次劝谏纣王，因而触怒纣王，被剖心而死。箕子：商纣王的叔父，曾多次劝谏纣王，因不被采纳而佯装发狂避祸，被纣王囚禁。周武王灭商后将他释放。胶鬲：《国语·晋语一》韦昭注云："殷贤臣也，自殷适周，佐武王以亡殷也。"又，本书《告子下》篇中提到"胶鬲举于鱼盐之中"，赵注云：胶鬲遭殷之乱

而隐遁，“文王于鬻贩鱼盐之中得其人，举之以为臣也”。⑱ 势：此处是形势、时机的意思。⑲ 镃（zī）基：赵注云：“田器，耒耜之属。”时：农时。⑳ 达乎四境：朱熹《集注》云：“自国都以至于四境，言民居稠密也。”㉑ 改：更、再。㉒ 置邮：朱熹以置、邮为古代邮驿（政府在各地所设置的交通站）的名称，赵注则以“置”为动词。命：国家的公文、政令。㉓ 倒悬：朱熹《集注》云：“喻困苦也。”

【导读】

此章是说，由于处在暴政横行的时代，德政的流行相当迅速，所以在当世推行仁政能收到事半功倍的效果和成就。

公孙丑问曰：“夫子加齐之卿相①，得行道焉，虽由此霸王不异矣②。如此，则动心否乎③？”

孟子曰：“否！我四十不动心④。”

曰：“若是，则夫子过孟贲远矣⑤。”

曰：“是不难，告子先我不动心⑥。”

曰：“不动心有道乎？”

曰：“有。北宫黝之养勇也⑦，不肤挠⑧，不目逃⑨，思以一豪挫于人，若挞之于市朝⑩；不受于褐宽博⑪，亦不受于万乘之君，视刺万乘之君若刺褐夫；无严诸侯⑫，恶声至，必反也⑬。孟施舍之所养勇也⑭，曰：‘视不胜犹胜也。量敌而后进、虑胜而后会⑮，是畏三军者也⑯，舍岂能为必胜哉？能无惧而已矣。’孟施舍似曾子⑰，北宫黝似子夏⑱。夫二子之勇，未知其孰贤⑲，然而孟施舍守约也⑳。昔者曾子谓子襄曰㉑：‘子好勇乎？吾尝闻大勇于夫子矣㉒：自反而不缩㉓，虽褐宽博，吾不惴焉㉔；自反而缩，虽千万人，吾往矣。’孟施舍之守气，又不如曾子之守约也。”

【注释】

① 加，担任，赵注云：“犹居也。”② 不异：朱熹《集注》云：“不足怪。”又，赵注云：“不异于古霸王之君。”③ 动心：赵注云：此处的“动心”是“畏难，自恐不能行”之意，“丑以此为大道不易，人当畏惧之不敢欲行也”。

④ 四十：四十岁，朱熹《集注》云："四十强仕，君子道明德立之时。孔子四十而不惑，亦不动心之谓。"⑤ 孟贲：齐国人（一说是卫国人），当时的著名勇士。⑥ 告子：名不害。关于此人的身份，前人的说法不一，因为本书《告子》篇有他与孟子辩论的章节，所以一般以此人为孟子的弟子。但《墨子·公孟》中又有他跟随墨子学习的记载，于是有人认为，此处的告子即《墨子》中的告子，其年龄大于孟子（如赵注称告子为"兼治儒墨之道者"）；《告子》篇中的另是一人，年龄小于孟子，是孟子的弟子。梁启超认为，告子只有一个，"《孟子》本文无以证明告子为孟子弟子，恐直是孟子前辈耳。墨子卒下距孟子生不过十余年，告子弱冠得见墨子之晚年，告子老宿得见孟子之中年"（《墨子年代考》）。钱穆的《先秦诸子系年考辨》亦同意梁氏的观点。⑦ 北宫黝：名黝，生平不详，从下文的叙述来看，他似乎是个刺客。汉代的高诱认为，《淮南子·主术训》中的北宫子，即孟子此处所说的北宫黝，此人是齐国人。⑧ 不肤挠：挠是退却的意思，赵注云："人刺其肌肤，不为挠却。"⑨ 目逃：朱熹《集注》云："目被刺而转睛逃避也。"⑩ 一豪挫于人：豪同"毫"，赵注云："人拔其一毛。"又，朱熹《集注》云："挫，犹辱也。"市朝：此指公众场合。⑪ 受：此指受挫，承上而省略。褐宽博：指地位低贱的人，朱熹《集注》云："褐，毛布。宽博，宽大之衣，贱者之服也。"下文的"褐夫"与此意同。⑫ 严：朱熹《集注》云："畏惮也，言无可畏惮之诸侯。"⑬ 恶声至必反：赵注云："以恶声加己，己必以恶声报之。"⑭ 孟施舍：生平不详，从下文所述来看，他可能是如孟贲一类的勇士。因他自称名"舍"，故前人对他的姓亦说法不一，一说他姓孟，施是发语辞；一说他复姓孟施。⑮ 会：朱熹《集注》云："合战也。"⑯ 畏三军：朱熹《集注》云："舍自言其战虽不胜，亦无所惧，若量敌虑胜而后进战，则是无勇而畏三军矣。"按周代制度规定，大国诸侯可设上、中、下三军，此处以之概指军队。⑰ 似曾子：朱熹《集注》云："黝务敌人，舍专守己；子夏笃信圣人，曾子反求诸己，故二子之与曾子、子夏虽非等伦，然论其气象则各有所似。"又，赵注云："孟子以为曾子长于孝，孝百行之本；子夏知道虽众，不如曾子孝之大也，故以舍譬曾子、黝譬子夏。"⑱ 子夏：姓卜，名商，子夏是他的字。卫国人，孔子的弟子，孔门"文学"科的高材生。⑲ 贤：此处是胜过的意思。⑳ 约：简要。㉑ 子襄：曾子的弟子。㉒ 夫子：此指

孔子。㉓ 缩：朱熹《集注》云："直也。"㉔ 不惴：朱熹《集注》云："惴，恐惧之也。"意为不去凌辱低贱者。此外，前人对此句还有感到恐惧、不恐惧、难道不恐惧等多种说法。

曰："敢问夫子之不动心与告子之不动心，可得闻与？"

"告子曰：'不得于言勿求于心[①]，不得于心勿求于气。'不得于心勿求于气，可；不得于言勿求于心，不可。夫志，气之帅也；气，体之充也[②]。夫志至焉，气次焉[③]，故曰持其志[④]，无暴其气[⑤]。"

"既曰'志至焉，气次焉'，又曰'持其志，无暴其气'者，何也？"

曰："志壹则动气[⑥]，气壹则动志也。今夫蹶者、趋者[⑦]，是气也而反动其心。"

"敢问夫子恶乎长？"

曰："我知言[⑧]，我善养吾浩然之气[⑨]。"

"敢问何谓浩然之气？"

曰："难言也。其为气也，至大至刚，以直养而无害[⑩]，则塞于天地之间。其为气也，配义与道[⑪]，无是，馁也[⑫]。是集义所生者，非义袭而取之也，行有不慊于心[⑬]，则馁矣。我故曰告子未尝知义，以其外之也。必有事焉而勿正[⑭]，心勿忘，勿助长也，无若宋人然[⑮]。宋人有闵其苗之不长而揠之者[⑯]，芒芒然归[⑰]，谓其人曰：'今日病矣[⑱]，予助苗长矣。'其子趋而往视之，苗则槁矣[⑲]。天下之不助苗长者寡矣，以为无益而舍之者，不耘苗者也；助之长者，揠苗者也。非徒无益，而又害之[⑳]。"

"何谓知言？"

曰："诐辞知其所蔽[㉑]，淫辞知其所陷[㉒]，邪辞知其所离，遁辞知其所穷[㉓]。生于其心，害于其政；发于其政，害于其事。圣人复起，必从吾言矣。"

"宰我、子贡善为说辞[㉔]，冉牛、闵子、颜渊善言德行[㉕]，孔子兼之，曰：'我于辞命则不能也[㉖]。'然则夫子既圣矣乎？"

曰："恶[㉗]！是何言也？昔者子贡问于孔子曰[㉘]：'夫子圣矣乎！'孔子曰：'圣则吾不能，我学不厌而教不倦也。'子贡曰：'学不厌，智也；教不倦，仁也。仁且智，夫子既圣矣。'夫圣，孔子不居，是何言也！"

【注 释】

① 不得于言勿求于心：朱熹《集注》云："告子谓于言有所不达，则当舍置其言，而不必反求其理于心。"又，赵注云："不得者，不得人之善心、善言也。求者，取也。告子为人勇而无虑，不原其情，人有不善之言加于己，不复取其心有善也，直怒之矣。孟子以为不可也。"② 体之充：赵注云："气所以充满形体为喜怒也，志帅气而行之，度其可否也。"③ 气次焉：焦循《正义》引毛奇龄说云："心为气之志，气为心之辅，志与气不相离也。然而心之所至，气即随之，志与气又适相须也。"又，赵注云："志为至要之本，气为其次。"④ 持：朱熹训为"守"，即保守、坚定之意。⑤ 暴：赵注云："乱也。"朱熹《集注》释此句大意云："人固当敬守其志，然亦不可不致养其气，盖其内外本末交相培养。"⑥ 壹：朱熹《集注》云"专一也"，"孟子言志之所向专一，则气固从之，然气之所在专一，则志亦反为之动"。又，赵注云："壹者，志气闭而为壹也。"⑦ 蹶者、趋者：朱熹《集注》云"蹶，颠踬也；趋，走也"，"如人颠踬趋走，则气专在是而反动其心焉，所以既持其志，而又必无暴其气也"。俞樾《古书疑义举例·两语似平而实侧例》释此句云："'今夫蹶者、趋者'，犹云'大凡颠蹶之人皆是趋走之人'。盖人之疾趋而行，气使之也，而至于颠蹶则无不动心矣，故曰'是气也而反动其心'。"⑧ 知言：赵注云："闻人言，能知其情所趋。"朱熹《集注》云："知言者，尽心知性，于凡天下之言无不有以究其极理，而识其是非得失之所以然也。"⑨ 浩然：朱熹《集注》云："盛大流行之貌。"⑩ 以直养而无害：赵注云："养之以义，不以邪事干害之。"⑪ 配：朱熹《集注》云："合而有助之意。"又，赵注云："言此气与道义相配偶俱行。"⑫ 馁：朱熹《集注》云"饥乏而气不充体也"，"若无此气，则其一时所为虽未必不出于道义，然其体有所不充，则亦不免于疑惧而不足以有为矣"。又，赵注释此句云："言能养道气而行义理，常以充满五脏，若其无此，则腹肠饥虚，若人之饿馁也。"⑬ 慊：赵注训"快"，谓指"自省所行仁义不备，干害浩气"。⑭ 勿正：正在此是止的意思，焦循《正义》云："正之义通于止也。"⑮ 宋：周初所封诸侯国名，其始封国君是商王的后裔，据有今河南东部和山东、江苏、安徽间地。前286年为齐所灭。⑯ 闵：朱熹《集注》云："忧也。"揠(yà)：赵注云："挺拔之，欲亟长也。"⑰ 芒芒：赵注云："罢倦之貌。"罢，通"疲"。又，朱熹《集

注》云:“无知之貌。”⑱ 其人:赵注云:“家人也。”病:朱熹《集注》云:“疲倦也。”⑲ 槁:赵注云:“干枯也。”⑳ 而又害之:朱熹《集注》释孟子之意云:“不耘则失养而已,揠则反以害之,无是二者,则气得其养而无所害矣。”㉑ 诐(bì):赵注训为“险诐”,朱熹训为“偏陂”(陂通“颇”)。蔽:《荀子》有《解蔽》篇,唐杨倞注云:“蔽者,言不能通明、滞于一隅,如有物壅蔽之也。”此处之“蔽”与之意同。㉒ 淫:赵注训为“淫美不信”,朱熹训为“放荡”。陷:此指与事实相背离之处。㉓ 遁:焦循《正义》谓,《鹖冠子》“分遁辞为诈辞”,“在本意则隐而不明是为遁,在所言则妄而不实是为诈,遁即诈也”。㉔ 宰我:即孔子的弟子宰予,字子我。他是孔门“言语”科的高材生,《史记·仲尼弟子列传》说他“利口辨辞”。子贡:即孔子的弟子端木赐,子贡是他的字。他也是孔门“言语”科的高材生。㉕ 冉牛:即孔子的弟子冉耕,字伯牛。闵子:即孔子的弟子闵损,字子骞。颜渊:即孔子的弟子颜回,字子渊。他们三人都是孔门“德行”科的高材生。㉖ 于辞命则不能:朱熹《集注》引程颐说云:“孔子自谓不能于辞命者,欲使学者务本而已。”㉗ 恶:朱熹《集注》云:“惊叹辞也。”㉘ 昔者子贡问于孔子:这一段话与《论语·述而》“若圣与仁则吾岂敢”章大意相同,顾炎武《日知录》认为它们是同一件事,焦循《正义》引翟灏《四书考异》说认为,此处所述与《吕氏春秋·尊师》所引的一段话是一回事。《吕氏春秋》的引文如下:“子贡问孔子曰:‘后世将何以称夫子?’孔子曰:‘吾何足以称哉?勿已者,则好学而不倦、好教而不倦,其惟此邪?’”

“昔者窃闻之,子夏、子游、子张皆有圣人之一体①,冉牛、闵子、颜渊则具体而微②,敢问所安③?”

曰:“姑舍是④。”

曰:“伯夷、伊尹何如⑤?”

曰:“不同道。非其君不事,非其民不使,治则进,乱则退,伯夷也;何事非君,何使非民,治亦进,乱亦进,伊尹也;可以仕则仕,可以止则止,可以久则久,可以速则速,孔子也。皆古圣人也,吾未能有行焉,乃所愿则学孔子也。”

“伯夷、伊尹于孔子若是班乎⑥?”

曰:“否!自有生民以来未有孔子也。”

曰:“然则有同与?”

曰:“有。得百里之地而君之,皆能以朝诸侯,有天下;行一不义、杀一不辜而得天下,皆不为也,是则同。”

曰:“敢问其所以异?”

曰:“宰我、子贡、有若⑦,智足以知圣人,汙不至阿其所好⑧。宰我曰:‘以予观于夫子,贤于尧、舜远矣⑨。’子贡曰:‘见其礼而知其政⑩,闻其乐而知其德,由百世之后等百世之王⑪,莫之能违也。自生民以来未有夫子也。’有若曰:‘岂惟民哉?麒麟之于走兽、凤凰之于飞鸟⑫、太山之于丘垤、河海之于行潦⑬,类也;圣人之于民,亦类也。出于其类,拔乎其萃⑭,自生民以来未有盛于孔子也。’”

【注释】

① 子游:即孔子的弟子言偃,子游是他的字。他是孔门“文学”科的高材生。子张:即孔子的弟子颛孙师,子张是他的字。一体:赵注云:“得一枝也。”又云:“体以喻德也。”② 具体而微:朱熹《集注》云:“谓有其全体,但未广大耳。”③ 敢问所安:朱熹《集注》云:“公孙丑复问孟子,既不敢比孔子,则于此数子欲何所处也。”④ 姑舍是:赵注、朱熹都认为孟子不回答是不愿将自己与这几个人相比。⑤ 伯夷:相传是商末孤竹国君的儿子,因与弟弟叔齐相互谦让君位而双双逃奔周国。后来因周武王出兵讨伐商朝,他们劝阻无效,便隐居到首阳山,“义不食周粟”而饿死。司马迁在《史记》中为他们立传,置于“列传”之首。伊尹:商初大臣,名伊(一说名挚),尹是官名。他曾辅佐成汤灭夏并巩固商初的统治,是古代有名的贤臣。⑥ 班:朱熹《集注》云:“齐等之貌。”⑦ 有若:孔子的弟子,据《史记·仲尼弟子列传》记载,因他的相貌像孔子,所以,孔子死后,孔门弟子曾一度“相与共立为师,师之如夫子时也”。⑧ 汙(wā):低下,赵注云:“汙,下也。言三人虽不汙不平,亦不至阿其所好以非其事,阿私所爱而空誉之,其言有可用者。”阿:阿谀。⑨ 尧、舜:传说中上古时代的贤君,是儒家最推崇的人物之一。⑩ 见其礼而知其政:赵注认为此处的“其”是指孔子,朱熹则认为是孔子“见人之礼则可知其政”。下一句与此类似。⑪

等：此处是比较、评论的意思。⑫ 麒麟之于走兽、凤凰之于飞鸟：古人将动物分成五类，凤凰是羽虫(相当于飞禽)之长，麒麟是毛虫(相当于走兽)之长(参见《五行大义》卷五)。⑬ 太山：即现在的泰山。垤(dié)：小土堆。行潦(lǎo)：朱熹《集注》云："道上无源之水也。"⑭ 拔乎其萃：朱熹《集注》云："拔，特起也；萃，聚也。言自古圣人固皆异于众人。"

【导 读】

此章是《孟子》中相当重要的章节之一，宋代理学家程颐说："孟子此章，扩前圣所未发，学者所宜潜心而玩索也。"(朱熹《集注》引)全章从谈论"心"开始，论及"心"与"气"的关系，孟子进而提出了著名的"浩然之气"论断，最后归结为先贤的伟大。其中最引人注目的，当推"养气"问题。孟子所谓的"养气"究竟是指什么而言，历来学者的不同见解很多，有的学者甚至专门从气功的角度来理解(参见张荣明《中国古代气功与先秦哲学》)。看来，"养气"说中不排除包含有养生、气功等生理理论，但其主要的着眼点则是伦理学中的理性凝聚问题，也就是平常所说的意志的培养问题。宋末民族英雄文天祥所作的《正气歌》，就以文艺形式对孟子的"养气"说作了很好的发挥："天地有正气，杂然赋流形，下则为河岳，上则为日星，于人曰浩然，沛乎塞苍冥。……是气所旁薄，凛烈万古存，当其贯日月，生死安足论！地维赖以立，天柱赖以尊，三纲实系命，道义为之根。"

孟子曰："以力假仁者霸[①]，霸必有大国；以德行仁者王，王不待大，汤以七十里、文王以百里[②]。以力服人者，非心服也，力不赡也[③]；以德服人者，中心悦而诚服也，如七十子之服孔子也[④]。《诗》云[⑤]：'自西自东，自南自北，无思不服[⑥]。'此之谓也。"

【注 释】

① 以力假仁：朱熹《集注》云："力谓土地、甲兵之力。假仁者，本无是心而借其事以为功者也。"② 文王以百里：刘师培《古书疑义举例补·虚数不可实指之例》引《日知录》云："孟子为此言以证王之不待大耳，其实文王之国不止百里。"③ 赡：赵注云："足也"。④ 七十子：指孔子的

弟子。相传孔子有三千弟子,其中“身通六艺者七十有二人”(《史记·孔子世家》,《仲尼弟子列传》作“七十七人”),通称“七十子”。⑤《诗》云:此处的诗句引自《诗·大雅·文王有声》,这是一首歌颂周文王的诗歌。⑥ 思:句中助词,无义。

【导 读】

此章是讲“王道”与“霸道”的区分。所谓“霸道”,是以力服人,服从者未必心服,这是孟子所反对的;所谓“王道”,是以德服人,服从者是真正的心悦诚服,这是孟子反复向君主们宣传的。

孟子曰:“仁则荣,不仁则辱。今恶辱而居不仁,是犹恶湿而居下也①。如恶之,莫如贵德而尊士,贤者在位②,能者在职,国家闲暇,及是时明其政刑③,虽大国必畏之矣。《诗》云:‘迨天之未阴雨④,彻彼桑土⑤,绸缪牖户⑥。今此下民⑦,或敢侮予⑧?’孔子曰:‘为此诗者其知道乎!能治其国家,谁敢侮之?’今国家闲暇,及是时般乐怠敖⑨,是自求祸也。祸福无不自己求之者,《诗》云:‘永言配命⑩,自求多福。’《太甲》曰⑪:‘天作孽犹可违⑫,自作孽不可活⑬。’此之谓也。”

【注 释】

① 居下:赵注云:“居埤下近水泉之地也。”② 贤者在位:赵注云:“使贤者居位,官得其人。”朱熹《集注》云:“贤,有德者,使之在位,则足以正君而善俗。”下“能者在职”句与此类似。③ 及是时:朱熹《集注》云:“详味‘及’字,则惟日不足之意可见也。”④《诗》云:此处的诗句引自《诗·豳风·鸱鸮》,该诗以鸱鸮设喻,申述周室危急,表明作者救乱扶倾的苦心。据《书·金縢》记载,此诗的作者是周公。迨:趁着。⑤ 彻:此处是剥取的意思。桑土(dù):朱熹《集注》云:“桑根之皮也。”⑥ 绸缪(móu):朱熹《集注》云:“缠绵补葺也。”牖户:门窗,因诗句是以鸟儿设喻,故此处是指鸟巢的出入口。⑦ 下民:这是一个双关词,以统治者的眼光来看,被统治的民众是“下民”;而以鸟儿的口吻来说,鸟巢之下的人是“下民”。⑧ 或敢侮予:予是人称代词,指我。朱熹《集注》云:“周公以

鸟之为巢如此，比君之为国，亦当思患而预防之。”⑨ 般乐怠敖：赵注释般为“大”，谓指“大作乐，怠惰敖游”；朱熹将此语训为“纵欲偷安”。⑩《诗》云：此处的诗句引自《诗·大雅·文王》。永言配命：朱熹《集注》云：“永，长也。言，犹念也。配，合也。命，天命也。”⑪《太甲》：相传是商初伊尹告诫商王太甲的训词，今本《尚书》中的《太甲》出于后人伪造。⑫ 天作孽犹可违：孽指妖孽，即不详、怪异的征象，古人认为这是上天对人世不道现象降灾的前兆，如统治者及时修德改正，那么灾难就可能消弭。违，是规避的意思。⑬ 活：赵注、朱熹均据字面释为“活命”。焦循《正义》云，《礼记·缁衣》引此语“活”作“逭”，郑玄注训“逭”为“逃”，字训虽略有不同，“而大旨无殊”。

【导读】

此章是说，要免除国家的内忧外患，只有尊贤使能，奉行仁道。尤为重要的是，在平安的时候，必须要防患于未然。

孟子曰：“尊贤使能，俊杰在位①，则天下之士皆悦，而愿立于其朝矣；市廛而不征②，法而不廛③，则天下之商皆悦，而愿藏于其市矣；关讥而不征，则天下之旅皆悦，而愿出其路矣；耕者助而不税④，则天下之农皆悦，而愿耕于其野矣；廛无夫里之布⑤，则天下之民皆悦，而愿为之氓矣⑥。信能行此五者⑦，则邻国之民仰之若父母矣，率其子弟攻其父母，自有生民以来未有能济者也⑧。如此则无敌于天下，无敌于天下者天吏也⑨，然而不王者未之有也。”

【注释】

① 俊杰：朱熹《集注》云：“才艺之异于众者。”又，赵注云：“俊，美才出众者也；万人者称杰。”② 廛：赵注云：“市宅也。古者无征，衰世征之。”焦循《正义》列举了前人的两种说法，一说是指不向商贾占用的宅地征税；一说是“谓货物藏于此而不征税”。据本章上下文考察，“廛”当是一种征税的名称，与下文“助而不税”之“助”类似，此作动词用。③ 法而不廛：《周礼·廛人》注云：“其有货物久滞于廛而不售者，官以法为居取之，

故曰'法而不廛'。"赵注不取此说,云:"法而不廛者,当以什一之法征其地耳,不当征其廛宅也。"朱熹《集注》引张氏说云:"或赋其市地之廛而不征其货,或治之以市官之法而不赋其廛,盖逐末者多则廛而抑之,少则不必廛也。"④ 助而不税:朱熹《集注》云:"但使出力以助耕公田,而不税其私田也。"详见本书《滕文公上》"滕文公问为国"章。⑤ 夫里之布:赵注云:"里,居也。布,钱也。夫,一夫也。《周礼·载师》曰'宅不毛者有里布,田不耕者出屋粟,凡民无职事者出夫家之征'。孟子欲使宽独夫,去里布,则人皆乐为之民矣。"朱熹《集注》云:"《周礼》'宅不毛者有里布,民无职事者出夫家之征',郑氏谓'宅不种桑麻者,罚之使出一里二十五家之布;民无常业者,罚之使出一夫百亩之税、一家力役之征也'。今战国时一切取之,市宅之民已赋其廛,又令出此夫里之布,非先王之法也。"⑥ 氓:赵注云:"谓其民也。"⑦ 信:赵注训为"诚",即确实的意思。⑧ 济:成功。⑨ 天吏:赵注云:"天使也。为政当为天所使,诛伐无道,故谓之天吏也。"朱熹《集注》引吕氏语云:"奉行天命,谓之天吏。"

【导读】

此章是说,只要能行王政,关心民众的疾苦,国家就会强盛起来,必定能称王天下。

孟子曰:"人皆有不忍人之心。先王有不忍人之心,斯有不忍人之政矣。以不忍人之心,行不忍人之政,治天下可运之掌上。所以谓人皆有不忍人之心者,今人乍见孺子将入于井[①],皆有怵惕恻隐之心[②]。非所以内交于孺子之父母也[③],非所以要誉于乡党朋友也[④],非恶其声而然也。由是观之,无恻隐之心非人也,无羞恶之心非人也,无辞让之心非人也,无是非之心非人也。恻隐之心,仁之端也[⑤];羞恶之心,义之端也;辞让之心,礼之端也;是非之心,智之端也。人之有是四端也,犹其有四体也。有是四端而自谓不能者,自贼者也;谓其君不能者,贼其君者也。凡有四端于我者,知皆扩而充之矣,若火之始然、泉之始达[⑥]。苟能充之,足以保四海;苟不充之,不足以事父母。"

【注释】

① 乍：突然，赵注训此字为“暂”，焦循《正义》云“乍、暂、卒三字转注也”，“卒与‘猝’通”。孺子：赵注云：“未有知之小子。”② 怵惕恻隐：朱熹《集注》云：“怵惕，惊动貌。恻，伤之切也；隐，痛之深也。此即所谓不忍人之心也。”③ 内交：内同“纳”，结交、拉关系之意。④ 要：通“邀”，谋求。乡党：乡、党都是古代的基层居民组织，此指乡里邻居。⑤ 端：发端，赵注云：“首也。”⑥ 火之始然：然同“燃”。达：通，此指泉水流出去。

【导读】

孟子认为，仁政可以由“不忍人之心”推广出来，而这种“不忍人之心”是人本身固有的，此章就专门谈论这个问题。在这一章中，孟子提出了著名的“四端”说，即“恻隐之心，仁之端也；羞恶之心，义之端也；辞让之心，礼之端也；是非之心，智之端也”（同情之心是仁的发端，羞耻之心是义的发端，谦让之心是礼的发端，是非之心是智的发端）。在此基础上，确立了孟子学派的“性善论”。根据这一认识，人们的后天学习实际上就是保持和扩大充实这些“发端”。从理论上来说，孟子这一套学说的先验性质是很明显的，仁、义、礼、智这类带有社会涵义的概念被说成是人性中先天所具有的，而这种理性又在很大程度上建立在情感（恻隐之心）基础上。但这一观点却对中国的伦理哲学产生了很大的影响，宋代的理学家亦在此找到了充分的理论论据。朱熹说：“此章所论人之性情、心之体用，本然全具，而各有条理如此。学者于此反求默识而扩充之，则天之所以与我者，可以无不尽矣。”（《集注》）

孟子曰：“矢人岂不仁于函人哉①？矢人唯恐不伤人，函人唯恐伤人，巫、匠亦然②，故术不可不慎也。孔子曰：‘里仁为美。择不处仁，焉得智？’③夫仁，天之尊爵也④，人之安宅也⑤，莫之御而不仁，是不智也。不仁不智、无礼无义，人役也⑥。人役而耻为役，由弓人而耻为弓⑦、矢人而耻为矢也。如耻之，莫如为仁。仁者如射，射者正己而后发，发而不中，不怨胜己者，反求诸己而已矣。”

【注 释】

① 矢人：造箭的工匠。函人：造甲的工匠，《考工记》："函人为甲。"② 巫、匠亦然：赵注云："巫欲祝活人；匠，梓匠，作棺欲其蚤售，利在于人死也。"③ 此处之引文见《论语·里仁》篇。④ 尊爵：朱熹《集注》云："仁义礼智，皆天所与之良贵，而仁者天地生物之心，得之最先而兼统四者，所谓元者善之长也，故曰'尊爵'。"⑤ 安宅：朱熹《集注》云，仁义礼智"人当常在其中而不可须臾离者也，故曰'安宅'"。⑥ 人役：赵注云："为人所役者也。"⑦ 由：通"犹"。

【导 读】

此章是说，人的本性虽然是善的，但是否能做到仁却受到外界条件的阻碍。在这一点上，人完全有自主选择的能力。因此，孟子的结论是：能否做到仁，完全取决于自身的抉择。

孟子曰："子路，人告之以有过则喜；禹闻善言则拜[①]；大舜有大焉[②]，善与人同[③]，舍己从人，乐取于人以为善。自耕稼、陶、渔以至为帝[④]，无非取于人者。取诸人以为善，是与人为善者也[⑤]。故君子莫大乎与人为善。"

【注 释】

① 禹：传说中上古时代的贤君，因治水有功而被舜选为接班人，成为当时天下共同遵从的首领。闻善言而拜：《书·皋陶谟》云"禹拜昌言"，昌言即此处所谓的"善言"。② 有大焉：有同"又"，朱熹《集注》云："言舜之所为，又有大于禹与子路者。"③ 善与人同：朱熹《集注》云："公天下之善而不为私也。"④ 耕稼、陶、渔：《史记·五帝本纪》云："舜耕历山，历山之人皆让畔；渔雷泽，雷泽上人皆让居；陶河滨，河滨器皆不苦窳。"⑤ 与：此处为赞许、帮助之意。朱熹《集注》云："与，犹许也、助也。"

【导 读】

此章是赞颂圣贤为善的诚心。子路闻过则喜，大禹闻善言则下拜，而更高的境界则是如同舜那样带动他人一起来行善。在善的面前,是没有人、我之分的,自己不善而他人有善,就舍己从人;自己有善而他人还没有达到,就公之于众与他人一起来实施。“在人者有以裕于己,在己者有以及于人”(朱熹《集注》)。

孟子曰:“伯夷,非其君不事,非其友不友,不立于恶人之朝,不与恶人言。立于恶人之朝、与恶人言,如以朝衣朝冠坐于涂炭①。推恶恶之心,思与乡人立,其冠不正,望望然去之②,若将浼焉③。是故诸侯虽有善其辞命而至者,不受也。不受也者,是亦不屑就已。柳下惠不羞污君④,不卑小官;进不隐贤⑤,必以其道;遗佚而不怨⑥,阨穷而不悯⑦。故曰:‘尔为尔,我为我,虽袒裼裸裎于我侧⑧,尔焉能浼我哉?’故由由然与之偕而不自失焉⑨,援而止之而止。援而止之而止者,是亦不屑去已。”

孟子曰:“伯夷隘⑩,柳下惠不恭。隘与不恭,君子不由也⑪。”

【注释】

① 涂炭:赵注云:“涂,泥;炭,墨也。”② 望望:朱熹《集注》云:“去而不顾之貌。”又,赵注云:“惭愧之貌也。”③ 浼:赵注云:“污也。”④ 柳下惠:鲁国大夫,本名展获,字禽,因他的食邑在柳下、谥号为惠,所以人们亦称他为柳下惠。在儒家著作中,曾多次将他与伯夷等贤人并列,誉为有德行的人。不羞:不感到羞耻。污君:行为恶滥的国君。⑤ 进不隐贤:赵注释此句及下一分句云:“进不隐己之贤才,必欲行其道也。”又,朱熹《集注》云:“不隐贤,不枉道。”⑥ 遗佚:朱熹《集注》云:“放弃也。”⑦ 阨穷:指困于贫穷,朱熹《集注》云:“阨,困也。”悯:忧愁。⑧ 袒裼裸裎:朱熹《集注》云:“袒裼,露臂也;裸裎,露身也。”⑨ 由由:朱熹《集注》云:“自得之貌。”不自失:朱熹《集注》云:“不失其正也。”⑩ 隘:赵注云:“言其太隘狭也。”⑪ 由:此处是为、仿效的意思。

【导读】

此章是说,伯夷、柳下惠虽然德行高尚,但秉性还有缺陷,作为一个真正的君子,应该按中庸之道来行事处世。

公孙丑下

孟子曰："天时不如地利①，地利不如人和。三里之城，七里之郭②，环而攻之而不胜③。夫环而攻之，必有得天时者矣，然而不胜者，是天时不如地利也。城非不高也，池非不深也④，兵革非不坚利也⑤，米粟非不多也，委而去之⑥，是地利不如人和也。故曰域民不以封疆之界⑦，固国不以山谿之险，威天下不以兵革之利，得道者多助，失道者寡助。寡助之至，亲戚畔之⑧；多助之至，天下顺之。以天下之所顺，攻亲戚之所畔，故君子有不战，战必胜矣。"

【注释】

① 天时不如地利：此处所说的两个"不如"，在《荀子》、《尉缭子》及近年出土的《孙膑兵法》中均有引述，有的地方且称之为"古之圣人"之言。这些人或著作大多与孟子同时代，可见这两句话当是孟子引述前人的成语，并非孟子的自创。天时，古代行军作战都要以阴阳时日占卜，《汉书·艺文志·兵书略》中有"兵阴阳家"类，班固序云："阴阳者，顺时而发，推刑德，随斗击，因五胜，假鬼神而为助者也。"孟子此处的"天时"即指此而言，但这并不等于孟子自己一定相信，《尉缭子》书中对此亦不尽信，其《战威》篇云："举贤任能，不时日而事利；明法审令，不卜筮而事吉；贵功养劳，不祷祠而得福。"② 七里之郭：郭是指外城，朱熹《集注》云："三里、七里，城郭之小者。"③ 环：朱熹《集注》云："围也，言四面攻围，旷日持久，必有值天时之善者。"④ 池：护城河。⑤ 革：此指甲胄。⑥ 委而去之：朱熹《集注》云："委，弃也。言不得民心，民不为守也。"⑦ 域：朱熹《集注》云："界限也。"赵注云："不以封疆之界禁之，使民怀德也。"以下两句的大义与此句相同。⑧ 亲戚：指内外亲属，《礼记·曲礼上》孔疏云："亲指族内，戚言族外。"畔：通"叛"。

【导读】

此章主要是说民心向背的重大作用。孟子虽然举军事的例子作比喻，其意义和重点决不限于军事斗争，由此所引出的"得道者多助，失道者寡助"，则成了千古传诵的名句，激励着一切为正义而斗争的人们。

孟子将朝王[1]，王使人来曰："寡人如就见者也[2]，有寒疾，不可以风。朝[3]，将视朝，不识可使寡人得见乎？"对曰："不幸而有疾[4]，不能造朝[5]。"

明日，出吊于东郭氏[6]，公孙丑曰："昔者辞以病，今日吊，或者不可乎[7]！"曰："昔者疾，今日愈，如之何不吊？"

王使人问疾，医来。孟仲子对曰[8]："昔者有王命，有采薪之忧[9]，不能造朝。今病小愈，趋造于朝，我不识能至否乎？"使数人要于路[10]，曰："请必无归，而造于朝。"

不得已而之景丑氏宿焉[11]，景子曰："内则父子，外则君臣，人之大伦也。父子主恩，君臣主敬。丑见王之敬子也，未见所以敬王也。"

曰："恶！是何言也？齐人无以仁义与王言者，岂以仁义为不美也？其心曰：'是何足与言仁义也'云尔[12]，则不敬莫大乎是。我非尧舜之道，不敢以陈于王前，故齐人莫如我敬王也。"

景子曰："否，非此之谓也。礼曰：'父召无诺[13]，君命召不俟驾[14]。'固将朝也，闻王命而遂不果，宜与夫礼若不相似然。"

曰："岂谓是与！曾子曰[15]：'晋、楚之富，不可及也。彼以其富，我以吾仁；彼以其爵，我以吾义，吾何慊乎哉[16]？'夫岂不义而曾子言之？是或一道也。天下有达尊三[17]：爵一，齿一[18]，德一。朝廷莫如爵，乡党莫如齿，辅世长民莫如德，恶得有其一以慢其二哉[19]？故将大有为之君，必有所不召之臣，欲有谋焉则就之。其尊德乐道，不如是不足与有为也[20]。故汤之于伊尹学焉而后臣之，故不劳而王；桓公之于管仲学焉而后臣之，故不劳而霸。今天下地丑德齐[21]，莫能相尚[22]，无他，好臣其所教而不好臣其所受教。汤之于伊尹、桓公之于管仲则不敢召，管仲且犹不可召，而况不为管仲者乎？"

【注 释】

① 王：指齐宣王。② 如：赵注训为"若"，杨树达《词诠》训为"当"。③ 朝：赵注谓此指孟子"傥可来朝"，焦循《正义》云："齐王以孟子肯来

朝，方视朝，不然仍以疾罢，语颇婉切。”④ 有疾：朱熹《集注》云：“孟子本将朝王，王不知而托疾以召孟子，故孟子亦以疾辞也。”⑤ 造：前往。⑥ 东郭氏：赵注云：“齐大夫家也。”⑦ 或者：朱熹《集注》云：“疑辞。”⑧ 孟仲子：赵注云：“孟子之从昆弟，从学于孟子者也。”战国初年儒家传《诗》的学者中亦有鲁人孟仲子，《诗》毛传中还引述过他的见解，他与此处的孟仲子当不是一人。⑨ 采薪之忧：患病的委婉说法，朱熹《集注》云：“言病不能采薪，谦辞也。”亦作“负薪之忧”，《礼记·曲礼下》云：“君使士射，不能，则辞以疾，言曰：‘某有负薪之忧。’”⑩ 要（yāo）：阻拦。⑪ 景丑氏：朱熹《集注》云：“齐大夫家也。”⑫ 云尔：赵注云：“绝语之辞也。”⑬ 父召无诺：父亲召唤，子女应不等答应就立即趋前。又，《礼记·曲礼上》“父召无诺，先生召无诺，唯而起”，郑玄注云：“应辞‘唯’恭于‘诺’。”⑭ 君命召不俟驾：俟，等待；驾，车辆。《论语·乡党》云：“君命召，不俟驾行矣。”又，《荀子·大略》亦云：“诸侯召其臣，臣不俟驾，颠倒衣裳而走，礼也。”⑮ 曾子：指孔子的弟子曾参。⑯ 慊：朱熹《集注》云：“恨也，少也。”赵注训“慊”为“少”，并释孟子之意云：“欲以喻王犹晋、楚，我犹曾子，我岂轻于王乎？”⑰ 达尊：朱熹《集注》云：“达，通也。盖通天下之所尊，有此三者。”⑱ 齿：指年龄。⑲ 有其一以慢其二：赵注云：“孟子谓贤者、长者有德有齿，人君无德但有爵耳，故云何得以一慢二乎。”⑳ 不如是不足与有为：朱熹《集注》引程颐语云：“古之人所以必待人君致敬尽礼而后往者，非欲自为尊大也，为是故耳。”㉑ 丑：同，《方言》云：“丑，同也，东齐曰丑。”又，赵注云：“类也。”㉒ 尚：朱熹《集注》云：“过也。”

【导读】

齐王召请孟子，孟子认为他这样做不够礼貌，所以以得了病为借口推辞不去。孟子认为，士人的恭敬，主要不是表现在趋奉应命上，而应该是以批评政务的不足之处、陈说美善的德行为敬；作为国君，不应该看重地位和财富，而是以崇尚美德、尊敬贤士为重。如果在上者、在下者能在自己所应该做到的方面进行沟通，那么王业就有希望成就了。在此，士人的自尊，实际上是尊重大道与德行，同时也是一种人格的自尊。景丑氏所说的“君命召不俟驾”（君命传唤不等马车驾好就前去），是曾经得到过孔子遵从的古礼（见《论语·乡党》篇），但在孟子看来，这已经不合乎时代的潮流了。根据当时的一些文献记载来看，由于相互争霸的政治、军事斗争需要，有许多开明的君主已经接受了这套观念，至少他们在理论上不得不承认，“势不若德尊，财不若义高”（《淮南子·修务训》、《史记·魏世家》）。齐宣王在稷下召致“文学游说之士”，使他们“不治而议论”，就是一个明显的例子。

陈臻问曰[①]：“前日于齐，王馈兼金一百而不受[②]；于宋，馈七十镒而受；于薛，馈五十镒而受。前日之不受是，则今日之受非也；今日之受是，则前日之不受非也，夫子必居一于此矣。”

孟子曰：“皆是也。当在宋也，予将远行，行者必以赆，辞曰‘馈赆[③]’，予何为不受？当在薛也，予有戒心[④]，辞曰‘闻戒，故为兵馈之’，予何为不受？若于齐，则未有处也[⑤]。无处而馈之，是货之也[⑥]，焉有君子而可以货取乎[⑦]？”

【注释】

① 陈臻：赵注云：“孟子弟子。”② 兼金：赵注云：“好金也，其价兼倍于常者，故谓之‘兼金’。”按，先秦时代所谓的“金”即现在的铜。一百：指一百镒，赵注云：“古者以一镒为一金。镒，二十两也。”③ 赆（jìn）：赵注云：“送行者赠贿之礼也，时人谓之‘赆’。”④ 戒心：赵注云：“戒备不虞之心也。时人欲害孟子，孟子戒备。”⑤ 未有处：指没有理由。⑥ 货：如同现在所说的贿赂、收买。⑦ 取：朱熹《集注》云：“犹致也。”

【导读】

此章是说，君子对于礼物不以其多少来确定接受不接受，而是以是否合乎道理来去取。不合乎“理”的，再多也不能受；合乎“理”的，虽然菲薄，也应该接受。如果排除了这一条标准，那么就是收受贿赂，君子本身也就不成其为君子了。孔子所谓“临财毋苟得”（《礼记·曲礼上》），说的就是这个意思。

孟子之平陆①，谓其大夫曰②："子之持戟之士③，一日而三失伍④，则去之否乎⑤？"

曰："不待三。"

"然则子之失伍也亦多矣！凶年饥岁，子之民，老羸转于沟壑，壮者散而之四方者，几千人矣。"

曰："此非距心之所得为也⑥。"

曰："今有受人之牛羊而为之牧之者，则必为之求牧与刍矣⑦。求牧与刍而不得，则反诸其人乎，抑亦立而视其死与？"

曰："此则距心之罪也。"

他日，见于王，曰："王之为都者⑧，臣知五人焉，知其罪者惟孔距心。"为王诵之⑨。王曰："此则寡人之罪也。"

【注释】

① 平陆：齐边邑名，在今山东汶上以北。② 大夫：此指邑长官，朱熹《集注》云："邑宰也。"周柄中《孟子辨正》谓："《左传》凡大夫加邑号者，皆治邑之大夫。"③ 持戟之士：士兵。戟是当时的主要武器之一，所以时人常以"持戟"指称战士。④ 失伍：伍是当时步兵的基本编制单位和战斗队形的基础，一伍由五人组成，每人都有一定的战斗位置，因此，当时伍的纪律是很严格的。失伍指离开了自己的战斗岗位，与失职的涵义相似。⑤ 去：赵注、朱熹均训为"杀"，也有人训为"罢免"。⑥ 此非距心之所得为：朱熹《集注》云："言此乃王之失政使然，非我所得专为也。"⑦ 牧与刍：牧地和草料。⑧ 都：指城邑，《左传·庄公二十八年》云："凡邑，有宗庙先君之主曰都，无曰邑。"其实当时常都、邑互称，如《左传·隐公元年》云："先王之制，大都不过参国之一，中五之一，小九之一。"⑨ 诵：赵注云："言也。"

【导读】

孟子强调，无论是官员还是国君，都要有责任心。有人指出："孟子一言而齐之君臣举知其罪，固足以兴邦矣。然而齐卒不得为善国者，岂非说而不绎、从而不改故邪？"（朱熹《集注》引陈氏语）

孟子谓蚳鼃曰[①]："子之辞灵丘而请士师[②]，似也[③]，为其可以言也[④]。今既数月矣，未可以言与？"

蚳鼃谏于王而不用，致为臣而去[⑤]。齐人曰："所以为蚳鼃则善矣，所以自为则吾不知也[⑥]。"

公都子以告[⑦]，曰："吾闻之也，有官守者不得其职则去[⑧]，有言责者不得其言则去。我无官守，我无言责也，则吾进退岂不绰绰然有余裕哉[⑨]？"

【注 释】

① 蚳鼃(chí wā)：赵注云："齐大夫。"② 灵丘：齐边邑，约在今山东高唐和茌平之间。③ 似也：朱熹《集注》云："言所为近似有理。"④ 可以言：朱熹《集注》云："谓士师近王，得以谏刑罚之不中者。"⑤ 致为臣而去：赵注云："致仕而去。"朱熹训致为"还"，即辞去官职的意思。⑥ 所以自为则吾不知：朱熹《集注》云："讥孟子道不行而不能去也。"⑦ 公都子：赵注云："孟子弟子。"⑧ 官守：赵注云："居官守职者。"⑨ 绰绰然有余裕：语本《诗·小雅·角弓》："绰绰有裕。"赵注云："绰、裕皆宽也。"

【导 读】

孔子曾经说过："不在其位，不谋其政。"(《论语·泰伯》)孟子此章的意思与其大体相近。孟子认为，作为正式的官员，有自己的职责范围，应该尽到自己的责任，"有官守者不得其职则去，有言责者不得其言则去"(有职位在身的不能尽职就离去，有进言之责的不能进言就离去)。像孟子那样的无职无位的士人，则不能以这样的标准来要求。当然，这主要是从执政者角度来说的，作为士人本身，并不能因此而全无道德责任和历史使命，否则就不成其为"君子"或"士"了。

孟子为卿于齐，出吊于滕[①]，王使盖大夫王驩为辅行[②]。王驩朝暮见，反齐滕之路未尝与之言行事也[③]。

公孙丑曰："齐卿之位不为小矣，齐滕之路不为近矣，反之而未尝与言行事，何也？"

曰："夫既或治之[④]，予何言哉？"

【注 释】

① 出吊于滕：去吊唁滕文公的丧事。② 盖：邑名，在今山东沂水西北。王驩：字子敖，赵注云："齐之谄人，有宠于王，后为右师。"辅行：朱熹《集注》云："副使也。"③ 行事：朱熹《集注》云："使事也。"赵注云："孟子不悦其为人，虽与同使而行，未尝与之言行事，不愿与之相比也。"④ 夫既或治之：赵注云："孟子曰'夫人既自谓有治行事，我将复何言哉？'言其专知自善，不知咨于人也。"又，朱熹释此句意为"言有司已治之矣"。

【导 读】

此章主要记述了孟子对于小人的态度。孟子奉命出使，王驩是他的副手，按理应事事请示孟子，然而他却独断专行，所以孟子就从不与他谈论公务。孟子的态度很严厉，但在言语上却很谨慎，不与王驩争执、论理。这就是孔子所说的"邦无道，危行言逊"的处事态度（《论语·宪问》）。从《孟子》一书来看，孟子并非都采取这样的态度，他有时抨击时政的言论并不"逊"，但其中似乎有这样的界限：他作为正式任职的官员时是遵从此道的，而作为没有职位的士人时则言语犀利，得理不让人。这既有身份、地位不同的因素，也有社会条件不同的缘故，孟子与孔子所处的时代究竟不完全一致。

孟子自齐葬于鲁①，反于齐，止于嬴②。

充虞请曰③："前日不知虞之不肖，使虞敦匠④。事严⑤，虞不敢请，今愿窃有请也，木若以美然⑥。"

曰："古者棺椁无度⑦，中古棺七寸⑧，椁称之⑨。自天子达于庶人，非直为观美也⑩，然后尽于人心。不得不可以为悦⑪，无财不可以为悦。得之为有财，古之人皆用之，吾何为独不然？且比化者无使土亲肤⑫，于人心独无恔乎⑬？吾闻之也，君子不以天下俭其亲⑭。"

【注 释】

① 自齐葬于鲁：赵注云："孟子仕于齐，丧母，归葬于鲁。"钱穆《先秦诸子系年考辨》卷三谓，孟子归母葬当在齐威王三十一年（前326）后数年

内。② 嬴：赵注云："齐南邑。"在今山东莱芜西北。③ 充虞：赵注云："孟子弟子。"④ 敦匠：管理工匠，焦循《正义》引孔广森《经学卮言》云："敦，治也。"⑤ 事严：赵注云："丧事急。"焦循《正义》云："急者，谓不暇也。"⑥ 木：指棺材。以美：朱熹《集注》云："以、已通，以美，太美也。"⑦ 度：朱熹《集注》云："厚薄尺寸也。"⑧ 中古：赵注云："谓周公制礼以来。"焦循《正义》引孔广森《经学卮言》云："中古尚指周公以前，周公制礼则自天子至于庶人皆有等。"⑨ 称之：朱熹《集注》云："与棺相称也。"⑩ 非直为观美：朱熹《集注》云："欲其坚厚久远，非特为人观视之美而已。"⑪ 不得：前人皆训为"法制所不当得"，细味上下文，当是不能达到应有的标准之意。为悦：赵注云："孝子之欲厚送亲，得之则悦也。"⑫ 比化者：比，通"庇"，意为庇护。朱熹《集注》云："化者，死者也。"⑬ 恔(xiào)：赵注云"快也"，且释此句云："于人子之心，独不快然无所恨也?"⑭ 不以天下俭其亲：赵注云："不以天下人所得用之物俭约于其亲，言事亲竭其力者也。"

【导读】

孟子认为，丧礼是否得当，主要有两条：其一是是否尽到了做人子的孝心；其二是与自己的能力(主要是财力)是否相当。实际所为没有达到财力所能承担的程度，就说不上是尽心。从本质上说，孟子的丧礼观与孔子没有二致。

沈同以其私问曰[①]："燕可伐与?"

孟子曰："可。子哙不得与人燕[②]，子之不得受燕于子哙。有仕于此而子悦之[③]，不告于王而私与之吾子之禄爵，夫士也亦无王命而私受之于子，则可乎？何以异于是?"

齐人伐燕，或问曰："劝齐伐燕，有诸?"

曰："未也。沈同问：'燕可伐与?'吾应之曰：'可。'彼然而伐之也。彼如曰：'孰可以伐之?'则将应之曰：'为天吏则可以伐之。'今有杀人者，或问之曰：'人可杀与?'则将应之曰：'可。'彼如曰：'孰可以杀之?'则将应之曰：'为士师，则可以杀之。'今以燕伐燕[④]，何为劝之哉?"

【注 释】

① 沈同：赵注云："齐大臣。"以其私问：赵注云："自以私情问，非王命也，故曰私。"② 子哙：燕国国君，名哙，前 320—前 318 年在位。他在位期间厉行政治改革，并于前 318 年让位于相国子之，不久爆发内乱，齐国乘机攻占燕国，他与子之均被杀。此处所说"不得与人燕"，即指其让位之事而言。③ 仕：指官员。又，焦循《正义》引《四书辨疑》云："'仕'当作'士'，传写之差也。"④ 以燕伐燕：朱熹《集注》云："言齐无道与燕无异，如以燕伐燕也。"

【导 读】

齐国讨伐燕国，是战国中期的一次重大事件。综合本书《梁惠王》篇中的有关章节来看，孟子对此事的态度很明显：燕国的国政败坏，民众因此遭受苦难，所以是可以去讨伐的，但讨伐者必须施行优于燕的政措，否则，伐燕是没有意义的，而且也不可能得到民众的支持。在此，衡估的准则是和民众的利害、爱憎相一致的。

燕人畔[①]，王曰："吾甚惭于孟子[②]。"

陈贾曰[③]："王无患焉。王自以为与周公孰仁且智？"

王曰："恶！是何言也？"

曰："周公使管叔监殷[④]，管叔以殷畔。知而使之，是不仁也；不知而使之，是不智也。仁、智周公未之尽也，而况于王乎？贾请见而解之。"

见孟子，问曰："周公何人也？"

曰："古圣人也。"

曰："使管叔监殷，管叔以殷畔也，有诸？"

曰："然。"

曰："周公知其将畔而使之与？"

曰："不知也。"

"然则圣人且有过与？"

曰："周公，弟也；管叔，兄也，周公之过不亦宜乎？且古之君子过则改之，今之君子过则顺之[⑤]。古之君子，其过也如日月之食[⑥]，民皆见之；及其更也,民皆仰之。今之君子岂徒顺之,又从为之辞⑦。”

【注 释】

① 燕人畔:畔通“叛”。齐攻占燕国后,有亡燕的意图,引起诸侯的不满,赵国与燕人合谋迎立流亡在外的燕王哙庶子职为王,与齐国相对抗。② 甚惭于孟子:孟子在齐灭燕后曾劝说齐王行仁政,见本书《梁惠王下》。齐王没有及时听取孟子的告诫,以致燕人背叛了齐国,所以他说“甚惭于孟子”。③ 陈贾:赵注云:“齐大夫。”④ 管叔:名鲜,周武王的弟弟。周武王灭殷后,封纣的儿子武庚禄父为诸侯以延续殷的世系、治理殷的遗民,并将弟弟叔鲜、叔度封于管、蔡以监视他。周武王去世后,继位的成王年幼,周公摄政,管叔、蔡叔认为他有篡位之意,便与武庚一起作乱。周公奉王命进行讨伐,杀了武庚与管叔,放逐蔡叔,平定了叛乱。⑤ 顺之:赵注云:“顺过饰非。”⑥ 其过也如日月之食:《论语·子张》云:“子贡曰:‘君子之过也,如日月之食焉。过也,人皆见;更也,人皆仰之。’”此处之“古之君子”似指子贡。⑦ 辞:朱熹《集注》云:“辩也。”

【导 读】

齐国攻占燕国后二年,燕人拥立燕王哙的庶子太子平,是为昭王(前311—前279年在位)。齐军由于没有能得到燕国民众的支持,不得不撤了回来。因为孟子在齐国战胜燕国之初就提醒齐王,如不施“仁政”,就不能保持已取得的成果(见本书《梁惠王》篇),所以,齐王在此时觉得有愧于孟子。大臣陈贾不仅不劝说齐王检讨自己,反而想通过“圣人且有过”(圣人也有过失)的事实强为齐王的错误辩解,这种不实事求是的恶劣态度,理所当然地遭到了孟子的驳斥。

孟子致为臣而归①,王就见孟子②,曰:“前日愿见而不可得,得侍同朝③,甚喜,今又弃寡人而归,不识可以继此而得见乎?”对曰:“不敢请耳,固所愿也。”

他日,王谓时子曰④:“我欲中国而授孟子室⑤,养弟子以万钟⑥,使诸大夫、国人皆有所矜式⑦。子盍为我言之⑧?”

时子因陈子而以告孟子[⑨]，陈子以时子之言告孟子，孟子曰："然夫时子恶知其不可也？如使予欲富，辞十万而受万[⑩]，是为欲富乎？季孙曰：'异哉子叔疑[⑪]！使己为政，不用则亦已矣，又使其子弟为卿。人亦孰不欲富贵？而独于富贵之中有私龙断焉[⑫]。'古之为市也，以其所有易其所无者，有司治之耳。有贱丈夫焉[⑬]，必求龙断而登之，以左右望而罔市利，人皆以为贱，故从而征之，征商自此贱丈夫始矣。"

【注释】

① 致为臣而归：朱熹《集注》云："孟子久于齐而道不行，故去也。"② 就见：亲自去看望。③ 得侍同朝：旧读以"得侍"为句，以"同朝"属下读，焦循《正义》引孔广森说谓："'得侍同朝'者，谦词，言与孟子得为君臣而同朝也。'甚喜'，王自言甚喜也。俗读'得侍'绝句者谬。"④ 时子：赵注云："齐臣也。"⑤ 中国：朱熹《集注》云："当国之中也。"⑥ 万钟：朱熹《集注》云："钟，量名，受六斛四斗。"⑦ 矜式：赵注云："矜，敬也；式，法也。"⑧ 盍："何不"的合音。⑨ 陈子：孟子的弟子陈臻。⑩ 十万：焦循《正义》引阎若璩《孟子生卒年月考》谓："此盖孟子通计仕齐所辞之数，非一岁有也。"⑪ 季孙、子叔疑：赵注云："孟子弟子也。"朱熹《集注》云："不知何时人。"⑫ 龙：通"垄"，高出地面而类似于田埂的土堆。⑬ 丈夫：成年人，《谷梁传·文公十二年》云："男子二十而冠，冠而列丈夫。"

【导读】

此章是说，君子是否出仕，不是以利益的大小来衡量的，而是取决于自己的主张能否推行，孔、孟皆是如此。孟子认为齐国的执政者不可能理解、采纳自己的主张，所以就离开了。齐王觉得孟子离去很可惜，却又不想切实地采纳孟子的建议，因此想用利禄来留住他。这个方案显然不为孟子所接受，孟子最后所说的一段话涵意很深长，他实际是批评齐王垄断了社会资源，却又没有决心施行仁政，这种做法是很低贱而不足取的。

孟子去齐，宿于昼[①]。

有欲为王留行者，坐而言[②]，不应，隐几而卧[③]。客不悦曰："弟子齐宿而后敢言[4]，夫子卧而不听，请勿复敢见矣。”

曰：“坐，我明语子。昔者，鲁缪公无人乎子思之侧，则不能安子思[5]；泄柳、申详无人乎缪公之侧[6]，则不能安其身。子为长者虑[7]，而不及子思，子绝长者乎，长者绝子乎？”

【注释】

① 昼：赵注云：“齐西南近邑也。”其地在当时齐都临淄的西南。② 坐而言：赵注云：“客危坐而言留孟子之言也。”危坐，即恭恭敬敬地跪坐。③ 隐几而卧：斜倚着几憩息。几是供老年人坐时倚靠的家具，朱熹《集注》云：“隐，凭也。客坐而言，孟子不应而卧也。”④ 齐宿：齐通“斋”，斋戒。前一天进行斋戒，称“齐宿”，以示慎重。⑤ 鲁缪公：即鲁穆公（缪、穆通），名显，前 407—前 377 年在位。子思：孔子的孙子，名伋。赵注云：“缪公尊礼子思，子思以道不行则欲去，缪公常使贤人往留之，说以方且听子为政，然则子思复留。”⑥ 泄柳：据本书《告子下》所述，他是鲁缪公时的贤臣。申详：朱熹《集注》云：“子张之子也。”赵注云：“缪公尊之不如子思，二子常有贤者在缪公之侧，劝以复之，其身乃安也。”⑦ 长者：赵注云：“孟子年老，故自称长者。”

【导读】

孟子的意思是说，君主要挽留贤者，必须要使贤者安心；反过来，贤者所顾虑的，也是能否以自己的主张来影响君主。齐王想挽留孟子，但又不真正理解孟子，所以孟子要与之决绝。

孟子去齐，尹士语人曰[1]：“不识王者不可以为汤武，则是不明也；识其不可然且至，则是干泽也[2]。千里而见王，不遇故去，三宿而出昼，是何濡滞也[3]？士则兹不悦。”

高子以告[4]，曰：“夫尹士恶知予哉？千里而见王是予所欲也，不遇故去岂予所欲者？予不得已也！予三宿而出昼，于予心犹以为速，王庶几改之[5]。王如改诸则必反予，夫出昼而王不予追也，予然后浩然有归志[6]。予虽然，岂舍王者？王由足用为善，王如用予，则岂徒齐民安，天下之民举安⑦。王庶几改之,予日望之。予岂若是小丈夫然哉?谏于其君而不受则怒,悻悻然见于其面⑧。去则穷日之力而后宿哉⑨?"

尹士闻之曰:"士诚小人也。"

【注 释】

① 尹士:赵注云:"齐人也。"② 干泽:赵注云:"干,求也;泽,禄也。"③ 濡滞:朱熹《集注》云:"迟留也。"④ 高子:赵注云:"齐人,孟子弟子。"⑤ 庶几:也许、可能。⑥ 浩然:朱熹《集注》云:"如水之流不可止也。"又,赵注云:"心浩浩有远志也。"⑦ 举:皆、都。⑧ 悻悻:朱熹《集注》云:"怒意也。"见:同"现"。⑨ 穷日之力而后宿:赵注云:"极日力而宿,惧其不远者。"

【导 读】

此章充分表达了孟子以天下为己任的道德责任感。尹士对孟子的批评,显得他不了解孟子。孟子虽然不像孔子那样"知其不可而为之",但只要有一线希望,他还是不肯轻易放弃的。朱熹说:"此章见圣贤行道济时汲汲之本心,爱君泽民惓惓之余意。"(《集注》)

孟子去齐,充虞路问曰①:"夫子若有不豫色然②。前日虞闻诸夫子曰:'君子不怨天③,不尤人。'"

曰:"彼一时,此一时也。五百年必有王者兴④,其间必有名世者⑤。由周以来七百有余岁矣⑥,以其数则过矣,以其时考之则可矣⑦。夫天未欲平治天下也,如欲平治天下,当今之世舍我其谁也?吾何为不豫哉?"

【注 释】

① 路问:在路上问话。② 不豫色:赵注云:"颜色不悦也。"③ 君子不怨天:这原是孔子的话,见《论语·宪问》篇。④ 五百年必有王者兴:朱熹《集注》云:"自尧舜至汤,自汤至文武,皆五百余年而圣人出。"⑤ 名世:赵注云:"名世,次圣之才,物来能名正一世者,生于圣人之间也。"朱熹《集注》云:"名世谓其人德业闻望,可名于一世者为之辅佐,若皋陶、稷、

契、伊尹、莱朱、太公望、散宜生之属。”⑥ 周以来七百有余岁：赵注云：“谓周家王迹始兴，大王、文王以来。”前人疏证，大多坐实孟子所谓的“七百有余岁”。其实，这是个约数，刘师培《古书疑义举例补·虚数不可实指》谓：“古人记数有出于悬揣之词者，所举之数不必与实相符，亦不致大于实违。”并引孟子此句，云：“此不足七百之数者也。”⑦ 以其时：朱熹《集注》云：“时，谓乱极思治可以有为之日。于是而不得一有所为，此孟子所以不能无不豫也。”

【导 读】

此章主要反映孟子的自负与用世之心态。“五百年必有王者兴”这一观点，在本书《尽心下》的最后一章中有进一步的阐述，可参看。

孟子去齐，居休[①]。

公孙丑问曰：“仕而不受禄，古之道乎？”

曰：“非也。于崇吾得见于王[②]，退而有去志，不欲变[③]，故不受也。继而有师命[④]，不可以请，久于齐非我志也。”

【注 释】

① 休：地名，在今山东滕县西北，焦循《正义》引阎若璩《四书释地》谓该地“距孟子家约百里”。② 崇：地名，今地无考。③ 不欲变：朱熹《集注》云：“谓变其去志。”④ 师命：赵注云：“师旅之命。”一说即齐人伐燕之战事。朱熹《集注》云：“国既被兵，难请去也。”

【导 读】

公孙丑对孟子在齐国任职而不受俸禄的行为不理解，孟子告诉他，之所以这样做，是因为齐王不能采纳自己的主张，早就有离去的意向，至于在齐国逗留时间较长，则是客观局势所决定的，这并非自己的本意。有人指出：“仕而受禄，礼也；不受齐禄，义也。义之所在，礼有时而变。公孙丑欲以一端裁之，不亦误乎？”（朱熹《集注》引孔氏语）

滕文公上

滕文公为世子，将之楚[1]，过宋而见孟子。孟子道性善，言必称尧舜[2]。

世子自楚反，复见孟子[3]，孟子曰："世子疑吾言乎？夫道一而已矣。成覸谓齐景公曰[4]：'彼丈夫也[5]，我丈夫也，吾何畏彼哉？'颜渊曰：'舜何？人也。予何？人也。有为者亦若是。'公明仪曰[6]：'文王我师也，周公岂欺我哉？'今滕，绝长补短将五十里也[7]，犹可以为善国。《书》曰[8]：'若药不瞑眩[9]，厥疾不瘳[10]。'"

【注释】

① 世子：国君的法定继承人，亦称"太子"，《公羊传·庄公三十二年》云："君存，称世子。"之楚：赵注云："使于楚。"② 言必称尧舜：朱熹《集注》云："每道性善，而必称尧舜以实之。"③ 复见孟子：朱熹《集注》云："时人不知性之本善，而以圣贤为不可企及，故世子于孟子之言不能无疑，而复来求见，盖恐别有卑近易行之说也。"④ 成覸(jiàn)：亦作"成荆"、"成庆"，赵注云："勇果者也。"⑤ 彼：朱熹《集注》云："谓圣贤也。"⑥ 公明仪：名仪，《礼记·祭义》郑玄注云："曾子弟子。"⑦ 绝长补短：即长短相补的意思。绝，犹言截。⑧《书》曰：赵注谓此处所引语句系《尚书》"逸篇"，后来被采入伪古文《尚书》的《说命》篇。⑨ 瞑眩(miàn xuàn)：晕眩。古代用药的副作用大，且其程度往往与药效成正比，故而此处说服下去不感到晕眩的药起不到治疗作用。孟子借此为喻告诉滕世子，必须下决心去恶才能为善。⑩ 厥：指示代词，其、它。瘳(chōu)：痊愈。

【导读】

孟子向滕世子讲述自己的主张，滕世子心中疑惑，因此再次向孟子求教。孟子告诉他，古往今来，不论圣贤还是普通人，本性都是善的，圣贤能做到的，普通人经过努力也能做到，除此之外别无他理。宋代理学家以"理"来解释孟子所说的"性"，程颐说："性即理也。天下之理，原其所自，未有不善。喜怒哀乐未发，何尝不善。”（朱熹《集注》引）值得注意的是，孟子的“性善”主张，由他自己明确提到的，始见于此章。朱熹提出：“孟子之言性善，始见于此而详具于《告子》之篇。然默识而旁通之，则七篇之中无非此理。”（《集注》）

滕定公薨[①]，世子谓然友曰[②]：“昔者孟子尝与我言于宋，于心终不忘。今也不幸至于大故[③]，吾欲使子问于孟子，然后行事[④]。”

然友之邹问于孟子，孟子曰：“不亦善乎[⑤]，亲丧固所自尽也[⑥]。曾子曰：‘生，事之以礼；死，葬之以礼、祭之以礼，可谓孝矣[⑦]。’诸侯之礼吾未之学也，虽然，吾尝闻之矣。三年之丧，齐疏之服[⑧]，饦粥之食[⑨]，自天子达于庶人，三代共之。”

然友反命，定为三年之丧。父兄百官皆不欲[⑩]，曰：“吾宗国鲁先君莫之行[⑪]，吾先君亦莫之行也，至于子之身而反之，不可，且志曰‘丧祭从先祖’[⑫]，曰吾有所受之也。”谓然友曰：“吾他日未尝学问，好驰马试剑，今也父兄百官不我足也[⑬]，恐其不能尽于大事，子为我问孟子。”

然友复之邹问孟子，孟子曰：“然，不可以他求者也。孔子曰：‘君薨，听于冢宰[⑭]，歠粥[⑮]，面深墨，即位而哭，百官有司莫敢不哀，先之也。’上有好者，下必有甚焉者矣。‘君子之德[⑯]，风也；小人之德，草也，草尚之风必偃[⑰]’，是在世子。”

然友反命，世子曰：“然，是诚在我。”五月居庐[⑱]，未有命戒[⑲]，百官族人可[⑳]，谓曰知。及至葬，四方来观之[㉑]，颜色之戚、哭泣之哀，吊者大悦。

【注释】

① 薨（hōng）：诸侯国君去世称薨，《公羊传·隐公三年》云：“天子曰崩，诸侯曰薨。”② 然友：赵注云：“世子之傅也。”傅，辅导太子的官。③ 大故：此处是对父丧的委婉说法。④ 然后行事：孟子当时在邹，离滕不远，所以可以随时讯问。行事，此处是指办丧事。⑤ 不亦善乎：朱熹《集注》云：“当时诸侯莫能行古丧礼，而文公独能以此为问，故孟子善之。”⑥ 自尽：竭尽自己的心力，《论语·子张》载曾子语曰：“吾闻诸夫子，人未有自致者也，必也亲丧乎。”孟子即本此而言。⑦ 曾子曰：这里的一段

话，在《论语·为政》中是孔子所说的，孟子谓是曾子所说，或另有所本。⑧ 齐(zī)疏之服：《仪礼·丧服》云："疏衰裳，齐。"疏衰(cuī)裳，是粗布制作的丧服，郑玄注云："凡服，上曰衰，下曰服。"齐，缝缉衣边。古代的丧服有多种等级，按服丧者与死者关系的亲疏而服用，规定很细、很严格。孟子此处所谓的"齐疏之服"，只是概指应穿的丧服。⑨ 飦(zhān)粥：飦同"馆"，《礼记·檀弓上》孔疏云："厚曰馆，稀曰粥。"按礼制规定，在丧事期间只能食粥，死者下葬后改吃粗疏的饭食，直至服丧结束。⑩ 父兄百官：赵注云："滕之同姓、异姓诸臣也。"⑪ 宗国：朱熹《集注》云："滕与鲁俱文王之后，而鲁祖周公为长，兄弟宗之，故滕谓鲁为宗国也。"⑫ 志：赵注云："志，记也。《周礼》小史掌邦国之志。"焦循《正义》云："小史所掌之志，记世系昭穆之事，容有'丧祭从先祖'云云，故赵氏引以为证，实不知为何书也。"⑬ 不我足：朱熹《集注》云："谓不以我满足其意也。"⑭ 冢宰：相当于后世的宰相，《论语·宪问》云："君薨，百官总己以听于冢宰三年。"⑮ 歠(chuò)：《说文》云："饮也。"⑯ 君子之德：这段话见于《论语·颜渊》篇。⑰ 尚：同"上"，赵注云："加也。"⑱ 五月居庐：按当时的礼制规定，诸侯去世要五个月下葬，太子在这期间要住在守丧的"孝庐"里。⑲ 未有命戒：命戒指命令和指示，朱熹《集注》云："居丧不言，故未有命令教戒也。"⑳ 可：原属下读，作"可谓曰知"，朱熹《集注》云："疑有阙误，或曰'皆谓世子之知礼也'。"今移"可"属上，指百官族人都赞同他的行为；以下句"谓曰知"指世子知礼，勉强稍通。㉑ 四方：指前来参加葬礼的诸侯和来宾，《左传·隐公元年》说，诸侯国君下葬时，与该国有盟约的诸侯都必须参加。

【导读】

滕定公去世了，滕世子打算遵从儒家的礼仪，但却遇了阻力。经过孟子的启发，他认识到，能否顺道行善，取决于自己有无信心。后人指出："文公见孟子而闻性善、尧舜之说，则固有以启发其良心矣，是以至此而哀痛之诚心发焉。及其父兄百官皆不欲行，则亦反躬自责，悼其前行不足以取信，而不敢有非其父兄百官之心。虽其资质有过人者，而学问之力亦不可诬也。及其断然行之，而远近见闻无不悦服，则以人心之所同然者，自我发之而彼之心悦诚服，亦有所不期然而然者。人性之善，岂不信哉？"

（朱熹《集注》引林氏说）

滕文公问为国[1]，孟子曰："民事不可缓也[2]。《诗》云：'昼尔于茅[3]，宵尔索绹[4]，亟其乘屋[5]，其始播百谷[6]。'民之为道也，有恒产者有恒心，无恒产者无恒心。苟无恒心，放辟邪侈，无不为已。及陷乎罪，然后从而刑之，是罔民也。焉有仁人在位罔民而可为也？是故贤君必恭俭礼下[7]，取于民有制。阳虎曰[8]：'为富不仁矣，为仁不富矣。'"

"夏后氏五十而贡[9]，殷人七十而助[10]，周人百亩而彻[11]，其实皆什一也。彻者彻也，助者藉也[12]。龙子曰[13]：'治地莫善于助，莫不善于贡。'贡者，校数岁之中以为常[14]。乐岁粒米狼戾[15]，多取之而不为虐，则寡取之；凶年粪其田而不足[16]，则必取盈焉。为民父母，使民盻盻然[17]，将终岁勤动，不得以养其父母，又称贷而益之[18]，使老稚转乎沟壑，恶在其为民父母也？夫世禄[19]，滕固行之矣。《诗》云[20]：'雨我公田，遂及我私。'惟助为有公田。由此观之，虽周亦助也。"

【注 释】

① 问为国：朱熹《集注》云："文公以礼聘孟子，故孟子至滕而文公问之。"② 民事：指与民众有关的事务，朱熹则释为"农事"。③《诗》云：此处诗句引自《诗·豳风·七月》，这是一首描写农事的诗篇。于：朱熹《集注》云："往取也。"茅：茅草，用来盖屋顶。古代的茅草屋，一般每年必须加盖一层茅草，以防渗漏。④ 宵：晚上。索绹（táo）：绞绳索。⑤ 亟其乘屋：郑笺云："亟，急；乘，治也。"亦有人释乘为"升"，即爬上屋顶，亦通。⑥ 百谷：泛指各种粮食作物。⑦ 恭俭礼下：朱熹《集注》云："恭则能以礼接下，俭则能取民以制。"⑧ 阳虎：鲁国执政大夫季孙氏的家臣，曾扶持季桓子，操纵国政。鲁定公八年（前 502），他因废除三桓势力失败而逃奔他国。⑨ 五十而贡：此处所提到的夏、商、周三代所行的贡、助、彻，是历来聚说纷纭的话题，问题的关键在于这几种征收赋税的方法各自代表了一种什么样的"取民"方式。按赵俪生《中国土地制度史》的说法，贡就是贡纳的意思，它"是原始公社末期公社社员向公社集体或其代表人物——酋长所缴纳的那份'贡纳'在阶级社会的转化物"，"原先是平等的、

自由的、民主的公共积累，后来成为阶级的剥削物了”。其方式，据下文龙子的话来看，似乎是定额制。至于五十、七十、百亩的差异，体味孟子的意思，应该是反映了不同时代生产力的发展。⑩ 助：《诗·小雅·甫田》孔疏云：“助者，九夫而税一夫之田；贡者，什一而贡一夫之谷。”据赵俪生的见解，它“是劳役地租的剥削形式，意思是劳动者每人有一小块份地，作为支付对这一小块份地的报酬，劳动者必须到贵族的大田块上去进行无偿的劳动”。⑪ 彻：前人训此字为“通”、“取”。从下文“虽周亦助也”来看，似乎孟子认为周的“彻”法并没有明确的方法界限。现在的研究者一般认为，“彻”是一种双轨制，即在有的地区行缴纳实物的贡法，有的地区行出劳力的助法，但其缴纳比例都是什一。⑫ 藉：赵注云：“借也，犹人相借力助之也。”⑬ 龙子：赵注云：“古贤人也。”《尚书大传》和《孔丛子·说书》篇中均提到“子龙子”，据文义推测，他可能是与孔子同时代或之前的人。有人认为，此人就是孟子此处所说的“龙子”。⑭ 校：比较、核定。在有的本子中，此字作“挍”，是明代因避熹宗讳而改。⑮ 粒米：犹言米粒。狼戾：朱熹《集注》云：“犹狼藉，言多也。”⑯ 粪：施肥，段玉裁《说文解字注》云：“凡粪田多用所除之秽为之，故曰粪。”又，焦循《正义》谓“粪其田”是将杂草翻入土中，使之腐烂而肥田。⑰ 盻盻（xī）：赵注云：“勤苦不休息之貌。”又，朱熹《集注》云：“恨视也。”⑱ 称贷：朱熹《集注》云：“称，举也；贷，借也。”⑲ 世禄：赵注云：“古者诸侯、卿大夫、士有功德，则世禄赐族者也；官有世功者，其子虽未任居官，得世食其父禄。”⑳《诗》云：此处诗句引自《诗·小雅·大田》，这是一首农事诗。

“设为痒、序、学、校以教之①，庠者养也②，校者教也，序者射也。夏曰校，殷曰序，周曰庠，学则三代共之③，皆所以明人伦也。人伦明于上，小民亲于下。有王者起，必来取法，是为王者师也④。《诗》云⑤‘周虽旧邦，其命惟新’，文王之谓也。子力行之⑥，亦以新子之国⑦。”

使毕战问井地⑧，孟子曰：“子之君将行仁政，选择而使子，子必勉之！夫仁政，必自经界始⑨。经界不正，井地不钧⑩，谷禄不平⑪，是故暴君汙吏必慢其经界⑫。经界既正，分田制禄可坐而定也。”

“夫滕壤地褊小，将为君子焉，将为野人焉。无君子莫治野人，无野人莫养君子。请野九一而助，国中什一使自赋。卿以下必有圭田⑬，圭田五十亩。余夫二十五亩⑭。死徙无出乡，乡田同井，出入相友，守望相助⑮，疾病相扶持，则百姓亲睦。方里而井，井九百亩，其中为公田，八家皆私百亩，同养公田。公事毕，然后敢治私事，所以别野人也。此其大略也，若夫润泽之则在君与子矣⑯。"

【注 释】

① 庠、序、学、校：除"学"外，一般都认为是古代乡校的名目。此处说它们是不同时代的乡校，据《礼记·学记》称"古之教者，家有塾，党有庠，术有序"，则它们也可能是不同等级的地方学校。② 养：赵注、朱熹均认为此处的养、教、射是教育内容，朱熹《集注》云："庠以养老为义，校以教民为义，序以习射为义。"王念孙《广雅疏证》则认为它们"皆是教导之名"。③ 三代共之：赵注云："三代同名，皆谓之学。"④ 为王者师：意为被称王天下的人所效法，朱熹《集注》云："滕国褊小，虽行仁政，未必能兴王业，然为王者师，则虽不有天下而其泽亦足以及天下矣。"⑤《诗》云：此处诗句引自《诗·大雅·文王》。⑥ 子力行之：此处的子指滕文公，因他的父亲去世还不到一年，《左传·僖公九年》谓"凡在丧，王曰小童，公、侯曰子"，又《公羊传·庄公三十二年》云"君存称世子，君薨称子某，既葬称子，逾年称公"。⑦ 新：在此作动词用，意为更新。⑧ 毕战：朱熹《集注》云："滕臣。文公因孟子之言而使毕战主为井地之事，故又使来问其详也。"井地：即井田，传说中殷周时代的一种土地制度，因其地亩为沟洫所界限而呈"井"字形，故名。孟子此处回答毕战的一段话，历来是研究井田制的重要文献资料。⑨ 经界：赵注云"经亦界也"，以此词为同义复词；朱熹则以经为动词，《集注》云："经界谓治地分田，经画其沟涂封植之界也。此法不修，则田无定分，而豪强得以兼并。"⑩ 钧：同"均"。⑪ 谷禄：指俸禄，古代的官员俸禄以谷物计算，故称。⑫ 慢其经界：焦循《正义》云："心轻慢之，不以先王所定为制。"⑬ 圭田：用于祭祀的田，赵注云："古者卿以下至于士皆受圭田五十亩，所以供祭祀。"焦循《正义》引用了两种不同于赵注的说法，一说"圭"同"畦"，据《说文》是指五十亩地的意思；一说《九章算术·方田》有"圭田"，乃是指等腰三角形地，此处意为井田之

外的不规则地块。⑭ 余夫：赵注云："余夫者，一家一人受田，其余老小尚有余力者受二十五亩，半于圭田，谓之余夫也。"朱熹《集注》引程颐说云："一夫上父母、下妻子，以五口、八口为率，受田百亩。如有弟，是余夫也。年十六，别受田二十五亩，俟其壮而有室，然后更受百亩之田。"两说虽不同，但都以"余夫"为"丁男"之外的人口。⑮ 守望：朱熹《集注》云："防寇盗也。"⑯ 润泽：朱熹《集注》云："谓因时制宜，使合于人情、宜于土俗而不失乎先王之意也。"

【导 读】

此章是孟子谈论仁政的重要言论之一。其主要观点大致有二：其一，施仁政首先要安定民众，使他们富庶起来，其具体的措施则是井田制；其二，民众富庶之后，要对他们进行"明人伦"的道德教育。此章中叙述井田制度的文字很引起学者的注意，后世研究先秦的井田制度，大都少不了要引述这一段材料，但也因此引起了不少争论。有人认为，孔子时已感叹"文献不足征"，何以孟子却能对这一套古制言之凿凿，由此可见，它的真实性大可怀疑。荀子曾指出，思孟学派的特点是"见闻博杂，案往旧造说"（《荀子·非十二子》）。因此，这里的井田状况，很可能也是"案往旧造说"的产物。不过，我们可以由此窥见，孟子的社会理想乃是保持旧有的阶层分野（"恒产"、"恒心"），维护带有原始公社遗风的乡村宗族社会。不过，假如我们把孟子所说的"恒产"理解为稳定的生计，那么，此章的论述对后世是颇有教益的。

有为神农之言者许行自楚之滕①，踵门而告文公曰②："远方之人闻君行仁政，愿受一廛而为氓③。"文公与之处。其徒数十人，皆衣褐④，捆屦、织席以为食⑤。

陈良之徒陈相与其弟辛负耒耜而自宋之滕⑥，曰："闻君行圣人之政，是亦圣人也，愿为圣人氓。"陈相见许行而大悦，尽弃其学而学焉。

陈相见孟子，道许行之言曰："滕君则诚贤君也，虽然，未闻道也。贤者与民并耕而食，饔飧而治⑦。今也滕有仓廪府库，则是厉民而以自养也⑧，恶得贤？"

孟子曰："许子必种粟而后食乎？"曰："然。"

"许子必织布而后衣乎？"曰："否，许子衣褐。"

"许子冠乎？"曰："冠。"

曰："奚冠？"曰："冠素[9]。"

曰："自织之与？"曰："否，以粟易之。"

曰："许子奚为不自织？"曰："害于耕[10]。"

曰："许子以釜甑爨、以铁耕乎[11]？"曰："然。"

"自为之与？"曰："否，以粟易之。"

"以粟易械器者，不为厉陶冶[12]；陶冶亦以其械器易粟者，岂为厉农夫哉？且许子何不为陶冶，舍皆取诸其宫中而用之[13]，何为纷纷然与百工交易？何许子之不惮烦？"曰："百工之事固不可耕且为也。"

"然则治天下独可耕且为与？有大人之事[14]，有小人之事。且一人之身而百工之所为备，如必自为而后用之，是率天下而路也[15]。故曰或劳心、或劳力，劳心者治人，劳力者治于人；治于人者食人，治人者食于人，天下之通义也。"

【注 释】

① 神农之言：神农是传说中上古时代发明农业和医药的圣人，这一传说反映了当时生产方式由采集、渔猎向农业的进化。春秋战国时代百家争鸣，学者多托始于古代圣人以自重，《汉书·艺文志·诸子略》的农家中即有《神农》二十篇，班固自注云："六国时，诸子疾时怠于农业，道耕农事，托之神农。"此书今已亡佚，无从知晓其详细内容，但班固在这一类的小序中谓"及鄙者为之，以为无所事圣王，欲使君臣并耕，诗上下之序"，似据此章所述立论。许行：生平无考，钱穆《先秦诸子系年考辨》卷三认为他可能就是《吕氏春秋·当染》中提到的"学于禽滑釐"的许犯，但又感到证据不够充分，未能论定。但他提出，此处许行所提倡的学说与墨家接近，颇有参考价值。② 踵门：犹现在所谓的登门拜访，朱熹《集注》云："足至门也。"③ 廛(chán)：赵注云："居也。"古时一家所居占地二亩半，称一廛。氓：此指治下的民众。④ 褐：以粗麻编织的衣服。又，朱熹《集注》云："毛布，贱者之服也。"毛布是一种粗毛的纺织品。据下文陈相的回

答，此处所说的“褐”似乎不必“织布”，则以粗麻制品为洽。⑤ 捆屦：织草鞋。《经典释文》引许慎说云：“捆，织也。”赵注、朱熹又训“捆”为“敲打”，乃是指编织草鞋必须边织边捶，方能使织出的鞋结实耐用。以为食：赵注云：“卖屦席以供食饮也。”⑥ 陈良：赵注云：“儒者也。”梁启超《先秦政治思想史》认为此人即《韩非子·显学》中所述的“仲良氏之儒”，陈奇猷《集释》认为此说未确。⑦ 饔飧(sūn)：指自己煮饭，赵注云：“熟食也，朝曰饔，夕曰飧。”⑧ 厉：病、害，此处是刻剥的意思。⑨ 素：白色的生绢。⑩ 害：妨碍。⑪ 釜：煮物的锅。甑：蒸物的瓦器。铁：指农具。⑫ 陶冶：制陶、冶铁的工匠。⑬ 舍：钱玄同、章太炎均训为“什么”，指许行自为陶冶生产的东西。朱熹谓，亦有人将此字属上读，指制作陶冶的场所，意思相近。宫：指居室，《尔雅·释宫》云：“宫谓之室，室谓之宫。”《经典释文》云：“古者贵贱同称宫，秦汉以来惟王者所居称宫焉。”⑭ 大人之事：赵注云：“大人之事，谓人君行教化也；小人之事，谓农工商也。”⑮ 路：朱熹《集注》云：“谓奔走道路，无时休息也。”

“当尧之时，天下犹未平，洪水横流，氾滥于天下[①]，草木畅茂，禽兽繁殖，五谷不登[②]，禽兽偪人[③]，兽蹄鸟迹之道交于中国[④]。尧独忧之，举舜而敷治焉[⑤]。舜使益掌火，益烈山泽而焚之，禽兽逃匿。禹疏九河[⑥]，瀹济漯而注诸海[⑦]，决汝汉、排淮泗而注之江[⑧]，然后中国可得而食也。当是时也，禹八年于外，三过其门而不入，虽欲耕，得乎？后稷教民稼穑[⑨]，树艺五谷[⑩]，五谷熟而民人育。人之有道也，饱食、暖衣、逸居而无教，则近于禽兽。圣人有忧之，使契为司徒[⑪]，教以人伦，父子有亲，君臣有义，夫妇有别，长幼有叙[⑫]，朋友有信。放勋曰[⑬]：‘劳之来之[⑭]，匡之直之，辅之翼之，使自得之[⑮]，又从而振德之[⑯]。’圣人之忧民如此，而暇耕乎？”

“尧以不得舜为己忧，舜以不得禹、皋陶为己忧[⑯]，夫以百亩之不易为己忧者农夫也[⑱]。分人以财谓之惠，教人以善谓之忠，为天下得人者谓之仁。是故以天下与人易，为天下得人难。孔子曰[⑲]：‘大哉尧之为君！惟天为大，惟尧则之[⑳]。荡荡乎，民无能名焉[㉑]。君哉舜也！巍巍乎，有天下而不与焉[㉒]。’尧舜之治天下，岂无所用其心哉？亦不用于耕耳[㉓]。”

【注释】

① 氾：同"泛"。② 五谷：古代以稻、黍(黄米)、稷(小米)、麦、菽(大豆)为五谷。此处是泛指粮食作物。登：朱熹《集注》云："成熟也。"③ 偪：同"逼"。④ 交于中国：赵注云："猛兽之迹当在山林，而反交于中国。"朱熹《集注》云："言禽兽多也。"⑤ 敷：赵注训"治"，朱熹、焦循《正义》均训作"布"，布有施行之意。⑥ 九河：据《尚书·禹贡》，当时的黄河流到华北平原中部后"播为九河"，《尔雅·释水》还具体列举了这九条河的名称。近代的研究者多认为，"九河"不一定是实指，而是对古代黄河下游多条支流的总称。⑦ 瀹(yuè)：疏通。济：水名，源于河南济源以西的王屋山，南下流入黄河，入河口几经变迁，近代为河堤所阻塞，已折入漭河。所谓其入海的下游部分，其实是黄河的支流，因分流处与济水的入河口隔岸相对，故古人视为济水的下游。隋唐以后因水道淤塞，黄河以南不复有济水之名。漯(tà)：古代黄河下游的主要支流之一，自今河南浚县西南别流，东北经濮阳入山东入海。今山东徒骇河俗名"上河"，与其名古音相近，河道流经又大致相合，当即古漯水之残迹。⑧ 决：朱熹《集注》云："决、排皆去其壅塞也。"汝：水名，源出今河南鲁山大盂县，注入淮河。汉：水名，源出今陕西宁强县北蟠冢山，流入长江。淮：水名，出河南桐柏山，东经安徽、江苏入洪泽湖。其下游本经淮阴涟山入海，宋代时黄河夺淮，致淮水自洪泽湖以下的主流合于运河。泗：水名，源于今山东泗水陪尾山，流入淮水。原入淮口在洪泽湖畔龙集附近，后移至淮阴附近，宋代黄河夺淮，泗水故道遂被黄河所夺占。按：此处的"决汝汉、排淮泗而注之江"一句，自古以来争论很大，因为这几条河流除汉水外都从没有流入长江的历史。但孟子此处的主旨是申述大禹的治水之功，在具体事实上可能不一定准确。⑨ 后稷：名弃，周族的始祖。相传他善于种植各种粮食作物，曾在尧、舜时代担任过农官，教民耕种。稼穑：播种和收获，泛指一般农事。⑩ 树艺：朱熹《集注》云："树，亦种也；艺，殖也。"⑪ 契(xiè)：传说中商代的祖先，因佐禹治水有功，被舜任命为司徒，掌管教化。司徒：当时掌管民事的官职。⑫ 叙：同"序"。⑬ 放勋：尧名放勋，《书·尧典》云："帝尧曰放勋。"以下所述，当是尧训示契的话。⑭ 劳之来之：《尔雅·释诂》："劳、来，勤也。"据此，此处两"之"是同义词，意为督促、勤勉。

下文“匡之直之”、“辅之翼之”与此类似。⑮ 自得：赵注云：“使自得其本善性。”⑯ 振德：提携、教诲。又，赵注云：“振其羸穷，加德惠也。”⑰ 皋陶（yáo）：传说中东夷族的首领，在舜时担任掌管刑法的官。⑱ 百亩之不易：朱熹《集注》云：“易，治也。”⑲ 孔子曰：此处引语见于《论语·泰伯》，个别词语稍有不同。⑳ 则：取则、效法。㉑ 无能名：无法形容。㉒ 与（yù）：占有、私有。㉓ 亦：据杨树达《词诠》，此处的“亦”为只是的意思。

“吾闻用夏变夷者[1]，未闻变于夷者也。陈良，楚产也[2]，悦周公、仲尼之道，北学于中国，北方之学者未能或之先也，彼所谓豪杰之士也。子之兄弟事之数十年，师死而遂倍之[3]。昔者孔子没，三年之外门人治任将归[4]，入揖于子贡，相向而哭，皆失声，然后归。子贡反，筑室于场独居三年，然后归。他日，子夏、子张、子游以有若似圣人，欲以所事孔子事之，强曾子。曾子曰：‘不可。江汉以濯之[5]，秋阳以暴之[6]，皓皓乎不可尚已[7]。’今也南蛮鴃舌之人非先王之道[8]，子倍子之师而学之，亦异于曾子矣。吾闻出于幽谷迁于乔木者[9]，未闻下乔木而入于幽谷者。《鲁颂》曰：‘戎狄是膺[10]，荆舒是惩[11]。’周公方且膺之[12]，子是之学，亦为不善变矣。”

“从许子之道，则市贾不贰[13]，国中无伪，虽使五尺之童适市[14]，莫之或欺。布帛长短同则贾相若，麻缕丝絮轻重同则贾相若，五谷多寡同则贾相若，屦大小同则贾相若。”

曰：“夫物之不齐，物之情也，或相倍蓰[15]，或相什百，或相千万。子比而同之[16]，是乱天下也。巨屦小屦同贾，人岂为之哉？从许子之道，相率而为伪者也，恶能治国家？”

【注释】

① 夏：古代称中原地区为诸夏，朱熹《集注》云：“夏，诸夏礼义之教也。”变夷：朱熹《集注》云：“变夷，变化蛮夷之人也；变于夷，反见变化于蛮夷之人也。”② 产：此指出生。③ 倍：同“背”。④ 任：赵注云：“担也”。治任犹现在所谓的收拾行李。⑤ 江汉以濯之：濯意为洗涤，朱熹《集注》云：“江汉水多，言濯之洁也。”⑥ 秋阳：赵注云：“周（历）之秋，夏（历）之五六月，盛阳也。”又，朱熹《集注》云：“秋日燥烈，言暴之干也。”暴：

同“曝”。⑦ 皓皓：朱熹《集注》云：“洁白貌。”尚：超越、增加。⑧ 鴃(jué)舌：说话如鸟叫一般难懂。旧说谓指许行“其舌之恶，如鴃鸟耳”(赵注)。⑨ 出于幽谷迁于乔木：典出《诗·小雅·伐木》。幽谷喻低，乔木喻高。⑩《鲁颂》曰：此处诗句引自《诗·鲁颂·閟宫》，这是一首赞颂鲁僖公功绩的诗歌。膺：朱熹《集注》云：“击也。”⑪ 荆：楚原建国于荆山一带，故旧名荆。中原诸侯亦因此而蔑称其为荆蛮。舒：楚的与国，故地在今安徽舒城县。惩：赵注云：“惩止荆舒之人，使不敢侵陵也。”⑫ 周公：朱熹《集注》云：“此诗为僖公之颂，而孟子以周公言之，亦断章取义也。”⑬ 贾：同“价”。⑭ 五尺之童：古代成年人自称丈夫，五尺只及成年人的一半，朱熹云：“言幼小无知也。”⑮ 蓰(xǐ)：五倍。⑯ 比：并列，朱熹《集注》云：“次也。”

【导读】

此章记载了孟子与信奉“神农之言”者的论战。所谓“神农之言”，是当时诸子百家中属于农家的一个流派，《汉书·艺文志·诸子略》著录有《神农》二十篇，可能就是他们的经典，由于该书已散佚，所以现今要研究这一派的主张，《孟子》此章是极重要的资料。农家学派的主张，貌似激进，实际上却是反对社会分工，要求退回到原始状态的社会中去，正如《汉书·艺文志》所说：“及鄙者为之，以为无所事圣王，欲使君臣并耕，誖上下之序。”孟子根据社会分工的合理性，论证了劳力和劳心、统治者与被统治者的区别问题。从社会进化的角度来看，孟子的观点有其正确的方面。孟子所说的“劳心者治人，劳力者治于人”，在近二千年的封建社会中有很大的社会影响。以今日的眼光来看，孟子把它视为“天下之通义”未免存在片面性，但这是不能苛求他的。

墨者夷之因徐辟而求见孟子①，孟子曰：“吾固愿见，今吾尚病，病愈我且往见。”夷子不来②。

他日，又求见孟子，孟子曰：“吾今则可以见矣。不直则道不见③，我且直之。吾闻夷子墨者，墨之治丧也，以薄为其道也④。夷子思以易天下⑤，岂以为非是而不贵也？然而夷子葬其亲厚⑥，则是以所贱事亲也。”

徐子以告夷子，夷子曰："儒者之道，古之人'若保赤子⑦'，此言何谓也？之则以为爱无差等，施由亲始⑧。"

徐子以告孟子，孟子曰："夫夷子信以为人之亲其兄之子为若亲其邻之赤子乎？彼有取尔也，赤子匍匐将入井，非赤子之罪也。且天之生物也，使之一本⑨，而夷子二本故也。盖上世尝有不葬其亲者，其亲死则举而委之于壑。他日过之，狐狸食之，蝇蚋姑嘬之⑩。其颡有泚⑪，睨而不视⑫。夫泚也非为人泚，中心达于面目，盖归反蘽梩而掩之⑬。掩之诚是也，则孝子仁人之掩其亲亦必有道矣。"

徐子以告夷子，夷子怃然⑭，为间曰⑮："命之矣⑯！"

【注 释】

① 夷之：生平无考，赵注云："治墨家之道者。"徐辟：赵注云："孟子弟子也。"② 夷子不来：有人以此句亦孟子所言，意为夷子不必来了。③ 见：同"现"。④ 墨之治丧也以薄为其道：薄葬是墨家的基本观点之一，《墨子》书中有《节葬》篇专言此事。⑤ 易：改易。⑥ 葬其亲厚：赵注以为这是孟子的假设之言，焦循《正义》谓"近时通解以'夷子葬其亲厚'乃是夷子实事"。⑦ 若保赤子：语出《书·康诰》，这是周公据成王的命令告诫康叔的话。⑧ 施：施行。夷之认为，儒家也主张爱没有等差，事情要首先从自己亲人开始实施，孟子为什么要非难墨家呢？朱熹《集注》云夷子"推墨而附于儒，以释己所以厚葬其亲之意，皆所谓遁辞也"。⑨ 一本：赵注云："天生万物各由一本而出，今夷子以他人之亲与己亲等，是为二本。"⑩ 蝇蚋姑嘬之：朱熹《集注》云："蚋，蚊属。姑，语助声，或曰蝼蛄也。嘬，攒共食之也。"⑪ 颡：赵注云："额也。"泚(cǐ)：赵注云："汗出泚泚然也。"⑫ 睨：朱熹《集注》云："邪视也。"⑬ 蘽梩(lěi lí)：盛土的箕和挖土的锹。⑭ 怃然：朱熹《集注》云："茫然自失之貌。"⑮ 为间：赵注云："有倾之间也。"⑯ 命：朱熹《集注》云："犹教也，言孟子已教我矣。"

【导 读】

此章记述了孟子与墨家学派的一次交锋。墨家学派是当时著名的"显学"之一，孟子在此主要批驳了他们"薄葬"、"兼爱"的观点。儒家虽然也说“仁者爱人”，但在本质上是认为人与人之间有等差区别的，正因为有这样的区分，才产生了一系列伦理道德规范。值得注意的是，孟子把儒家行为规范的基点，奠立在人之常情的基础上，这就大大增强了儒家理论的说服力。正如朱熹所说：“此掩其亲者若所当然，则孝子仁人所以掩其亲者必有其道，而不以薄为贵矣。”(《集注》)

滕文公下

陈代曰：“不见诸侯宜若小然①，今一见之，大则以王、小则以霸，且志曰：‘枉尺而直寻②’，宜若可为也。’”

孟子曰：“昔齐景公田，招虞人以旌③，不至，将杀之。‘志士不忘在沟壑④，勇士不忘丧其元⑤’，孔子奚取焉？取非其招不往也。如不待其招而往，何哉？且夫‘枉尺而直寻’者，以利言也。如以利，则枉寻直尺而利，亦可为与？昔者赵简子使王良与嬖奚乘⑥，终日而不获一禽。嬖奚反命曰：‘天下之贱工也。’或以告王良，良曰：‘请复之。’强而后可⑦，一朝而获十禽⑧。嬖奚反命曰：‘天下之良工也。’简子曰：‘我使掌与女乘。’谓王良。良不可，曰：‘吾为之范我驰驱⑨，终日不获一；为之诡遇⑩，一朝而获十。《诗》云：“不失其驰⑪，舍矢如破⑫。”我不贯与小人乘⑬，请辞。’御者且羞与射者比，比而得禽兽虽若丘陵，弗为也。如枉道而从彼，何也？且子过矣，枉己者未有能直人者也。”

【注释】

① 陈代：赵注云：“孟子弟子也。”小：朱熹《集注》云：“谓小节也。”② 枉尺而直寻：朱熹《集注》云：“枉，屈也；直，伸也。”寻是古代的长度单位，等于八尺。③ 虞人：赵注云：“守苑囿之吏也。”即管理狩猎场的官员。旌：用牦牛尾和彩色鸟羽作竿饰的旗。按当时的礼仪，旌是用来招请大夫的，招请虞人应用皮冠。因齐景公的做法不合乎礼仪，所以虞人不应命。此事在《左传·昭公二十年》中亦有记载。④ 志士不忘在沟壑：《韩诗外传》卷二云，孔子弟子巫马子期曰：“吾尝闻之夫子，勇士不忘丧其元，

志士仁人不忘在沟壑。”据此，这两句话是孔子所说。朱熹《集注》云：“志士固穷，常念死无棺椁，弃沟壑而不恨。”“勇士”句的含义与此类似。⑤ 元：头颅。⑥ 赵简子：即赵鞅，亦称赵孟。春秋末年晋国的卿，曾击败范氏、中行氏，大大扩张了自己的封地，为后来分晋建立赵国打下了基础。王良：即《左传·哀公二年》所载的邮无恤，春秋末年著名的御手。⑦ 强而后可：朱熹《集注》云：“嬖奚不肯，强之而后肯也。”⑧ 一朝：朱熹《集注》云：“自晨至食时也。”食时，古代的记时名称，约相当于现在的上午九至十时。⑨ 范：规范、法度。⑩ 诡遇：朱熹《集注》云：“不正而与禽遇也。言奚不善射，以法驰驱则不获，废法诡遇而后中也。”⑪ 此处诗句引自《诗·小雅·车攻》，这是一首以周宣王田猎为题材的颂歌。不失其驰：赵注云：“言御者不失其驰驱之法。”⑫ 舍矢如破：舍矢指放箭，王引之《经传释词》解此句为“言其中之速也”。⑬ 贯：同“惯”。

【导读】

陈代是孟子的弟子，他对于孟子坚持原则，得不到礼请不去见诸侯的行为，觉得太迂了一点，要求老师在礼仪问题上暂且委曲一点，以换取“大则以王，小则以霸”（大可以称王天下，小可以称霸诸侯）的大目标。孟子认为，陈代的想法不正确，如果一开始就在原则问题上让步，又怎样能达到大目标呢？有人指出：“古之人宁道不行，而不轻其去就，是以孔、孟虽在春秋战国之时而进必以正，以至终不得行而死也。使不恤其去就而可以行道，孔，孟当先为之矣。孔、孟岂不欲道之行哉？”（见朱熹《集注》）

景春曰：“公孙衍、张仪岂不诚大丈夫哉[①]？一怒而诸侯惧，安居而天下熄[②]。”

孟子曰：“是焉得为大丈夫乎？子未学礼乎？丈夫之冠也[③]，父命之[④]；女子之嫁也，母命之，往送之门，戒之曰：‘往之女家，必敬必戒，无违夫子[⑤]。’以顺为正者，妾妇之道也。居天下之广居[⑥]，立天下之正位，行天下之大道，得志与民由之，不得志独行其道，富贵不能淫[⑦]，贫贱不能移[⑧]，威武不能屈[⑨]，此之谓大丈夫。”

【注释】

① 景春：赵注云："孟子时人，为纵横之术者。"公孙衍：魏国人，名衍，战国中期的纵横家。亦称"犀首"，《史记集解》引司马彪说谓"犀首"是魏国的官名，相当于后世的虎牙将军。据《史记·张仪列传》的记载，他在张仪死后"入相秦，尝佩五国之相印，为约长"。张仪：魏国人，战国中期著名的纵横家，曾多次游说各国与秦国结盟，瓦解齐楚联盟，使秦国更为强大。② 熄：赵注云："天下兵革熄也。"③ 冠：古代男子到了二十岁，要举行冠礼，以示成年。④ 父命之：命是训示的意思。据《仪礼》记载，在冠礼的正式仪式上，由父亲邀请的"宾"进行加冠和训示，没有父亲训示自己儿子的节目，因此前人对此句有不同的理解。江永《群经补义》云："父命之者，迎宾冠子父主其事。"周广业《孟子辨正》云："盖父不自命，而以其命之意出于宾。"⑤ 夫子：此指丈夫。⑥ 广居：朱熹《集注》云："仁也。"在本书《公孙丑上》篇"矢人岂不仁于函人"章中，孟子曾说仁是"人之安宅"，故朱熹作如此解。下文的"正位"、"大道"，朱熹亦分别坐实为礼和义。其实，将孟子的这几句话理解为君子拥有天下的正道亦未尝不可。⑦ 淫：赵注云："乱其心也。"⑧ 移：朱熹《集注》云："变其节也。"又赵注释为"易其行"。⑨ 屈：赵注云："挫其志也。"

【导读】

此章主要谈论什么是"大丈夫"。当时所谓的"大丈夫"，犹如现今所说的"男子汉"。孟子认为，像公孙衍、张仪之类的纵横家，曲附君主，摇唇鼓舌，不过是女子、小人。真正的大丈夫应该行得正、站得直，为着一个理想的正义目标去奋斗。孟子在此章中所提出的"富贵不能淫，贫贱不能移，威武不能屈"，曾激励了后世许多志士仁人，成为他们不畏强暴、坚持正义的座右铭。

周霄问曰："古之君子仕乎①？"

孟子曰："仕。传曰'孔子三月无君则皇皇如也②，出疆必载质③'，公明仪曰：'古之人三月无君则吊④。'"

"三月无君则吊，不以急乎？"

曰："士之失位也，犹诸侯之失国家也。礼曰：'诸侯耕助以供粢盛⑤，夫人蚕缫以为衣服⑥。牺牲不成⑦，粢盛不洁，衣服不备，不敢以祭。'惟士无田则亦不祭，牲杀、器皿、衣服不备，不敢以祭，则不敢以宴⑧，亦不足吊乎？"

"出疆必载质，何也？"

曰："士之仕也犹农夫之耕也，农夫岂为出疆舍其耒耜哉⑨？"

曰："晋国亦仕国也⑩，未尝闻仕如此其急。仕如此其急也，君子之难仕何也？"

曰："丈夫生而愿为之有室，女子生而愿为之有家，父母之心人皆有之。不待父母之命、媒妁之言⑪，钻穴隙相窥，逾墙相从，则父母、国人皆贱之。古之人未尝不欲仕也，又恶不由其道。不由其道而往者，与钻穴隙之类也。"

【注释】

① 周霄：赵注云："魏人也。"在《战国策·魏策二》中曾提到他。② 三月：三个月是一个季节，时令有变化，古人多以此为衡量事物进展的尺度。皇皇：惶惶不安，朱熹《集注》云："如有求而弗得之意。"③ 质：同"贽"，古代初次与人相见所送的礼品。《仪礼·士相见礼》对此有较详细的记述。④ 吊：哀伤。⑤ 耕助：耕种藉田。藉田是古代统治者为勉励农民而亲自参加耕种的"样板田"。粢盛：祭祀时所用的米粮，朱熹《集注》云："黍稷曰粢，在器曰盛。"⑥ 夫人：诸侯的正妻。蚕缫：养蚕缫丝。衣服：指祭祀所穿用的衣服。⑦ 牺牲：祭祀所杀的牛羊，下文的"牲杀"与此同意，赵注云："牲必特杀，故曰杀。"又，王夫之《孟子稗疏》云："畜牧曰牲，渔猎曰杀。"成：此指肥壮。⑧ 不敢以宴：赵注云："不宴犹丧人也，不亦可吊乎？"⑨ 耒耜：泛指耕地所用的农具。⑩ 仕国：可出仕的国家。⑪ 媒妁：妁与媒同义，均为古代的婚姻介绍人。

【导读】

此章的涵义，与本篇陈代劝说孟子那一章基本相同。孔子"三月无君则皇皇如"，不是担心没有官做，而是忧虑没有行道的机遇。然而，君子虽然急于出仕行道，却又不见利忘义，为了出仕而忘记自己的大目标。孟子在此章中所举的例子，就很确切、形象地说透了这一层道理。

彭更问曰："后车数十乘[①]，从者数百人，以传食于诸侯[②]，不以泰乎[③]？"

孟子曰："非其道，则一箪食不可受于人；如其道，则舜受尧之天下不以为泰。子以为泰乎？"

曰："否，士无事而食，不可也。"

曰："子不通功易事[④]，以羡补不足[⑤]，则农有余粟，女有余布；子如通之，则梓匠轮舆皆得食于子[⑥]。于此有人焉，入则孝，出则悌，守先王之道，以待后之学者[⑦]，而不得食于子，子何尊梓匠轮舆而轻为仁义者哉？"

曰："梓匠轮舆其志将以求食也，君子之为道也，其志亦将以求食与？"

曰："子何以其志为哉？其有功于子，可食而食之矣。且子食志乎，食功乎？"

曰："食志。"

曰："有人于此，毁瓦画墁[⑧]，其志将以求食也，则子食之乎？"

曰："否。"

曰："然则子非食志也，食功也。"

【注释】

① 彭更：赵注云："孟子弟子。"后车：随从的副车。② 传食：或释为"转食"，或释为"舍止诸侯之客馆而受其饮食"，均通。③ 泰：奢侈。④ 通功易事：朱熹《集注》云："谓通人之功而交易其事。"⑤ 羡：赵注云："余也。"⑥ 梓匠轮舆：这些工匠在《考工记》中都列为"攻木之工"，分而言之，梓人掌造礼器，匠人掌土木工程，轮人、舆人掌造车的轮、舆（车箱）。⑦ 待：焦循《正义》引杜子春说云"'待'当为'持'"，"谓扶持后之学者"。⑧ 画墁：朱熹释墁为"墙壁之饰"，"画墁"与"毁瓦"对文，当是污损墙壁的意思。

【导读】

彭更是孟子的弟子，他认为孟子"后车数十乘，从者数百人，以传食于诸侯”过于奢泰，提出疑问。孟子认为，士人是以行道来服务于社会，所以他们的“得食”与农民生产粮食、妇女纺纱织布而“得食”一样合理，也就是说，士人是以“精神产品”来“求食”的。彭更后来所提出的“君子之为道也，其志将以求食与？”则是另外一方面的问题。君子固然应“谋道不谋食”，但社会在给予报酬时，却不能因为君子“不谋食”而不给或少给，而应该根据他们所作出的实际贡献，即孟子所谓的“功”来衡估。

万章问曰[①]：“宋小国也，今将行王政[②]，齐、楚恶而伐之，则如之何？”

孟子曰：“汤居亳[③]，与葛为邻，葛伯放而不祀。汤使人问之曰：‘何为不祀？’曰：‘无以供牺牲也。’汤使遗之牛羊，葛伯食之，又不以祀。汤又使人问之曰：‘何为不祀？’曰：‘无以供粢盛也。’汤使亳众往为之耕，老弱馈食，葛伯率其民要其有酒食黍稻者夺之[④]，不授者杀之。有童子以黍肉饷，杀而夺之。《书》曰‘葛伯仇饷’[⑤]，此之谓也。为其杀是童子而征之，四海之内皆曰：‘非富天下也，为匹夫匹妇复仇也。’汤始征自葛载[⑥]，十一征而无敌于天下。东面而征，西夷怨；南面而征，北狄怨，曰：‘奚为后我！’民之望之若大旱之望雨也，归市者弗止，芸者不变[⑦]，诛其君、吊其民，如时雨降，民大悦。《书》曰‘徯我后，后来其无罚’。‘有攸不惟臣[⑧]，东征，绥厥士女，匪厥玄黄[⑨]，绍我周王见休[⑩]，惟臣附于大邑周[⑪]’。其君子实玄黄于篚以迎其君子，其小人箪食壶浆以迎其小人，救民于水火之中、取其残而已矣。《太誓》曰[⑫]：‘我武惟扬[⑬]，侵于之疆[⑭]，则取于残，杀伐用张[⑮]，于汤有光[⑯]。’不行王政云尔，苟行王政，四海之内皆举首而望之，欲以为君，齐、楚虽大，何畏焉？”

【注 释】

① 万章：孟子的弟子。本书中他与孟子的问答甚多，《史记·孟子荀卿列传》云孟子“退而与万章之徒作《孟子》七篇”，据此，他似是孟子的高足弟子。② 将行王政：朱熹《集注》云：“宋王偃尝灭滕伐薛，败齐、楚、魏之兵，欲霸天下，疑即此时也。”因《史记·宋世家》记载了宋王偃的诸多暴行，谓“诸侯皆曰‘桀宋’”，因而后来终于招致杀身亡国之祸，故后人对孟子此处的说法颇多弥缝，或谓《史记》的记载乃大国的诬蔑之言，或谓孟

子作此言时宋王的行为尚善，只是后来的晚节不终而已。今按，万章此处的“将行王政”似乎只是宋王本人的意愿，孟子把行道的希望寄托于此，犹如孔子欲应佛肸和公山弗扰的召请，故不必勉为饰善。③ 亳：此处所说的亳在今河南商丘东南，即前人所谓的南亳。④ 要：通“邀”，拦截。⑤《书》曰：赵注云：“《尚书》逸篇文。”伪古文《尚书》将其采入《仲虺之诰》。⑥ 汤始征自葛载：此句亦见于本书《梁惠王下》“齐伐燕取之”章，也是《书》的逸文，唯文字略有出入。载，朱熹《集注》云：“亦始也。”⑦ 芸：通“耘”。⑧ 有攸不惟臣：这以下至“大邑周”的一段文字，赵注以为也是“《尚书》逸篇之文”，因文体与孟子的本文迥别，所以历来读《孟子》的人都同意赵岐的结论。伪古文《尚书》以之删节采入《武成》篇。前人多认为这段文字是说周灭商的史事，据顾颉刚《周公东征和东方各族的迁徙》一文的考证，乃是指周初东征的史事。有攸，诸侯国名，故地在今河南安阳和淇县的东南。攸侯在殷商征伐东夷时出有大力，故得到商王的赏赐，成为东方的大国。周初东方诸侯起来叛乱，攸也参加了。不惟臣，即不臣服。⑨ 匪：同“篚”，装东西的筐子。玄黄：指贡献的丝帛。⑩ 绍：朱熹《集注》云：“继也，犹言事也。”休：朱熹《集注》云：“美也。”⑪ 大邑周：这一称呼亦见于金文，犹如殷商的甲骨文自称“大邑商”、“天邑商”，乃尊大之辞。⑫《太誓》：即《泰誓》，据传是周武王伐商大会诸侯的誓词。但今本《尚书》中的《泰誓》出于汉以后人的伪撰，故赵注云，此处所引乃“古《尚书》百二十篇之时《泰誓》也”。⑬ 扬：赵注训为“鹰扬”，朱熹训作“奋扬”。⑭ 侵：《谷梁传·隐公五年》云：“苞人民、殴牛马曰侵。”于：赵注释此句意为“侵纣之疆界”，以“于”为虚词。陈梦家《尚书通论》谓此处与下文“取于残”之“于”同“邗”，都是殷商的诸侯国名。⑮ 张：张大，即彰明正道。⑯ 有光：即“又光”，犹今言更为辉煌。

【导 读】

孟子认为，强弱之势是可以改变的，关键在于行仁政，得民心。如果真正这样做了，弱者有可能变强，而不行此道的强者将因失去民众的拥护而变弱。

孟子谓戴不胜曰[①]："子欲子之王之善与？我明告子。有楚大夫于此，欲其子之齐语也，则使齐人傅诸，使楚人傅诸[②]？"

曰："使齐人傅之。"

曰："一齐人傅之，众楚人咻之[③]，虽日挞而求其齐也，不可得矣[④]；引而置之庄岳之间数年[⑤]，虽日挞而求其楚，亦不可得矣。子谓薛居州善士也[⑥]，使之居于王所。在于王所者长幼卑尊皆薛居州也，王谁与为不善？在王所者长幼卑尊皆非薛居州也，王谁与为善？一薛居州，独如宋王何[⑦]？"

【注释】

① 戴不胜：赵注云："宋臣。"② 傅：朱熹《集注》云："教也。"③ 咻(xiū)：焦循《正义》训为"喧哗"。④ 挞：责打。⑤ 庄岳：朱熹《集注》云："齐街里名也。"⑥ 薛居州：赵注云："宋之善士也。"⑦ 独：王引之《经传释词》云："独，犹将也。"

【导读】

戴不胜与薛居州都是宋国的大臣。据清代学者崔述的研究，孟子来到宋国，是在他离开齐国之后(《孟子事实录》卷下)。当时的宋国，正处在周围各大国的虎视眈眈之中，宋国的君臣们想振兴国运，却又缺乏良策。孟子认为，如果单纯比实力，宋无论如何不是大国的敌手，若要坚决保卫国土(参见本书《梁惠王》篇孟子与滕文公的两章谈话)，就必须得到民众的拥护，"效死而民弗去"。所以，孟子多次向宋国的君臣进言行"仁政"。此章所说的是，要施行善政，必须摒斥奸佞，进用贤达，否则，"小人众而君子独，无以成正君之功"(朱熹《集注》)。

公孙丑问曰："不见诸侯何义？"

孟子曰："古者不为臣不见。段干木踰垣而辟之，泄柳闭门而不内[①]，是皆已甚，迫，斯可以见矣。阳货欲见孔子而恶无礼[②]，大夫有赐于士[③]，不得受于其家则往拜其门。阳货瞰孔子之亡也而馈孔子蒸豚[④]，孔子亦瞰其亡也而往拜之，当是时，阳货先，岂得不见？曾子曰：'胁肩谄笑[⑤]，病于夏畦[6]。'子路曰：'未同而言[7]，观其色赧赧然[8]，非由之所知也[9]。'由是观之，则君子之所养可知已矣。"

【注 释】

① 段干木：名木（一说名干木），战国初年魏文侯时贤者，曾师事子夏。《史记正义》引《高士传》说他"守道不仕，魏文侯欲见，造其门，干木踰墙避之"。内：同"纳"。② 阳货欲见孔子：事见《论语·阳货》篇。一般认为，这里所说的阳货就是见于《左传》的季氏家臣阳虎，但清代学者崔述在《洙泗考信录》中认为，他们不是同一个人，有一定道理。从《论语》该章行文来看，这个阳货似乎是鲁国很有权势的大夫。③ 士：当时孔子没有担任官职，故阳虎以"士"视之。④ 瞰：窥伺、趁。《论语》中作"时"，含意相同。豚：小猪。⑤ 胁肩：耸起肩来故作恭敬状。谄笑：强装笑容。⑥ 病于夏畦：赵注云："言其意苦劳极，甚于仲夏之月治畦灌园之勤也。"⑦ 未同而言：言见解不一致而勉强交谈，犹孔子所谓的"道不同，不相为谋"。⑧ 赧赧（nǎn）：朱熹《集注》云："惭而面赤之貌。"⑨ 非由之所知：朱熹《集注》云："言非己所知，甚恶之之辞也。"

【导 读】

此章与本篇孟子和陈代谈论不去见诸侯章的涵义基本相同。此章中引述的曾子、子路两段话表明，假如勉强去见，结果必将是十分尴尬的。

戴盈之曰[1]："什一，去关市之征，今兹未能[2]，请轻之，以待来年然后已，何如？"

孟子曰："今有人日攘其邻之鸡者[3]，或告之曰：'是非君子之道。'曰：'请损之[4]，月攘一鸡，以待来年然后已。'如知其非义，斯速已矣，何待来年？"

【注 释】

① 戴盈之：赵注云："宋大夫。"或说其即此篇前章的"戴不胜"，恐非。② 今兹：今年，《吕氏春秋·任地》高诱注："兹，年也。"③ 攘：《经典

释文》云："攘，盗窃也。"④ 损：朱熹《集注》云："减也。"

【导读】

戴盈之觉得自己的做法不恰当，但又下不了决心马上改正，孟子就用偷鸡的故事作比喻来开导他。朱熹说："知义理之不可而不能速改，与月攘一鸡何以异哉？"（《集注》）孟子虽然是针对改革弊政而设喻，但用之于自身修养，亦何尝不是如此呢？

公都子曰①："外人皆称夫子好辩，敢问何也？"

孟子曰："予岂好辩哉？予不得已也！天下之生久矣，一治一乱。当尧之时，水逆行，氾滥于中国②，蛇龙居之，民无所定，下者为巢、上者为营窟③。《书》曰'洚水警余'④，洚水者洪水也。使禹治之，禹掘地而注之海，驱蛇龙而放之菹⑤，水由地中行⑥，江、淮、河、汉是也。险阻既远，鸟兽之害人者消，然后人得平土而居之。"

"尧、舜既没，圣人之道衰。暴君代作⑦，坏宫室以为汙池⑧，民无所安息；弃田以为园囿，使民不得衣食。邪说暴行又作，园囿、汙地、沛泽多而禽兽至⑨。及纣之身，天下又大乱。周公相武王诛纣、伐奄⑩，三年讨其君，驱飞廉于海隅而戮之⑪，灭国者五十，驱虎、豹、犀、象而远之，天下大悦。《书》曰：'丕显哉⑫，文王谟⑬；丕承者，武王烈。佑启我后人⑭，咸以正无缺⑮。'"

"世衰道微，邪说暴行有作，臣弑其君者有之，子弑其父者有之，孔子惧，作《春秋》⑯。《春秋》，天子之事也⑰，是故孔子曰：'知我者其惟《春秋》乎，罪我者其惟《春秋》乎。'"

【注释】

① 公都子：赵注云："孟子弟子也。"② 氾：同"泛"。③ 营窟：朱熹释为"穴处"，焦循《正义》云："当是相连为窟穴。"④《书》曰：赵注云："《尚书》逸篇也。"伪古文《尚书》将其采入《大禹谟》，此篇相传是禹与他的大臣讨论政务的记录。洚：河流不遵河道，赵注云："洚洞无涯，故曰洚水。"⑤ 菹（zū）：多水草的沼泽地。⑥ 地中：朱熹《集注》云："两涯之间

也。”⑦ 代作：代有所出，言频繁。作，在此是兴起的意思。⑧ 宫室：此指民居。汙池：深池。⑨ 沛泽：朱熹《集注》云：“沛，草木之所生也；泽，水所钟也。”⑩ 奄：商的与国名，故地在今山东曲阜东。周成王初年，随同武庚和东方的夷族起兵反周，被周公诛灭。⑪ 飞廉：亦作“蜚廉”，殷纣王的佞臣。⑫《书》曰：赵注云：“《尚书》逸篇也。”伪古文《尚书》将其采入《君牙》篇，相传本篇是周穆王任命君牙的册书。丕：大。显：明。⑬ 谟：谋。⑭ 佑启：朱熹《集注》云：“佑，助也；启，开也。”⑮ 咸：都、皆。⑯《春秋》：记载春秋史事的编年体史书，记事始于鲁隐公元年（前 722），终于鲁哀公十四年（前 481）。过去一般认为此书经过孔子的编修，书中用辞含有褒贬之意，号为“春秋笔法”。⑰ 天子之事：《春秋》尊王，故谓该书所记为“天子之事”。

“圣王不作，诸侯放恣[1]，处士横议[2]，杨朱、墨翟之言盈天下[3]，天下之言不归杨则归墨。杨氏为我，是无君也[4]；墨氏兼爱[5]，是无父也，无父无君是禽兽也。公明仪曰：‘庖有肥肉，厩有肥马，民有饥色，野有饿莩，此率兽而食人也。’杨墨之道不息，孔子之道不著，是邪说诬民、充塞仁义也[6]。仁义充塞则率兽食人，人将相食。吾为此惧，闲先圣之道[7]，距杨墨，放淫辞[8]，邪说者不得作。作于其心，害于其事；作于其事，害于其政。圣人复起，不易吾言矣。”

“昔者禹抑洪水而天下平，周公兼夷狄、驱猛兽而百姓宁，孔子成《春秋》而乱臣贼子惧。《诗》云[9]：‘戎狄是膺，荆舒是惩，则莫我敢承[10]。’无父无君，是周公所膺也。我亦欲正人心，息邪说，距诐行[11]，放淫辞，以承三圣者[12]。岂好辩哉？予不得已也！能言距杨墨者，圣人之徒也。”

【注 释】

① 恣：《说文》云：“纵也。”② 处士：《汉书·异姓诸侯王表》颜师古注云：“处士谓不官于朝而居家者也。”③ 杨朱：魏国人，战国初年的著名思想家。相传他反对儒、墨，主张贵生、重己，他没有著作传世，关于他的思想材料，除本书外，还散见于《庄子》、《韩非子》、《吕氏春秋》等书。墨

翟：春秋末年的著名思想家，墨家学说的创始人，该学派有《墨子》一书传世。④ 无君：朱熹《集注》云："杨朱但知爱身，而不复知有致身之义，故无君。"⑤ 兼爱：墨家的基本观点之一，认为应该不加区别地爱一切人。朱熹《集注》云："墨子爱无差等，而视其至亲无异众人，故无父。"⑥ 充塞：朱熹《集注》云："谓邪说遍满，妨于仁义也。"⑦ 闲：《说文》云："阑也，从门中有木。"引申转义为捍卫。⑧ 放：放逐，在此是驳斥的意思。⑨《诗》云：此处诗句引自《诗·鲁颂·閟宫》。⑩ 莫我敢承：朱熹训"承"为"当"，即抵御的意思。⑪ 诐(bì)行：偏邪不正当的行为。⑫ 三圣：即上文所提到的禹、周公、孔子。

【导读】

从《孟子》一书中可以体察到，孟子的辩论色彩是比较浓的，不仅后人如此言，当时人即有此定论。而孟子觉得，自己处在大道败坏的年代与社会中，如果不奋起捍卫圣道，端正人心，破除邪说，圣人之学将会中衰，这是原则问题，所以，他说自己的喜好辩论是"不得已"。由此，也可以窥见当时杨朱、墨翟之学流行的状况。儒家学者对于孟子的这一功绩一向十分推崇，唐代文学家韩愈甚至说："向无孟氏，则皆服左衽而言侏离矣。故愈尝推尊孟氏，以为功不在禹下者，为此也。"(朱熹《孟子序说》引)

匡章曰："陈仲子岂不诚廉士哉[1]？居於陵[2]，三日不食，耳无闻、目无见也。井上有李，螬食实者过半矣[3]，匍匐往将食之[4]，三咽，然后耳有闻、目有见。"

孟子曰："于齐国之士，吾必以仲子为巨擘焉[5]。虽然，仲子恶能廉？充仲子之操[6]，则蚓而后可者也[7]。夫蚓，上食槁壤[8]，下饮黄泉[9]。仲子所居之室，伯夷之所筑与，抑亦盗跖之所筑与[10]？所食之粟，伯夷之所树与，抑亦盗跖之所树与？是未可知也。"

曰："是何伤哉？彼身织屦、妻辟纑[11]，以易之也。"

曰："仲子，齐之世家也，兄戴盖禄万钟[12]。以兄之禄为不义之禄而不食也，以兄之室为不义之室而不居也，辟兄离母[13]，处于於陵。他日归，则有馈其兄生鹅者，已频顣曰[14]：'恶用是鶃鶃者为哉[15]？'他日，其母杀是鹅也与之食之，其兄自外至，曰：'是鶃鶃之肉也。'出而哇之[16]。以母则不食，以妻则食之；以兄之室则弗居，以於陵则居之，是尚为能充其类也乎[17]？若仲子者，蚓而后充其操者也。"

【注 释】

① 匡章：齐国人，曾在齐威王和宣王时担任过齐国的将军，据本书《离娄下》，他是孟子的友人。其言行在《战国策》、《吕氏春秋》等书中有记载。陈仲子：亦称"田仲"，齐人，因其居于於陵，后人亦称之为"於陵子"。据《荀子·非十二子》及《不苟》篇的记载，他似乎是当时的思想家。现在流传的《於陵子》一书，系后人伪作。② 於（wū）陵：据前人考证，其地在今山东长山以南。③ 螬：金龟子的幼虫。④ 将：取。⑤ 巨擘：大拇指，朱熹《集注》云："言齐人中有仲子，如众小指中有大指也。"⑥ 充：完全做到，朱熹《集注》云："推而满之也。"操：操守。⑦ 蚓：即蚯蚓。⑧ 槁：枯槁、干燥。⑨ 黄泉：此处所说的"黄泉"与古人比为地府的"黄泉"不是一个意思，朱熹《集注》云："浊水也。"⑩ 盗跖：春秋时有名的大盗。⑪ 辟纑（lú）：赵注云："缉绩其麻曰辟，练其麻曰纑。"⑫ 盖：地名，其兄的采邑。故地约在今山东沂水县西北。⑬ 辟：同"避"。⑭ 频顣：同"颦蹙"，形容不高兴时愁眉皱额的样子。朱熹《集注》云："频顣而言，以其兄受馈为不义也。"⑮ 鶃鶃（yì）：朱熹《集注》云："鹅声也。"⑯ 哇：呕吐。⑰ 其类：指陈仲所主张的"廉"。

【导 读】

陈仲子是齐国著名的"廉士"，孟子认为，作为一种个人的人生态度，陈仲子的作为也不能说完全不对，但要把它推广开来，是有问题的，即使仲子本人也不能彻底履行自己的主张，是以孟子不取。赵岐在《孟子注》中指出："志士之操，耿介特立，可以激浊，不可常法。"还有的学者认为："仲子避兄离母，无亲戚、君臣、上下，是无人伦也，岂有无人伦而可以为廉哉？"（朱熹《集注》引范氏说）

离 娄 上

孟子曰："离娄之明、公输子之巧[①]，不以规矩不能成方圆[②]；师旷之聪[③]，不以六律不能正五音[④]；尧舜之道，不以仁政不能平治天下。今有仁心仁闻而民不被其泽[⑤]，不可法于后世者，不行先王之道也。故曰，徒善不足以为政，徒法不能以自行。《诗》云：'不愆不忘[⑥]，率由旧章[⑦]。'遵先王之法而过者，未之有也。圣人既竭目力焉，继之以规矩准绳[⑧]，以为方员平直不可胜用也[⑨]；既竭耳力焉，继之以六律，正五音不可胜用也；既竭心思焉，继之以不忍人之政，而仁覆天下矣。故曰，为高必因丘陵，为下必因川泽，为政不因先王之道可谓智乎？是以惟仁者宜在高位，不仁而在高位是播其恶于众也。上无道揆也[⑩]，下无法守也[⑪]，朝不信道，工不信度[⑫]，君子犯义，小人犯刑，国之所存者幸也。故曰，城郭不完、兵甲不多非国之灾也[⑬]，田野不辟、货财不聚非国之害也[⑭]，上无礼、下无学、贼民兴，丧无日矣。《诗》曰：'天之方蹶[⑮]，无然泄泄[⑯]。'泄泄犹沓沓也。事君无义，进退无礼，言则非先王之道者，犹沓沓也。故曰，责难于君谓之恭，陈善闭邪谓之敬[⑰]，吾君不能谓之贼。"

【注 释】

① 离娄：亦称"离朱"，据《经典释文》引司马彪说云："黄帝时人，能于百步之外见秋毫之末。"公输子：名班（亦作"般"），鲁国人，故亦称为鲁班，是春秋末年的著名巧匠。② 规矩：规（圆规）是画圆的工具，矩（曲尺）是画方的工具。③ 师旷：春秋晋平公（前557—前532年在位）时的著名乐师。④ 六律：我国古代以律管确定乐音的标准音高，一套完整的律管共十二个，单数的六个管称"阳律"，简称"律"；双数的六个管称"阴吕"，简称"吕"。此处的"六律"是概称定音律管。五音：古代以宫、商、角、徵、羽为音阶，相当现在的CDEGA，亦称"五声"。⑤ 仁心仁闻：朱熹《集注》云："仁心，爱人之心也；仁闻者，有爱人之声闻于人也。"闻，犹现在所说的声誉。⑥《诗》云：此处的诗句引自《诗·大雅·假乐》，这是一首赞美周成王的诗歌。愆：郑笺训为"过"，即走样、偏离的意思。⑦ 率：郑

笺云："循也。"旧章：旧有的规章法度。⑧ 准绳：准是测量水平的仪器，绳是规范垂直的工具。⑨ 员：同"圆"。⑩ 道揆：朱熹《集注》云："道，义理也；揆，度也。……道揆谓以义理度量事物而制其宜。"⑪ 法守：朱熹《集注》云："谓以法度自守。"⑫ 工不信度：此处的"度"指尺度。⑬ 完：坚牢，《考工记》云："轮敝，三材不失职，谓之完。"或训为"完好"，亦通。⑭ 辟：垦殖、开辟之意。⑮ 此处诗句引自《诗·大雅·板》，旧说这是首讥刺周厉王的诗歌。蹶：赵注云："动也。"朱熹《集注》云："言天欲颠覆周室。"⑯ 泄：同"泄"，《说文》云："多言也。"孟子下文谓"泄泄犹沓沓"，《说文》云："沓，语多沓沓也。"⑰ 闭：通"辟"，意为排斥、抵制。

【导 读】

此章讲了两层意思，其一，治理国政必须遵循"先王之道"，它的功能就如同圆规、曲尺之于工匠那样，不可须臾而离；其二，要保证大道的正确施行，必须选拔贤者，让仁者居于高位。也就是说，要治理好一个国家，既要有良好的"治法"，也要有得力的"治人"。

孟子曰："规矩，方员之至也[①]；圣人，人伦之至也。欲为君尽君道，欲为臣尽臣道，二者皆法尧舜而已矣。不以舜之所以事尧事君，不敬其君者也；不以尧之所以治民治民，贼其民者也。孔子曰：'道二，仁与不仁而已矣。'暴其民甚，则身弑国亡；不甚，则身危国削，名之曰幽、厉[②]，虽孝子慈孙，百世不能改也。《诗》云'殷鉴不远[③]，在夏后之世'，此之谓也。"

【注 释】

① 至：朱熹《集注》云："极也。"② 幽、厉：在古代的谥号中，这两个名称都是评价不好行为的"恶谥"。如周代的厉王因激起国人反抗而被驱逐，幽王则因信用佞臣而被入侵的犬戎所杀。③《诗》云：此处的诗句引自《诗·大雅·荡》，这是一首哀伤周室统治衰落的诗歌。鉴：原指铜镜，引申为教训。

【导读】

此章承上章而言。既然治理好国家有赖于“治法”与“治人”，那么，作为国君来说，就应效法尧、舜推行“先王之道”；作为臣属来说，就应效法圣人以仁道事奉君主，治理民众。也就是说，在这件事情上，国君有国君的职责，臣属有臣属的职责。

孟子曰：“三代之得天下也以仁，其失天下也以不仁，国之所以废兴存亡者亦然。天子不仁，不保四海；诸侯不仁，不保社稷①；卿、大夫不仁，不保宗庙；士、庶人不仁，不保四体②。今恶死亡而乐不仁，是犹恶醉而强酒。”

【注释】

① 社稷：土地神和农业神，古代在国都立社和稷的神庙，故亦用来代称统治或政权。② 四体：即四肢。

【导读】

此章是说，仁道是最根本的行为规范，无论在上者、在下者都要遵循仁道，否则不仅保守不住事业，连自身也难免灭亡。

孟子曰：“爱人不亲，反其仁①；治人不治，反其智；礼人不答，反其敬。行有不得者皆反求诸己，其身正而天下归之。《诗》云：‘永言配命，自求多福。’”

【注释】

① 反其仁：朱熹《集注》云：“我爱人而人不亲我，则反求诸己，恐我之仁未至也。”以下“反其智”、“反其敬”与此类似。

【导读】

此章是说，遇到问题应首先检讨自身的行为是否遵循了正道。自身端正了，做事才会取得成效。

孟子曰："人有恒言[1]，皆曰天下国家。天下之本在国，国之本在家，家之本在身。"

【注释】

① 恒：常。

【导读】

此章是说"天下国家"的根本在于个人，个人修养立定了根本，就能把家、国、天下的事情办好。《大学》发挥的"修身、齐家、治国、平天下"，正是这一道理的进一步深化。

孟子曰："为政不难，不得罪于巨室[1]。巨室之所慕，一国慕之；一国之所慕，天下慕之，故沛然德教溢乎四海。"

【注释】

① 巨室：朱熹《集注》云："世臣大家也。"

【导读】

此章所谓的"不得罪于巨室"（不要与世家大族结怨），不是屈从权势。战国时代，国政都操纵在过去的世家大族手中，孟子的意思是说，要推行仁政，首先要做好他们的工作，"彼即悦服，则吾之德教无所留碍，可以及乎天下矣"（朱熹《集注》引林氏语）。

孟子曰："天下有道，小德役大德[1]，小贤役大贤；天下无道，小役大，弱役强。斯二者天也，顺天者存，逆天者亡。齐景公曰：'既不能令，又不受命，是绝物也[2]。'涕出而女于吴[3]。今也小国师大国而耻受命焉，是犹弟子而耻受命于先师也。如耻之，莫若师文王。师文王，大国五年、小国七年，必为政于天下矣。《诗》云：'商之孙子[4]，其丽不亿[5]。上帝既命，侯于周服[6]。侯服于周，天命靡常。殷士肤敏[7]，祼将于京[8]。'孔子曰：'仁不可为众也。夫国君好仁，天下无敌。'今也欲无敌于天下而不以仁，是犹执热而不以濯也[9],《诗》云[10]:‘谁能执热,逝不以濯[11]?’”

【注释】

① 小德役大德:此句与下一句的“役”,是“役于”的省略。役,是役使、听命的意思。② 绝物:赵注云:“物,事也,大国不与之通朝聘之事也。”不通朝聘,即没有国家与之来往,犹现在所说的走投无路。③ 涕出而女于吴:朱熹《集注》云:“女,以女于人也。”吴是当时的强国,齐景公因抵御不了吴的进攻,只好把自己的女儿嫁到吴国去“和亲”,事见《吴越春秋·阖闾内传》、《说苑·权谋》。④《诗》云:此处诗句引自《诗·大雅·文王》。孙子:即子孙,指后裔。⑤ 丽:朱熹《集注》云:“数也。”不亿:犹言不下亿万(古人以十万为亿)。⑥ 侯:发语词,无义。⑦ 肤敏:赵注云:“肤,大;敏,达。”这是称赞向周臣服的“殷士”通达时变。⑧ 祼(guàn):祭祀时酹酒迎神。将:助祭。京:周的京都,今陕西西安。⑨ 执热:拿了烫手的东西。⑩ 此处诗句引自《诗·大雅·桑柔》,旧说这是首讽刺周厉王的诗。⑪ 逝:发语词,无义。

【导读】

天下清平时,以德行为上,所以小德被大德所役使;天下无道时,崇尚强力,所以弱小者为强大者所役使。孟子认为,这两者都是必然的趋势(“天意”),无法违抗。如果不能推行仁政,奋发自强,那么只有听天由命;如果修饬德行、施行仁政,那么天命就有希望转移到自己一方。

孟子曰:“不仁者可与言哉?安其危而利其灾,乐其所以亡者[1]。不仁而可与言,则何亡国败家之有?有孺子歌曰:‘沧浪之水清兮[2],可以濯我缨[3];沧浪之水浊兮,可以濯我足。’孔子曰:‘小子听之!清斯濯缨,浊斯濯足矣,自取之也。’夫人必自侮然后人侮之,家必自毁而后人毁之,国必自伐而后人伐之。《太甲》曰‘天作孽犹可违,自作孽不可活’,此之谓也。”

【注释】

① 乐:耽乐、沉湎。② 沧浪:这四句歌辞是楚歌,沧浪指汉水上游。

又，焦循《正义》引卢文弨说谓沧浪指水呈青色，它既不是水名，也不是地名，恐未尽然。③ 缨：帽子左右的丝带，用于系结颚下以防脱落。

【导读】

此章是说，家、国、个人的兴盛衰微，都有其自身的因素，外部的条件都通过自身的因素而起作用，祸福都由人们自取。这个最根本的自身因素，孟子认为是“行仁”。

孟子曰：“桀、纣之失天下也，失其民也；失其民者，失其心也。得天下有道，得其民斯得天下矣；得其民有道，得其心斯得民矣；得其心有道，所欲与之聚之[①]，所恶勿施，尔也[②]。民之归仁也，犹水之就下、兽之走圹也[③]。故为渊殴鱼者獭也[④]，为丛殴爵者鹯也[⑤]，为汤、武殴民者桀、纣也。今天下之君有好仁者，则诸侯皆为之殴矣，虽欲无王不可得已。今之欲王者，犹七年之病求三年之艾也[⑥]，苟为不畜[⑦]，终身不得。苟不志于仁，终身忧辱，以陷于死亡。《诗》云‘其何能淑[⑧]，载胥及溺[⑨]’，此之谓也。”

【注释】

① 与之聚之：王引之《经传释词》训此处之“与”为“为”，云：“‘所欲与之聚之’言所欲则为民聚之也。”或训“与”为“给予”，即让民众积聚起来，亦通。② 尔也：焦循《正义》引赵佑《温故录》谓“尔也”当自为句，犹言“如此而已”。③ 圹：旷野。④ 为渊殴鱼者獭也：渊指深水，獭指水獭，殴同“驱”。水獭善捕鱼，致使鱼儿都逃到深水去躲避。喻实际效果与初衷相反，以下两句的含义与此类似。毛泽东在《论反对日本帝国主义的策略》一文中用过这个典故：“关门主义‘为渊驱鱼，为丛驱雀’，把‘千千万万’和‘浩浩荡荡’都赶到敌人那一边去，只博得敌人的喝彩。”⑤ 爵：同“雀”。鹯(zhān)：亦称“晨风”，一种似鹞的猛禽。⑥ 三年之艾：赵注云：“艾可以为灸人病，干久益善，故以为喻。”⑦ 畜：同“蓄”，储备。或训为“畜养”、“栽培”，亦通。⑧《诗》云：此处诗句引自《诗·大雅·桑柔》。淑：郑笺训为“善”。⑨ 载胥及溺：朱熹《集注》云：“载，则也。胥，相也。言今之所为其何能善，则相引以陷于乱亡而已。”

【导读】

此章集中叙述了孟子关于国家存亡与民众、民心关系的观点。孟子认为，民心向背是兴亡的关键，而要获得民心，必须与民众息息相通、忧乐与共。而且，这个效应并不是立时可得的，而是有待于日常的积累蓄存，这就好比是医治积年老病的“三年陈艾”，如不去栽培就一辈子也得不到。

孟子曰：“自暴者不可与有言也①，自弃者不可与有为也。言非礼义谓之自暴也②，吾身不能居仁由义谓之自弃也。仁，人之安宅也；义，人之正路也。旷安宅而弗居③，舍正路而不由④，哀哉！”

【注释】

① 暴：朱熹《集注》云：“犹害也。”② 非：朱熹《集注》云：“犹毁也。”③ 旷：此作动词用，意为空出。④ 由：遵循，行走。

【导读】

孟子认为，仁、义都为人性天生所具有，不按照这些准则行事就是自暴自弃。朱熹《集注》说：“此圣贤之深戒，学者所当猛省也。”

孟子曰：“道在迩而求诸远①，事在易而求诸难。人人亲其亲、长其长而天下平。”

【注释】

① 迩（ěr）：近。

【导读】

此章是说，要学习圣贤、要施行仁道，不必远求，可以从身旁的日常小事做起，由浅入深；从另一方面来说，人人都能做好自己近身的小事，天下也几乎就太平了。

孟子曰："居下位而不获于上①，民不可得而治也。获于上有道，不信于友弗获于上矣；信于友有道，事亲弗悦弗信于友矣；悦亲有道，反身不诚不悦于亲矣②；诚身有道，不明乎善不诚其身矣。是故，诚者天之道也，思诚者人之道也③。至诚而不动者未之有也，不诚未有能动者也。"

【注 释】

① 获于上：朱熹《集注》云："得其上之信任也。"② 反身不诚：朱熹《集注》云："反求诸身而其所以为善之心有不实也。"③ 思诚：赵注云："思行其诚。"

【导 读】

此章与《中庸》中叙述治理国家九项准则中的一段文字几乎完全相同，说明《中庸》与思孟学派在思想上的密切联系。一般认为，应该是《中庸》袭取《孟子》，而不是相反。朱熹《集注》说：这一章的观点"亦与《大学》相表里，学者宜潜心焉"。

孟子曰："伯夷辟纣，居北海之滨，闻文王作①，兴曰：'盍归乎来②！吾闻西伯善养老者③。'太公辟纣，居东海之滨，闻文王作，兴曰：'盍归乎来！吾闻西伯善养老者。'二老者天下之大老也④，而归之，是天下之父归之也⑤。天下之父归之，其子焉往？诸侯有行文王之政者，七年之内必为政于天下矣⑥。"

【注 释】

① 作：赵注以"作兴"为一辞，朱熹以"作"属上读，"兴"属下读，云："作、兴皆起也。"此处从朱说。② 来：据王引之《经传释词》，此处的"来"是句末助词。③ 西伯：即周文王。④ 大老：朱熹《集注》云："言非常人之老者。"⑤ 天下之父：朱熹《集注》云："言齿德皆尊，如众父然。既得其心，则天下之心不能外矣。"⑥ 七年：本篇第七章云："师文王，大国五年、小国七年，必为政于天下矣。"

【导 读】

此章是说，养老尊贤是治国的要务，周文王做到了这一点，天下有声望、才能的人都纷纷去归附他，最后终于拥有了天下。

孟子曰："求也为季氏宰[①]，无能改于其德，而赋粟倍他日[②]。孔子曰：'求非我徒也，小子鸣鼓而攻之可也。'[③]由此观之，君不行仁政而富之，皆弃于孔子者也，况于为之强战？争地以战，杀人盈野；争城以战，杀人盈城，此所谓率土地而食人肉，罪不容于死。故善战者服上刑[④]，连诸侯者次之[⑤]，辟草莱、任土地者次之[⑥]。"

【注 释】

① 求：孔子的弟子冉求，字子有。他是孔门"政事"科的高材生。季氏：指当时执掌鲁国大权的季孙氏。宰：大夫的家臣。② 赋粟：朱熹《集注》云："赋，犹取也，取民之粟倍于他日也。"③ 孔子曰：这段话亦见于《论语・先进》篇。④ 上刑：赵注云："重刑也。"⑤ 连诸侯：朱熹《集注》云："连结诸侯，如苏秦、张仪之类。"⑥ 辟草莱、任土地：朱熹《集注》云："辟，开垦也。任土地，谓分土授民，使任耕稼之责，如李悝尽地力、商鞅开阡陌之类也。"

【导 读】

孟子对于当时各诸侯国依仗武力称雄，感到非常愤慨，因为他们并不是为正义、大道而争斗。基于这一点，他主张对好战者应处以最重的刑罚，其他两种处罚对象都是由这一点延伸出来的。孟子此处主要指责统治者进行全面战争、草菅人命的行为，这种行为与孟子一贯主张的"保民而王"的观点是格格不入的。

孟子曰："存乎人者[①]，莫良于眸子，眸子不能掩其恶[②]。胸中正，则眸子瞭焉[③]；胸中不正，则眸子眊焉[④]。听其言也，观其眸子，人焉廋哉[⑤]？"

【注 释】

① 存：《尔雅·释诂》云："存，察也。"② 眸(móu)子：朱熹《集注》云："目瞳子也。"③ 瞭：明亮。④ 眊(mào)：赵注云："蒙蒙目不明之貌。"⑤ 廋(sōu)：赵注云："匿也。听言察目，言正视端，人情可见，安可匿之哉？"

【导 读】

眼睛是心灵的窗户，心胸中有正气，眼神自然就坦荡明亮了。孟子在最后还提出以"听其言也，观其眸子"的参照方法来观察人，朱熹《集注》说："言亦心之所发，故并此以观，则人之邪正不可匿矣。然言犹可以伪为，眸子则有不容伪者。"

孟子曰："恭者不侮人，俭者不夺人[①]。侮夺人之君，惟恐不顺焉，恶得为恭俭？恭俭岂可以声音笑貌为哉？"

【注 释】

① 俭者不夺人：赵注云："为廉俭者不夺取人。"

【导 读】

此章是说，谦恭俭朴必须表现在实事上，表面上装出笑脸，实际上却欺侮、强取，不能算真正的谦恭俭朴。此章恐怕是针对当时统治者在外表装出一套来求取声誉的行为而发的议论。

淳于髡曰[①]："男女授受不亲[②]，礼与？"

孟子曰："礼也。"

曰："嫂溺，则援之以手乎[③]？"

曰："嫂溺不援，是豺狼也。男女授受不亲，礼也；嫂溺援之以手者，权也[④]。"

曰："今天下溺矣，夫子之不援，何也？"

曰："天下溺援之以道，嫂溺援之以手，子欲手援天下乎？"

【注 释】

① 淳于髡：名髡，齐国人，《史记·孟子荀卿列传》说他“博闻强记，学无所主。其谏说，慕晏婴之为人也，然而承意观色为务”。② 授受不亲：朱熹《集注》云：“授，与也；受，取也。古礼，男女不亲授受，以远别也。”③ 援：焦循《正义》云：“谓牵持之也。”④ 权：变通。

【导 读】

淳于髡是齐国著名的辩士，《史记·滑稽列传》载有他的事迹。他与孟子的这一段问答颇有趣味，首先他向孟子提出了一个伦理难题，孟子讲述了守原则与变通的道理。这一答案，正是淳于髡所要求或意料之中的，接着，他就借此讽喻孟子：当今天下有急难，你应该讲变通而不要死抱原则。孟子显然不能同意他的观点，明确地告诉他：要解救天下的急难，必须“援之以道”。朱熹《集注》说：“直己守道，所以济时；枉道殉人，徒为失己。”

公孙丑曰：“君子之不教子，何也？”

孟子曰：“势不行也。教者必以正[①]，以正不行继之以怒。继之以怒则反夷矣[②]，‘夫子教我以正，夫子未出于正也’，则是父子相夷也。父子相夷则恶矣。古者易子而教之，父子之间不责善[③]。责善则离，离则不祥莫大焉。”

【注 释】

① 正：赵注训为“正道”。② 夷：赵注云：“伤也。”③ 责善：以善相责备，朱熹《集注》云：“责善，朋友之道也。”

【导 读】

此章所讲的是教育方法。古人之所以不主张亲自教育自己的儿子，是为了避免教育中产生的副作用。朱熹《集注》说：“易子而教，所以全父子之恩，而亦不失其为教。”

孟子曰："事，孰为大？事亲为大。守，孰为大？守身为大。不失其身而能事其亲者，吾闻之矣；失其身而能事其亲者，吾未之闻也。孰不为事？事亲，事之本也。孰不为守？守身，守之本也。曾子养曾皙[①]，必有酒肉，将彻必请所与[②]，问有余，必曰有[③]。曾皙死，曾元养曾子[④]，必有酒肉，将彻不请所与[⑤]，问有余，曰亡矣，将以复进也。此所谓养口体者也，若曾子则可谓养志也。事亲若曾子者，可也。"

【注释】

① 曾皙(xī)：曾参的父亲，他也是孔子的弟子。② 将彻必请所与：朱熹《集注》云："食毕将彻去，必请于父曰：'此余者与谁？'"③ 必曰有：朱熹《集注》云："必曰有，恐亲意更欲与人也。"④ 曾元：曾参的儿子。⑤ 不请所与：朱熹《集注》云："曾元不请所与、虽有言无，其意将以复进于亲，不欲其与人也。此但能养父母之口体而已，曾子则能承顺父母之志而不忍伤之也。"俞樾《古书疑义举例·高下相形例》举此谓"此亦举曾元之养口体以形曾子之养志，学者不可泥乎其词"。

【导读】

此章主要讲孝。儒家所讲的孝道包括两个方面，一是守护自身，不使双亲因自己的不善而受辱、受累；一是奉养双亲，使他们身心愉快。孟子认为，守护自身的关键是不丧失节操，奉养双亲的关键是愉悦父母的意愿。像曾元那样，只是在衣食方面奉养；只有像曾子那样，才说得上是奉养意愿。当然，曾子的作为并不是到了极点，所以孟子也只是说能做到这样算是合格了。

孟子曰："人不足与适也[①]，政不足间也[②]，唯大人为能格君心之非[③]。君仁莫不仁，君义莫不义，君正莫不正，一正君而国定矣。"

【注释】

① 适：同"谪"，批评、指责。朱熹《集注》云："言人君用人之非，不足过谪。"② 间：赵注云："非也。"朱熹谓"'间'字上亦当有'与'字"。③ 格：

纠正。或谓此处之"格"与《大学》"格物"之"格"同义，是穷究的意思，亦通。

【导读】

此章是说，天下的治乱，与统治者本身的德行有很大的关系。统治者只有以身作则，才能端正风气，教化民众。因此，要治理好一个国家，首先要使君主本身行为合乎准则。

孟子曰："有不虞之誉①，有求全之毁。"

【注释】

① 不虞：意想之外，朱熹《集注》引吕氏说云："行不足以致誉而偶得誉，是谓不虞之誉。"

【导读】

此章是说，称赞与指责未必都合乎实际，所以，修养自身的人不能因此而飘飘然或灰心丧气，观察他人时，也不能轻易根据舆论来下断语。

孟子曰："人之易其言也①，无责耳矣②。"

【注释】

① 易：赵注、朱熹均训为"轻易"。② 无责：没有责任心。前人对此句有多种说法，或说是没有遭到失言的挫折，或说是因没有进言之责而轻易不劝谏，或说是不足责备，皆觉不甚妥帖。

【导读】

儒家在个人品德修养方面，一贯主张要慎于言辞，在《论语》中孔子曾多次以这一条诫饬自己的门徒。这一章的后半句"无责耳矣"，有的学者认为，此处的"责"是"受到责备"的意思。朱熹说："人之所以轻易其言者，以其未遭失言之责故耳。盖常人之情，无所惩于前则无所警于后。非以为君子之学，必俟有责而后不敢易其言也。”(《集注》)孟子的这段话应该是有所针对的，可惜我们现在已不得而知了。

孟子曰：“人之患在好为人师。”

【导 读】

好为人师是骄傲自满的表现，这是修身的大忌。有人指出：“学问有余，人资于己，不得已而应之可也。若好为人师，则自足而不复有进矣，此人之大患也。”(朱熹《集注》引王勉语)

乐正子从于子敖之齐①。乐正子见孟子，孟子曰：“子亦来见我乎？”曰：“先生何为出此言也？”

曰：“子来几日矣？”曰：“昔者②。”

曰：“昔者，则我出此言也不亦宜乎！”曰：“舍馆未定③。”

曰：“子闻之也，舍馆定然后求见长者乎？”曰：“克有罪。”

【注 释】

① 子敖：即本书《公孙丑下》篇中提到的王驩，子敖是他的字。② 昔者：指昨天。③ 舍馆：指住宿的地方，赵注云：“馆，客舍也。”

【导 读】

乐正子是孟子的门徒。他出使到了齐国之后，没有马上去看望自己的老师，孟子批评他未能履行尊师之道。

孟子谓乐正子曰：“子之从于子敖来，徒餔啜也①。我不意子学古之道而餔啜也。”

【注 释】

① 餔啜(bù chuò)：吃吃喝喝，朱熹《集注》云：“餔，食也；啜，饮也。”

【导读】

此章承上一章而言，孟子对于乐正子这次与王子敖一起出使的所作所为感到不满，认为他没有尽到作为一个臣属应尽的责任，因此对他进行批评。孟子的话虽然说得比较婉转，但语气很严厉。据此再反观上一章，可以体会到，孟子对于乐正子没有马上去见他的不满倒还在其次，更主要的是，乐正子在这次公务中根本没有干什么正经的大事，既然如此，却又不马上拜见老师，说明他对自己的要求很不严格，所以孟子感到特别生气。

孟子曰："不孝有三①，无后为大。舜不告而娶，为无后也，君子以为犹告也。"

【注释】

① 不孝有三：赵注云："于礼有不孝者三事，谓阿意屈从，陷亲不义，一不孝也；家穷亲老，不为仕禄，二不孝也；不娶无子，绝先祖祀，三不孝也。"

【导读】

此章所讲的是执行原则的灵活性问题。舜如果去禀告父母，有可能娶不成妻子，这样就会得不到儿子，陷于最大的不孝，所以他就采取变通的办法，不禀告父母而自行娶妻。由于它符合大道理，所以这与禀告了父母是一样的。有人指出："常道人皆可守，权非体道者不能用也。盖权出于不得已者也，若父非瞽瞍、子非大舜，而欲不告而娶，则天下之罪人也。"（朱熹《集注》引范氏语）后来人们只记住了此章开头的"不孝有三，无后为大"，却没有理会孟子的本意，可谓买椟还珠。

孟子曰："仁之实，事亲是也；义之实，从兄是也；智之实，知斯二者弗去是也；礼之实，节文斯二者是也①；乐之实，乐斯二者，乐则生矣。生则恶可已也②，恶可已则不知足之蹈之、手之舞之。"

【注释】

① 文：指修饰。② 已：停止。

【导读】

此章是说，儒家的仁、义、礼、智、乐五项道德规范，其中心是仁、义，而仁、义的实质是对父母孝顺、对兄长友爱。朱熹《集注》说："天下之道皆原于此，然必知之明而守之固，然后节之密而乐之深也。"

孟子曰："天下大悦而将归己，视天下悦而归己犹草芥也，惟舜为然。不得乎亲不可以为人，不顺乎亲不可以为子。舜尽事亲之道而瞽瞍底豫[①]，瞽瞍底豫而天下化，瞽瞍底豫而天下之为父子者定，此之谓大孝。"

【注释】

① 瞽瞍：舜的父亲。底豫：赵注云："底，致也；豫，乐也。"

【导读】

此章阐发儒家的孝道。"孝"的涵义有广有狭，最狭义也是最起码的，是要能奉养双亲，不使他们挨冻受饿；再进一步，是要愉悦父母的精神、意愿；最广也是最难得的是像舜那样，通过自己的孝行来教化天下归一，通过自己家庭的和睦来使天下安定。后来的理学家则将"孝"概念化了，从中引出了"天下无不是底父母"的结论，要求子女无原则地一味以顺从为准则，有人甚至说："惟如此而后，天下之为父子者定，彼臣弑其君、子弑其父者，常始于见其有不是处耳。"（朱熹《集注》引魏了翁语）使先秦儒家在"孝"这个范畴上残存的一点有益的意义也消失殆尽了。

离 娄 下

孟子曰："舜生于诸冯[①]，迁于负夏[②]，卒于鸣条[③]，东夷之人也；文王生于岐周[④]，卒于毕郢[⑤]，西夷之人也。地之相去也千有余里，世之相后也千有余岁，得志行乎中国，若合符节[⑥]。先圣后圣，其揆一也[⑦]。"

【注 释】

① 诸冯：地名，相传在今山东菏泽以南。② 负夏：《史记·五帝本纪》谓舜“就时于负夏”，约在今山东滋阳以西。③ 鸣条：所相当的今地不详，《史记·五帝本纪》谓舜“南巡狩，崩于苍梧之野”，则其地当在南方。④ 岐周：即“岐下”，周族的发祥地，周先祖古公亶父始迁于此，至文王末年才改迁于丰。岐下即今之岐山，在陕西岐山县东北。⑤ 毕郢：朱熹《集注》云：“近丰、镐，今有文王墓。”按，《史记·鲁周公世家》云：“周公在丰病，将没，曰：‘必葬我成周，以明吾不敢离成王。’”朱熹似即据此而言，据此，其地当在今陕西西安附近。⑥ 若合符节：符、节是古代的一种信物，中分为二，双方各持一半为凭，相合无误以表示身份或传达命令。若合符节，犹今言完全符合。⑦ 其揆一也：朱熹《集注》云：“揆，度也。其揆一者，言度之而其道无不同也。”

【导 读】

此章是说，圣人虽有时代、出身地的不同，但他们的作为和准则是一致的、没有差别的。

子产听郑国之政[①]，以其乘舆济人于溱、洧[②]。孟子曰：“惠而不知为政[③]。岁十一月徒杠成[④]，十二月舆梁成[⑤]，民未病涉也。君子平其政[⑥]，行辟人可也[⑦]，焉得人人而济之？故为政者每人而悦之，日亦不足矣。”

【注 释】

① 子产：即公孙侨，子产是他的字(亦作“子美”)。郑国贵族，曾在郑简公、定公时(前565—前514)执政二十多年，实行改革，是当时著名的政治家。郑国：周中期所封的诸侯国名，其始封国君是周宣王的弟弟，西周末年东迁至今河南境内，前375年为韩所灭。② 乘舆：指子产自己所乘坐的马车。溱：水名，源于今河南密县东北，东南与洧水汇合为双洎河，东流入贾鲁河。洧：水名，源于河南登封以东，东流至密县与溱水汇合。③ 惠而不知为政：朱熹《集注》云：“惠谓私恩小利，政则有公平正大之体，纲纪法度之施焉。”按，在《论语》的《公冶长》、《宪问》篇中，孔子亦以

"惠"来评价子产,可参看。④ 岁十一月:孟子所称的月份大多是周历,周历建子,故其十一月相当农历的九月。徒杠:朱熹《集注》云:"可通徒行者。"段玉裁《说文解字注》云:"独木者曰杠。"据此,徒杠即简陋的独木便桥。⑤ 舆梁:旧题孙奭《孟子疏》云:"舆梁者,盖桥上横架之板若车舆者。"朱熹《集注》云:"《夏令》曰'十月成梁',盖农功已毕,可用民力,又时将寒沍,水有桥梁则民不患于徒涉,亦王政之一事也。"⑥ 平其政:赵注云:"平治政事刑法。"⑦ 行辟人:辟同"避"。古代高级官员出行,有专人开路清道,要行人回避。

【导 读】

孟子认为,子产的这种恩惠只是小惠。小惠当然比不施恩惠好一点,但对于子产那样主持国政的人来说,就不够了。执政者要治理好国家,使民众安居乐业,是最大的恩惠,这比具体地做一两件事情要好不知多少倍。因此孟子要批评子产"不知为政"(不懂得治理国政),如果懂得的话,早就会由有关部门架好桥梁,不需要他去为人摆渡了。诸葛亮曾说:"治世以大德,不以小惠。"与孟子的意思是一样的。

孟子告齐宣王曰:"君之视臣如手足,则臣视君如腹心;君之视臣如犬马,则臣视君如国人①;君之视臣如土芥,则臣视君如寇雠。"

王曰:"礼,为旧君有服②,何如斯可为服矣?"

曰:"谏行言听,膏泽下于民③;有故而去,则君使人导之出疆,又先于其所往;去三年不反,然后收其田里④:此之谓三有礼焉。如此,则为之服矣。今也为臣,谏则不行、言则不听,膏泽不下于民;有故而去,则君搏执之⑤,又极之于其所往⑥;去之日遂收其田里:此之谓寇雠。寇雠何服之有?"

【注 释】

① 国人:朱熹《集注》引孔氏说云:"国人,犹言路人,言无怨无德也。"② 为旧君有服:服指丧服,赵注云:"旧臣为旧君服丧服。"参见《仪礼·丧服》。③ 膏泽:即恩惠。④ 收其田里:田里指禄田和居宅,朱熹

《集注》云:"三年而后收其田禄里居,前此犹望其归也。"⑤ 搏执:犹言搜索拘捕,赵注云:"搏执其亲族也。"⑥ 极:赵注云:"恶而困之也。"朱熹《集注》云:"极,穷也,穷之于其所往之国。"

【导读】

儒家认为,君主与臣属之间乃是以恩义相合的,君主尊重臣属,臣属也就为君主尽心尽忠;君主轻视臣属,臣属也就可以对君主三心二意。因此,作为君主来说,如果不行仁道,总有一天会被他的臣属所遗弃。

孟子曰:"无罪而杀士,则大夫可以去;无罪而戮民,则士可以徙。"

【导读】

此章是说,君子在遇到无道的时候,如果灾难即将降临到自己的头上,就应该明智地自动离去,以免作无谓的牺牲。先秦儒家是在列国称雄的时代完善自己学说的,因此,他们的思想观点中还没有君主专制时代那种"愚忠"的成分,而带有一定程度的人道民主色彩,此章与上一章就是比较典型的例子,这些很值得我们注意。

孟子曰:"君仁莫不仁,君义莫不义。"

【导读】

此章已见于本篇"人不足与适"章,有人指出:"上篇主言人臣当以正君为急,此章直戒人君,义亦小异耳。"(朱熹《集注》引张氏语)

孟子曰:"非礼之礼[1],非义之义,大人弗为。"

【注释】

① 非礼之礼:赵注云:"若礼而非礼。"下句"非义之义"之意与此类似。

【导 读】

此章是说，礼、义也有冒牌货，因此履行礼、义时，应当仔细鉴别一下，不符合准则的所谓礼、义就不应该去做。

孟子曰："中也养不中①，才也养不才，故人乐有贤父兄也。如中也弃不中，才也弃不才，则贤、不肖之相去其间不能以寸②。"

【注 释】

① 中：即孔子所谓的"无过无不及"。养：朱熹《集注》云："谓涵育熏陶，俟其自化也。"② 其间不能以寸：谓中间容不下一寸，言距离相近。

【导 读】

此章是说，贤能者要帮助没有才能的人，如果做不到这一点，那么这个所谓的贤能就应该打个折扣了。

孟子曰："人有不为也，而后可以有为。"

【导 读】

这一章的意思，看起来有点类似于道家思想。宋代理学家程颐指出："有不为，知所择也。惟能有不为，是以可以有为。无所不为者，安能有所为邪？"（朱熹《集注》引）

孟子曰："言人之不善，当如后患何？"

【导 读】

此章应是有所针对而言的，因为孟子本人就经常在"言人之不善"。如果就事论事而言，孟子是提醒人们，在"言人之不善"时要注意保护自己，不要由此引出不必要的麻烦。

孟子曰："仲尼不为已甚者。"

【导 读】

此章的意思是说，君子不做过分的事，样样事情都处置得恰如其分，即孔子所谓“过犹不及”之意。

孟子曰：“大人者，言不必信[①]，行不必果，惟义所在。”

【注 释】

① 言不必信：《论语·子路》篇中孔子与子贡的一段对话可与此章参看：“子贡问曰：‘何如斯可谓之士矣？’子曰：‘行己有耻，使于四方不辱君命，可谓士矣。’曰：‘敢问其次。’曰：‘宗族称孝焉，乡党称弟焉。’曰：‘敢问其次。’曰：‘言必信，行必果，硁硁然小人哉！抑亦可以为次矣。’”

【导 读】

此章是说，君子的行为准则是义，大义所在，其他一切都应依从它。如果一味以“言必行，行必果”来规范行为，有可能失去义的准则。“惟义所在”是此章的核心所在，如果不讲究这一点，孟子就近乎马基维雅利了。

孟子曰：“大人者，不失其赤子之心者也[①]。”

【注 释】

① 不失其赤子之心：赵注云：“少小之心专一未变化，人能不失其赤子时心，则为真正大人也。”

【导 读】

成就了德行的君子，对问题的考虑自然更深、更全面，但却不应该失却纯朴之心。按照孟子的“性善论”，修养德行这件事本身，就是保护先天的本性不受后天污染。朱熹说：“大人之所以为大人，正以其不为物诱，而有以全其纯一无伪之本然。是以扩而充之，则无所不知、无所不能，而极

其大也。"(《集注》)

孟子曰:"养生者不足以当大事,惟送死可以当大事①。"

【注释】

① 送死:赵注云:"送终如礼。"

【导读】

此章是强调丧礼在礼制中的重要性。朱熹说:"事生固当爱敬,然亦人道之常耳,至于送死,则人道之大变,孝子之事亲,舍是无以用其力矣,故尤以为大事,而必诚必信,不使少有后日之悔也。"(《集注》)

孟子曰:"君子深造之以道①,欲其自得之也。自得之则居之安,居之安则资之深②,资之深则取之左右逢其原③,故君子欲其自得之也。"

【注释】

① 深造:朱熹《集注》云:"深造之者,进而不已之意。"② 资:朱熹《集注》云:"犹藉也。"③ 原:同"源"。

【导读】

此章是说,君子在学问、修养上,要有一定的方法去深入把握最基本的东西,这样才能有独特的心得。孟子所谓的"自得",仔细体会,应该是包括闻道和自我实践两者在内的。

孟子曰:"博学而详说之①,将以反说约也②。"

【注释】

① 详说:朱熹训作"详说其理",赵注则训为"悉其微言而说之"。② 说约:朱熹训作"说到至约之地",赵注谓"以约说其要,意不尽知则不能要言之也"。

【导读】

博与约，是学习的两种不同的境界或阶段。博爱是为了加深理解，返约则是在理解的基础上抓住学问的要点。博是为了以后的约，只有达到约的境界，博才能发挥真正的作用，否则，博只是无系统的大杂烩而已。

孟子曰："以善服人者[①]，未有能服人者也；以善养人[②]，然后能服天下。天下不心服而王者，未之有也。"

【注释】

① 以善服人：赵注云："以善服人之道治世，谓以威力服人者也。"朱熹《集注》云："服人者，欲以取胜于人。"② 以善养人：赵注云："养之以仁恩，然后心服矣。"养，在此是影响、教育之意。

【导读】

称王天下首先要取得民心，要使人从内心折服，不是靠强制，而是通过教育、感化，使人真正由衷地钦服。朱熹说："服人者，欲以取胜于人；养人者，欲其同归于善。盖心之公私小异，而人之向背顿殊，学者于此不可以不审也。"(《集注》)

孟子曰："言无实不祥[①]。不祥之实，蔽贤者当之。"

【注释】

① 祥：赵注云："善。"

【导读】

学者们对此章的理解有分歧，朱熹认为，这一章可能有文字阙失(《集注》)。从字面上来理解，此章是批评对贤者的埋没。

徐子曰："仲尼亟称于水[①]，曰'水哉，水哉'，何取于水也？"

孟子曰："原泉混混[②]，不舍昼夜，盈科而后进[③]，放乎四海[④]。有本者如是，是之取尔。苟为无本，七八月之间雨集[⑤]，沟、浍皆盈[⑥]，其涸也可立而待也。故声闻过情[⑦]，君子耻之。"

【注释】

① 徐子：即本书《滕文公上》篇中提到的孟子弟子徐辟。仲尼亟称于水：徐子所提到的孔子言论今已无可究诘，仅《论语·子罕》中有"逝者如斯夫，不舍昼夜"之言。② 混混：朱熹《集注》云："涌出之貌。"③ 科：赵注、朱熹均训为"坎"，即洼地。朱熹《集注》云："言其进以渐也。"④ 放：赵注云："至也。至于四海者，有原本也。"⑤ 七八月之间：周历的七八月，相当于农历的五六月，正是北方的多雨季节。⑥ 浍：朱熹《集注》云："田间水道也。"⑦ 声闻：朱熹《集注》云："名誉也。"情：赵注训作"实"，即实际。

【导读】

孔子对水的赞叹有多重含义，并随场合不同而相异（例如，《论语·子罕》载，孔子在大河边感叹说："逝去的就像那河水一般，日夜不停地向前流去。"这是对光阴流逝的感叹）。孟子的阐发，也只是撷取自己所需要的一个侧面加以发挥。孟子认为，有本源的东西与无本源的东西不同，以此来比喻名声和实际，则实际是本源，脱离实际的虚誉是无本之水，没有生命力。

孟子曰："人之所以异于禽兽者几希[①]，庶民去之，君子存之。舜明于庶物[②]，察于人伦，由仁义行，非行仁义也[③]。"

【注释】

① 几希：赵注云："无几也。"② 庶物：与"庶民"的涵义相近，指万物，庶在此是众的意思。③ 非行仁义：赵注云："非强力行仁义也。"

【导读】

孟子认为，人与禽兽的不同之处就在于人性，也就是仁义。这一点本是人人都具有的，但之所以人间会有圣贤、普通人、小人之分，就因为圣贤保有了人性，而其他人则或多或少丢弃了它。所谓“推行仁义”，是指带有功名心去行仁义，“非以仁义为美而后勉强行之，所谓安而行之也”（朱熹《集注》）。只有自觉地依从仁义行事，也就是像孔子所说的那样，随心所欲而不违反它，才算是真正保有了仁义的本性。

孟子曰：“禹恶旨酒而好善言①。汤执中②，立贤无方③。文王视民如伤④，望道而未之见⑤。武王不泄迩⑥，不忘远。周公思兼三王⑦，以施四事⑧，其有不合者，仰而思之，夜以继日，幸而得之，坐以待旦。”

【注释】

① 恶旨酒：《战国策·魏策二》云：“昔者帝女令仪狄作酒而美，进之禹，禹饮而甘之，遂疏仪狄、绝旨酒，曰：‘后世必有以酒亡其国者。’”② 执中：赵注云：“执中正之道。”③ 立贤无方：赵注云：“惟贤速立之，不问其从何方来。”朱熹则谓：“惟贤则立之于位，不问其类也。”焦循《正义》云：“惟贤则立，而无常法。”④ 视民如伤：朱熹《集注》云：“民已安矣，而视之犹若有伤。”⑤ 望道而未之见：朱熹《集注》云：“道已至矣，而望之犹若未见。”⑥ 泄：赵注训为“狎”，即亲近的意思。又，赵注认为，武王句中的“迩”即近人，是指朝臣；“远”即远人，是指诸侯。⑦ 三王：赵注云：“三代之王也。”朱熹《集注》云：“禹也，汤也，文、武也。”⑧ 四事：指以上四位君主的行事。

【导读】

此章赞美了五位前代圣贤的德行。其涵义有几种说法，有的人认为，孟子是抽取了他们比较突出的优点来说的，并非说他们只有这一个方面的优异德行（朱熹《集注》引程颐语）；有的人认为，此章是赞美周公能集前代圣贤的大成，所以周代的礼乐制度特别完美（赵岐《孟子注》）。

孟子曰：“王者之迹熄而《诗》亡①，《诗》亡然后《春秋》作。晋之《乘》、楚之《梼杌》、鲁之《春秋》②，一也。其事则齐桓、晋文，其文则史，孔子曰：‘其义则丘窃取之矣。’”

【注 释】

① 王者之迹熄：前人多释为王者之道失坠。朱骏声《说文通训定声》谓此处的“迹”是“䢋”之讹，《说文》云：“䢋，古之遒人，以木铎记诗言。”王者之䢋熄，即传统的采诗制度不再坚持了。② 晋之《乘》、楚之《梼杌》、鲁之《春秋》：朱熹《集注》云：“《乘》义未详，赵氏以为‘兴于田赋乘马之事’，或曰‘取记载当时行事而名之也’。梼杌，恶兽名，古者因以为凶人之号，取记恶垂戒之意也。《春秋》者，记事者必表年以首事。年有四时，故错举以为所记之名也。古者列国皆有史官，掌记时事，此三者皆其所记册书之名也。”

【导 读】

此章是说，作为儒家经典的《诗》、《春秋》，其大义是一致的，它们都是“王者之迹”的产物，而《春秋》则是对王者之道失坠的补充。

孟子曰：“君子之泽五世而斩①，小人之泽五世而斩。予未得为孔子徒也，予私淑诸人也②。”

【注 释】

① 泽：朱熹《集注》云：“犹言流风余韵也。”世：《集注》又云：“父子相继为一世，三十年亦为一世。”斩：断绝之意。② 私淑诸人：赵注训为“私善之于贤人”，朱熹《集注》云：“人，谓子思之徒也。……孟子言予虽未得亲受业于孔子之门，然圣人之泽尚存，犹有能传其学者，故我得闻孔子之道于人，而私窃以善其身，盖推尊孔子而自谦之辞也。”

【导 读】

孟子以孔子之道的继承者自任。朱熹认为，这一章与前两章是有联系的。前章是历叙三代（夏、商、周）圣贤的德行，上一章则褒扬孔子，而这一章则讲述孔子之道的继承者，“其辞虽谦，然其所以自任之重，亦有不得而辞者”（《集注》）。

孟子曰："可以取可以无取，取伤廉；可以与可以无与，与伤惠；可以死可以无死，死伤勇。"

【导读】

此章是说，过度的"取"会伤害廉，过度的"与"会伤害惠，不适当的"死"会伤害勇。也就是说，任何事物如有一个适当的"度"，过了这个"度"，事物往往就会走向它的反面。它与孔子所说的"过犹不及"是一个意思。

逢蒙学射于羿①，尽羿之道，思天下惟羿为愈己②，于是杀羿。孟子曰："是亦羿有罪焉。"

公明仪曰："宜若无罪焉。"

曰："薄乎云尔③，恶得无罪？郑人使子濯孺子侵卫④，卫使庾公之斯追之⑤。子濯孺子曰：'今日我疾作⑥，不可以执弓，吾死矣夫！'问其仆曰⑦：'追我者谁也？'其仆曰：'庾公之斯也。'曰：'吾生矣。'其仆曰：'庾公之斯，卫之善射者也，夫子曰吾生，何谓也？'曰：'庾公之斯学射于尹公之他⑧，尹公之他学射于我。夫尹公之他，端人也⑨，其取友必端矣。'庾公之斯至，曰：'夫子何为不执弓？'曰：'今日我疾作，不可以执弓。'曰：'小人学射于尹公之他，尹公之他学射于夫子，我不忍以夫子之道反害夫子。虽然，今日之事，君事也，我不敢废。'抽矢，扣轮去其金⑩，发乘矢而后反⑪。"

【注释】

① 逢(páng)蒙：传说中羿的弟子，《世本》称"逢蒙作射"，誉其射技高超。羿：神话中射日的英雄，他与篡夺夏政的后羿不是一个人。② 愈：同"逾"，胜过。③ 薄：朱熹《集注》云："言其罪差薄耳。"④ 子濯孺子：赵注云："郑大夫。"按，《左传·襄公十四年》所载孙林父追卫献公之事与此处所述相近，但谓尹公他学射于庾公之斯，焦循《正义》引毛奇龄《四书剩言》云："大抵春秋战国间，其记事不同多类此。"卫：周初所封诸侯国名，始封国君是周武王的弟弟康叔，其疆土在今河南境内，前254年为魏所灭，后一度复国，前209年灭于秦。⑤ 庾公之斯：赵注云："卫大夫。"

庾公之斯、尹公之他等姓名中的“之”是称呼时所加的虚词，并非是固定的成分。⑥ 疾作：赵注释为“疟疾”，焦循《正义》认为其说不洽，当是暴疾。⑦ 仆：指驾车的车手。⑧ 尹公之他：朱熹《集注》云：“尹公他亦卫人也。”⑨ 端人：犹今言正派人。⑩ 金：指箭头。⑪ 乘矢：古称四马所拉的车为一乘，故乘矢当谓四箭。

【导 读】

孟子认为，羿虽然被逢蒙所杀，但羿本人也应对此事负责。原因就在于，羿在教授技术的同时没有注意提高逢蒙的德行。朱熹说，后羿曾篡夺了有穷国的王位，逢蒙则是他的帮凶；庾公之斯虽然卫护了私人的交情，却放弃了公义，“其事皆无足论者，孟子盖特以取友而言耳”（《集注》）。

孟子曰：“西子蒙不洁[①]，则人皆掩鼻而过之。虽有恶人[②]，齐戒沐浴则可以祀上帝[③]。”

【注 释】

① 西子：即春秋末年的西施，旧注亦有称西施为“夏姬”者，周柄中《孟子辨正》云：“似乎古有此美人而后世相因，借以为美，如善射者皆称羿之类。”② 恶人：此指面貌丑陋之人。③ 齐戒：即斋戒，“齐”同“斋”。

【导 读】

此章是警戒人们要行善，像西施这样被人们称赞的人，只要有一点不善之处，就会失去人们的欢心；而相貌丑陋的人，只要洗面革心，也能事奉上帝。从后半句来看，孟子是在勉励人们不要因为过去的不善而自暴自弃，如果悬崖勒马，还是有重新做人的希望的。

孟子曰：“天下之言性也，则故而已矣[①]，故者以利为本[②]。所恶于智者为其凿也，如智者若禹之行水也，则无恶于智矣。禹之行水也，行其所无事也，如智者亦行其所无事，则智亦大矣。天之高也，星辰之远也，苟求其故，千岁之日至可坐而致也[③]。”

【注 释】

① 故：赵注训为“本原”，朱熹《集注》云：“故者，其已然之迹，若所谓天下之故者也。”② 利：朱熹《集注》云：“犹顺也，语其自然之势也。”③ 日至：冬夏二至的准确时刻是古代历算的重要数据，朱熹《集注》云：“天虽高，星辰虽远，然求其已然之迹则其运有常，虽千岁之久，其日至之度可坐而得。”

【导 读】

此章主要论述“智”的概念。孟子认为，大智是顺应事物的规律办事，而不是卖弄小聪明。朱熹说：“事物之理，莫非自然，顺而循之则为大智，若用小智而凿以自私，则害于性而反为不智。”(《集注》)

公行子有子之丧[①]，右师往吊[②]。入门，有进而与右师言者，有就右师之位而与右师言者。孟子不与右师言，右师不悦曰：“诸君子皆与驩言，孟子独不与驩言，则简驩也。”

孟子闻之曰：“礼，朝廷不历位而相与言[③]，不踰阶而相揖也。我欲行礼，子敖以我为简，不亦异乎？”

【注 释】

① 公行子：赵注云：“齐大夫也。”② 右师：官名。据下文说他名驩、字子敖来看，此人就是本书《公孙丑下》篇中提到的齐王宠臣王驩。③ 朝廷：朱熹《集注》云：“是时齐卿大夫以君命吊，各有位次。若周礼，凡有爵者之丧礼，则职丧莅其禁令，序其事，故云朝廷也。”孟子的意思是说，既以君命来吊丧，那就如同上朝一样，应该遵循朝廷上的礼仪。历位：指越过位次。

【导 读】

右师子敖是当时有权势的人物，所以人们纷纷去趋附他，以致不顾正常的礼仪。孟子偏偏不肯这么做，并对子敖的傲慢进行了批评。

孟子曰："君子所以异于人者，以其存心也。君子以仁存心，以礼存心。仁者爱人，有礼者敬人。爱人者，人恒爱之；敬人者，人恒敬之。有人于此，其待我以横逆①，则君子必自反也：我必不仁也，必无礼也，此物奚宜至哉？其自反而仁矣，自反而有礼矣，其横逆由是也②，君子必自反也：我必不忠。自反而忠矣，其横逆由是也，君子曰：'此亦妄人也已矣。如此，则与禽兽奚择哉③？于禽兽又何难焉④？'是故君子有终身之忧，无一朝之患也。乃若所忧则有之：舜人也，我亦人也，舜为法于天下，可传于后世，我由未免为乡人也⑤。是则可忧也，忧之如何？如舜而已矣。若夫君子所患则亡矣。非仁无为也，非礼无行也，如有一朝之患，则君子不患矣。"

【注释】

① 横逆：朱熹《集注》云："谓强暴不顺理也。"② 由是：犹言依然如此。③ 奚择：朱熹《集注》云："何异也。"④ 难：责难、计较的意思。⑤ 乡人：朱熹《集注》云："乡里之常人也。"

【导读】

此章包含两层意思：其一，遇到问题应该首先检讨自己的不足之处，孔子也多次提到过这一点；其二，君子行得正、站得直，没有什么可患得患失的，唯一值得担忧的是，自己还没有达到圣贤那样的道德水准。

禹、稷当平世①，三过其门而不入②，孔子贤之；颜子当乱世③，居于陋巷，一箪食、一瓢饮，人不堪其忧，颜子不改其乐，孔子贤之。孟子曰："禹、稷、颜回同道。禹思天下有溺者，由己溺之也；稷思天下有饥者，由己饥之也，是以如是其急也。禹、稷、颜子易地则皆然。今有同室之人斗者，救之，虽被发缨冠而救之可也④；乡邻有斗者，被发缨冠而往救之则惑也，虽闭户可也。"

【注释】

① 平世：太平的世道。② 三过其门不入：这是禹的事迹，称稷是连

类并及，参见杨树达《中国修辞学》(旧名《汉语文言修辞学》)第十四章第一节所述。③ 颜子：即孔子的弟子颜渊，以下"居于陋巷"等语亦见载于《论语·雍也》。④ 被发缨冠："被"同"披"，缨在此作动词用。古时候戴冠必先结发，因此披发戴冠是反常的，但如果是为了解救同室之人相斗之急，还是可以理解的。乡邻与同室有亲疏之分，所以"被发缨冠而往救之则惑也"。

【导 读】

此章是说，前代圣贤虽然时代不同、地位不同，他们的行为也不尽相同，但他们的准则是一样的，相互交换了位置也会做出同样的事来。所以，朱熹说："圣贤之心无所偏倚，随感而应，各尽其道。"(《集注》)

公都子曰："匡章，通国皆称不孝焉，夫子与之游，又从而礼貌之①，敢问何也？"

孟子曰："世俗所谓不孝者五：惰其四支，不顾父母之养，一不孝也；博弈好饮酒②，不顾父母之养，二不孝也；好货财，私妻子，不顾父母之养，三不孝也；从耳目之欲③，以为父母戮④，四不孝也；好勇斗很⑤，以危父母，五不孝也。章子有一于是乎？夫章子，子父责善而不相遇也⑥。责善，朋友之道也；父子责善，贼恩之大者。夫章子岂不欲有夫妻子母之属哉？为得罪于父，不得近，出妻屏子⑦，终身不养焉。其设心以为不若是，是则罪之大者，是则章子已矣。"

【注 释】

① 礼貌之：赵注云："礼之以颜色喜悦之貌也。"② 博弈：六博与围棋，这是当时流行的棋类游戏。③ 从：同"纵"。④ 戮：朱熹《集注》云："羞辱也。"⑤ 很：同"狠"。⑥ 责善而不相遇：朱熹《集注》云："遇，合也。相责以善而不相合，故为父所逐也。"按，其"不相遇"之事，在《战国策·齐策一》"秦假道韩魏以攻齐"章有记载。⑦ 屏：摒退、疏远。

【导 读】

从孟子的话中可以看出，孟子并不完全赞同匡章的行为，但对之表示理解。孟子曾说过，无论是众人赞同还是厌恶的事情，都要经过考察，不能随意附和（见本书《梁惠王》篇"所谓故国"章）。此章正是这一主张的具体体现。

曾子居武城[①]，有越寇[②]。或曰："寇至，盍去诸？"曰："无寓人于我室[③]，毁伤其薪木。"寇退[④]，则曰："修我墙屋，我将反。"寇退，曾子反。左右曰[⑤]："待先生如此其忠且敬也，寇至则先去以为民望[⑥]，寇退则反，殆于不可[⑦]。"沈犹行曰[⑧]："是非汝所知也。昔沈犹有负刍之祸[⑨]，从先生者七十人未有与焉。"

子思居于卫，有齐寇。或曰："寇至，盍去诸？"子思曰："如伋去，君谁与守？"

孟子曰："曾子、子思同道。曾子，师也，父兄；子思，臣也，微也。曾子、子思易地则皆然。"

【注释】

① 武城：鲁国的城邑名，在今山东费城西南。孔子的弟子子游曾当过该邑的长官，见《论语·雍也》篇。② 越寇：越灭吴以后，其疆土与鲁相邻接，故能直接入侵鲁国。③ 寓：赵注云："寄也。曾子欲去，戒其守人曰：'无寄人于我室，恐其伤我薪草树木也。'"④ 寇退：下文复云"寇退"，言辞重复，孔广森《经学卮言》云："按两'寇退'文复，以前十一字皆曾子属武城人语，言无毁伤我薪木，假令寇退则急修我墙屋，我犹反耳。此'曰'字义如'曰为改岁'之'曰'，语辞也。"可备一说。⑤ 左右：指曾子的弟子。⑥ 民望：朱熹《集注》云："言使民望而效之。"⑦ 殆于：恐怕。⑧ 沈犹行：名行，赵注云："曾子弟子也。"⑨ 有负刍之祸：赵注云：曾子居住在沈犹氏家中时，"有作乱者曰负刍，来攻沈犹氏"。

【导读】

此章仍是讲先贤虽然行为不同，但所遵循的准则是一致的。曾子在武城的地位是宾客，而子思在卫国任职，所以，遇到入侵者时，曾子可以离去而子思必须留下尽职。有人指出："其事不同者，所处之地不同也。君

子之心不系于利害，惟其是而已，故易地则皆能为之。”（朱熹《集注》引尹氏语）

储子曰[①]：“王使人瞯夫子[②]，果有以异于人乎？”

孟子曰：“何以异于人哉？尧舜与人同耳。”

【注 释】

① 储子：赵注云：“齐人也。”据本书《告子下》篇，他还担任过齐国的相。《战国策·燕策一》“燕王哙既立”章中亦有储子，曾劝说齐宣王伐燕。此人是否就是此处所说的储子，前人的看法不一。② 瞯（jiàn）：窥视、观察。

【导 读】

孟子的意思是说，圣人也是人，他们的行为与普通人没有很大的区别，只是内在的德行与见识不同常人而已。这些，从外表上是看不出来的。

齐人有一妻一妾而处室者[①]，其良人出则必餍酒肉而后反[②]。其妻问所与饮食者，则尽富贵也。其妻告其妾曰：“良人出则必餍酒肉而后反，问其与饮食者，尽富贵也，而未尝有显者来，吾将瞯良人之所之也。”

蚤起[③]，施从良人之所之[④]。遍国中无与立谈者[⑤]，卒之东郭墦间[⑥]，之祭者乞其余，不足，又顾而之他，此其为餍足之道也。其妻归告其妾曰：“良人者所仰望而终身也[⑦]，今若此。”与其妾讪其良人[⑧]，而相泣于中庭[⑨]。而良人未之知也，施施从外来[⑩]，骄其妻妾。

由君子观之，则人之所以求富贵利达者，其妻妾不羞也而不相泣者，几希矣。

【注 释】

① 齐人：朱熹认为，此章“章首当有‘孟子曰’字，阙文也”。② 良人：赵注云：“夫也。”《仪礼·士昏礼》郑玄注：“妇人称夫曰良。”③ 蚤：同

“早”。④ 施：赵注云：“施者，邪施而行，不欲使良人觉也。”⑤ 国：此指城。⑥ 墦间：赵注云：“郭外冢间也。”⑦ 仰望：仰赖、指望。⑧ 讪：朱熹《集注》云：“怨詈也。”⑨ 中庭：犹言庭中，即堂阶前。⑩ 施施：朱熹《集注》云：“喜悦自得之貌。”

【导读】

这是一个很有名的寓言故事，它在一定程度上反映了当时的社会状况。孟子讲这个故事的目的，是抨击当时求取富贵者的行径极其鄙陋，他们在光天化日之下衣冠楚楚、自我炫耀，而暗中却卑躬屈膝、无所不为，令人感到羞耻。

万 章 上

万章问曰：“舜往于田[1]，号泣于旻天[2]，何为其号泣也？”

孟子曰：“怨慕也[3]。”

万章曰：“‘父母爱之[4]，喜而不忘；父母恶之，劳而不怨’，然则舜怨乎？”

曰：“长息问于公明高曰[5]：‘舜往于田，则吾既得闻命矣；号泣于旻天，于父母，则吾不知也。’公明高曰：‘是非尔所知也。’夫公明高以孝子之心为不若是恝[6]：我竭力耕田，共为子职而已矣[7]，父母之不我爱，于我何哉[8]？帝使其子九男二女[9]，百官、牛羊、仓廪备，以事舜于畎亩之中[10]，天下之士多就之者[11]，帝将胥天下而迁之焉[12]。为不顺于父母，如穷人无所归。天下之士悦之，人之所欲也，而不足以解忧；好色，人之所欲，妻帝之二女而不足以解忧；富，人之所欲，富有天下而不足以解忧；贵，人之所欲，贵为天子而不足以解忧。人悦之、好色、富贵，无足以解忧者，惟顺于父母可以解忧。人少则慕父母，知好色则慕少艾[13]，有妻子则慕妻子，仕则慕君，不得于君则热中[14]。大孝终身慕父母，五十而慕者[15]，予于大舜见之矣。”

【注释】

① 舜往于田：万章所问的两句话，文字古奥，似出于《书》，但行文未称《书》，赵注亦不提。伪古文《尚书》将其辑入《大禹谟》。② 号泣：古称哀哭，有言为号、无声为泣，故所谓号泣即边哭边言。旻(mín)天：犹今言苍天，旧注云："仁覆闵下则称旻天。"③ 怨慕：朱熹《集注》云："怨己之不得其亲而思慕也。"④ 父母爱之：此处四句见于《礼记·祭义》、《大戴礼记·曾子大孝》等篇，均作曾子言，故此处据以加引号。⑤ 长息问于公明高：赵注云："长息，公明高弟子；公明高，曾子弟子。"⑥ 恝(jiá)：赵注云："无愁之貌。"⑦ 共：同"供"，与今言供职之"供"义同。⑧ 于我何哉：意为与我有什么关系。⑨ 子：古代对子女的统称。九男二女：尧将二女嫁给舜之事见于《书·尧典》；使九男事舜之事不详，赵注认为当见于《尚书》逸篇。《史记·五帝本纪》云："尧乃以二女妻舜以观其内，使九男与处以观其外。"当有所本。⑩ 畎(quǎn)亩：犹言田地。⑪ 天下之士多就之：《史记·五帝本纪》云：舜在历山耕田时，许多人都来归附他，"一年而所居成聚，二年成邑，三年成都"。⑫ 胥：《尔雅·释诂》云："胥，皆也。"胥天下即整个天下。迁之：移交给舜。⑬ 少艾：年轻美貌之人。艾是美好的意思。⑭ 热中：即"热衷"，朱熹《集注》云："躁急心热也。"⑮ 五十：朱熹《集注》云："舜摄政时年五十也。"

【导读】

此章是说，舜的孝顺父母之心，始终如一。再深入一步来理解，孟子的意思是说，对于根本原则的追求，要像古代圣人那样不被其他事物所诱惑。

万章问曰："《诗》云[①]：'娶妻如之何？必告父母。'信斯言也宜莫如舜，舜之不告而娶，何也？"

孟子曰："告则不得娶。男女居室，人之大伦也。如告，则废人之大伦以怼父母[②]，是以不告也。"

万章曰："舜之不告而娶，则吾既得闻命矣，帝之妻舜而不告[③]，何也？"

曰："帝亦知告则不得妻也。"

万章曰："父母使舜完廪[4]，捐阶[5]，瞽瞍焚廪；使浚井[6]，出[7]，从而揜之[8]。象曰[9]：'谟盖都君咸我绩[10]。牛羊父母，仓廪父母，干戈朕，琴朕，弤朕[11]，二嫂使治朕栖[12]。'象往入舜宫，舜在床琴[13]。象曰：'郁陶思君尔[14]！'忸怩[15]。舜曰：'惟兹臣庶[16]，汝其于予治[17]。'不识舜不知象之将杀己与？"

曰："奚而不知也[18]？象忧亦忧，象喜亦喜。"

曰："然则舜伪喜者与？"

曰："否。昔者有馈生鱼于郑子产，子产使校人畜之池。校人烹之[19]，反命曰：'始舍之圉圉焉[20]，少则洋洋焉[21]，攸然而逝[22]。'子产曰：'得其所哉，得其所哉！'校人出，曰：'孰谓子产智？予既烹而食之，曰得其所哉，得其所哉。'故君子可欺以其方[23]，难罔以非其道。彼以爱兄之道来，故诚信而喜之，奚伪焉？"

【注释】

① 此处诗句引自《诗·齐风·南山》，相传这是首讥刺齐襄公的诗歌。② 怼（duì）：朱熹《集注》云："雠怨也。舜父顽母嚚，常欲害舜，告则不听其娶，是废人之大伦以雠怨于父母也。"③ 帝之妻舜而不告：按古代礼仪，确定子女的婚姻关系必须有双方的"父母之言"。④ 完：赵注云："治也。"⑤ 捐阶：朱熹《集注》云："捐，去也；阶，梯也。"⑥ 浚井：淘井。按，井用久了，井底会积存淤泥，所以要定期淘洗。⑦ 出：赵注云："使舜浚井，舜入而即出，瞽瞍不知其已出，从而盖揜其井。"一说，此"出"是指瞽瞍等人出来。⑧ 揜：同"掩"，掩盖。⑨ 象：舜的同父异母弟弟。⑩ 谟盖都君咸我绩：朱熹《集注》云："谟，谋也。盖，盖井也。舜所居三年成都，故谓之都君。咸，皆也。绩，功也。"⑪ 弤（dǐ）：赵注云："雕弓也。"⑫ 栖：朱熹《集注》云："床也，象欲使为己妻也。"⑬ 在床琴：坐在床上弹琴。古代的床是多功能家具，日常亦作为坐具，后来才专用为卧具。⑭ 郁陶：朱熹《集注》云："思之甚而气不得伸也。"⑮ 忸怩：惭愧的样子。⑯ 惟兹臣庶：《说文》云："惟，凡思也。"段玉裁注："凡思，谓浮泛之思。"兹，此。⑰ 于予治：此处的"于"作"为"解。⑱ 奚而：犹言如何、怎么。⑲ 校人：赵注云："主池沼小吏也。"⑳ 圉圉（yǔ）：朱熹《集注》云："困而未舒之

貌。”㉑ 洋洋：赵注云：“舒缓摇尾之貌。”㉒ 攸然而逝：朱熹《集注》云：“自得而远去也。”㉓ 欺以其方：朱熹《集注》云：“谓诳之以理之所有。”

【导 读】

此章仍是讲述舜的孝行。舜的父亲、弟弟都加害于他、不喜爱他，但他仍然恪守道德。万章用“假装”来理解舜的行为，孟子不同意，他认为舜是真诚地相信了父亲和弟弟的解释。因为君子是恪守正道的，所以他可能会受到“合乎情理”的蒙蔽，但这并不表明君子不聪明。

万章问曰：“象日以杀舜为事，立为天子则放之①，何也？”

孟子曰：“封之也，或曰放焉。”

万章曰：“舜‘流共工于幽州②，放驩兜于崇山③，杀三苗于三危④，殛鲧于羽山⑤，四罪而天下咸服’，诛不仁也。象至不仁，封之有庳⑥，有庳之人奚罪焉？仁人固如是乎？在他人则诛之，在弟则封之？”

曰：“仁人之于弟也，不藏怒焉，不宿怨焉，亲爱之而已矣。亲之，欲其贵也；爱之，欲其富也。封之有庳，富贵之也。身为天子，弟为匹夫，可谓亲爱之乎？”

“敢问或曰放者，何谓也？”

曰：“象不得有为于其国，天子使吏治其国而纳其贡税焉，故谓之放⑦。岂得暴彼民哉？虽然，欲常常而见之，故源源而来⑧。‘不及贡⑨，以政接于有庳’，此之谓也”。

【注 释】

① 放：放逐，犹如后来的充军。② 流共工于幽州：此处引文见于《书·尧典》(伪古文《尚书》将其下半篇析分为《舜典》)。共工，《淮南子·本经训》：“舜之时，共工振滔洪水，以薄空桑。”旧注谓共工是“水官名”。幽州，此指北方边远的地方。③ 驩(huān)兜：即尧的儿子丹朱。一说，他是尧臣，因朋比共工为恶而被放逐。崇山：此指南方的边远之地。④ 杀：《尚书》作“窜”、《史记》作“迁”，焦循《正义》云：“窜、杀为同音假借。”朱熹以三苗为国名，故训“杀”为“杀其君”。三苗：一说为古国名，

《山海经·海外南经》郭璞注云："昔尧以天下让舜，三苗之君非之，帝杀之，有苗之民叛入南海，为三苗国。"一说是指远古三凶（浑敦、穷奇、饕餮）的后裔。三危：此指西方的边远之地。⑤ 殛：朱熹《集注》云："诛也。"焦循《正义》谓"殛"通"极"，亦放逐之意。又，在古文中，"诛"有惩罚之意，下文"在他人则诛之"即用此意。鲧：禹的父亲。相传他因治水无功而获罪。羽山：此指东方的边远之地。⑥ 有庳（bì）：地名，旧说在今河南道县之北。⑦ 故谓之放：朱熹《集注》云："孟子言象虽封为有庳之君，然不得治其国，天子使吏代之治，而纳其所收之贡税于象，有似于放。"⑧ 源源：犹今言源源不断。⑨ 不及贡：此下两句当是《尚书》逸篇或其他古书之文，故孟子说"此之谓也"。朱熹《集注》云："谓不待及诸侯朝贡之期，而以政事接见有庳之君。"

【导读】

此章是说，舜做了天子之后，不因为象是自己的弟弟而废弃原则，也不因为要坚持原则而废弃了兄弟情义。

咸丘蒙问曰[①]："语云[②]：'盛德之士，君不得而臣，父不得而子。'舜南面而立[③]，尧帅诸侯北面而朝之，瞽瞍亦北面而朝之。舜见瞽瞍，其容有蹙[④]。孔子曰[⑤]：'于斯时也，天下殆哉，岌岌乎[⑥]！'不识此语诚然乎哉？"

孟子曰："否，此非君子之言，齐东野人之语也[⑦]。尧老而舜摄也，《尧典》曰：'二十有八载，放勋乃徂落[⑧]，百姓如丧考妣[⑨]，三年，四海遏密八音[⑩]。'孔子曰[⑪]：'天无二日，民无二王。'舜既为天子矣，又帅天下诸侯以为尧三年丧，是二天子矣。"

咸丘蒙曰："舜之不臣尧，则吾既得闻命矣。《诗》云[⑫]：'普天之下，莫非王土；率土之滨[⑬]，莫非王臣。'而舜既为天子矣，敢问瞽瞍之非臣，如何？"

曰："是诗也非是之谓也，劳于王事而不得养父母也，曰'此莫非王事，我独贤劳也[⑭]'。故说《诗》者，不以文害辞[⑮]，不以辞害志，以意逆志[⑯]，是为得之。如以辞而已矣，《云汉》之诗曰'周余黎民[⑰]，靡有孑遗[⑱]'，信斯言也，是周无遗民也。孝子之至，莫大乎尊亲；尊亲之至，莫大乎以天下养。

为天子父，尊之至也；以天下养，养之至也。《诗》曰‘永言孝思⑲，孝思维则’，此之谓也。《书》曰‘祗载见瞽瞍⑳，夔夔齐栗㉑，瞽瞍亦允若㉒’，是为父不得而子也。”

【注 释】

① 咸丘蒙：赵注云：“孟子弟子。”② 语云：语是古代的一种著作体裁，主要用于记述古人的言论行事，如《论语》、《国语》、《新语》。故此处的“语云”不是俗语，而是指类似的语书。③ 南面：古代君主的位次坐北朝南，而臣下的位次则坐南面北，故前者称“南面”、后者称“北面”。④ 蹙(cù)：朱熹《集注》云：“颦蹙不自安也。”⑤ 孔子曰：此处所引孔子言论，亦见于《墨子·非儒》、《韩非子·忠孝》篇。⑥ 岌岌：赵注云：“不安貌也。”⑦ 齐东野人：朱熹《集注》云：“齐东，齐国之东鄙也。”赵注以“东野”为释，云：“东鄙田野之人所言耳。咸丘蒙，齐人也，故闻齐野人之言。”⑧ 放勋：尧的称号。徂落：《尔雅·释诂》云：“徂落，死也。”朱熹《集注》云：“徂，升也；落，降也。人死则魂升而魄降，故古者谓死为徂落。”⑨ 百姓：此指各姓的贵族。考妣：《尔雅·释亲》以父死为考、母死为妣。郭沫若《甲骨文字研究·释祖妣》据金文祖妣、考母连言，谓战国以前通言祖之配偶为妣、父之配偶为母，故考妣连称当系战国人为之。⑩ 遏密八音：赵注云：“遏，止也。密，无声也。八音不作，哀思甚也。”⑪ 孔子曰：此处引语，亦见于《礼记》之《曾子问》、《坊记》篇。⑫《诗》云：此处诗句引自《诗·小雅·北山》，相传这是首讥刺周幽王的诗歌。⑬ 率土之滨：犹今言四海之内，赵注云：“率，循也，遍天下循土之滨。”⑭ 贤劳：赵注、朱熹均释为“以贤才而劳苦”。⑮ 以文害辞：朱熹《集注》云：“文，字也；辞，语也。”⑯ 逆：推求、揣测。⑰《云汉》：《诗·大雅》篇名，相传这是首赞美周宣王的诗歌。⑱ 孑(jié)：《方言》云：“孑，余也。周郑之间或曰孑，青徐楚之间曰孑。”⑲《诗》曰：此处诗句引自《诗·大雅·下武》，这是首赞美周武王的诗歌。永：长。朱熹《集注》云：“言人能长言孝思而不忘，则可以为天下法则也。”⑳《书》曰：赵注谓此处引文出自“《尚书》逸篇”。伪古文《尚书》将其辑入《大禹谟》。祗载：赵注云：“祗，敬；载，事也。”㉑ 夔夔齐栗：朱熹《集注》云：“敬谨恐惧之貌。”㉒ 允若：朱熹《集注》云：

"允，信也；若，顺也。"信，在此是确实之意。

【导读】

此章仍然是讲君臣父子的大义，两者之间既有从属关系，又不能偏废。咸丘蒙在谈论中引用《诗》来作证明，孟子告诫他，对《诗》的理解应首先注重大义，不能以文字上的涵义来曲解语句，不能因为语句而误解《诗》的真正涵义，要用自己的心设身处地地去理解作者的本意。这是孟子对于学习《诗》的见解，在《诗》的研究上很值得重视、很有影响。

万章曰："尧以天下与舜，有诸？"

孟子曰："否，天子不能以天下与人。"

"然则舜有天下也，孰与之？"

曰："天与之。"

"天与之者，谆谆然命之乎[①]？"

曰："否，天不言[②]，以行与事示之而已矣。"

曰："以行与事示之者，如之何？"

曰："天子能荐人于天，不能使天与之天下；诸侯能荐人于天子，不能使天子与之诸侯；大夫能荐人于诸侯，不能使诸侯与之大夫。昔者尧荐舜于天而天受之，暴之于民而民受之[③]，故曰天不言，以行与事示之而已矣。"

曰："敢问荐之于天而天受之，暴之于民而民受之，如何？"

曰："使之主祭而百神享之，是天受之；使之主事而事治、百姓安之，是民受之也。天与之，人与之，故曰天子不能以天下与人。舜相尧二十有八载，非人之所能为也，天也。尧崩，三年之丧毕，舜避尧之子于南河之南[④]，天下诸侯朝觐者，不之尧之子而之舜；讼狱者，不之尧之子而之舜；讴歌者，不讴歌尧之子而讴歌舜，故曰天也。夫然后之中国[⑤]，践天子位焉。而居尧之宫，逼尧之子，是篡也，非天与也。《太誓》曰'天视自我民视[⑥]，天听自我民听'，此之谓也。"

【注释】

① 谆谆：赵注释为"有声音"，朱熹云："详语之貌。"② 天不言：《论

语·阳货》:"天何言哉?四时行焉,百物生焉,天何言哉?"③ 暴:朱熹《集注》云:"显也。"④ 南河:古称黄河自潼关以上北南流向一段为西河,潼关以下西东流向一段为南河。⑤ 中国:此指国都,《史记正义》引刘熙说云:"帝王所都为中,故曰中国。"⑥ 自我民视:赵注云:"自,从也。言天之视听从人所欲也。"

【导读】

儒家认为,是否能得到统治天下的资格,取决于天命,而天命在某种程度上又是民众意向的集中体现。此章主要就是阐发这个道理。吕思勉指出:"《孟子》书中存古经说甚多,其言《春秋》处,今人已多知之,言《尚书》处,则知者较鲜。予案《万章上》篇言尧、舜禅让事,无一不与《书大传》合者,盖今文《书》说,亦民贵君轻之大义也。若无此义,则《尧典》一篇,诚乃极无谓之物矣。"(《经子解题》)

万章问曰:"人有言至于禹而德衰,不传于贤而传于子。有诸?"

孟子曰:"否,不然也。天与贤则与贤,天与子则与子。昔者舜荐禹于天,十有七年,舜崩,三年之丧毕,禹避舜之子于阳城[①],天下之民从之,若尧崩之后不从尧之子而从舜也。禹荐益于天,七年,禹崩,三年之丧毕,益避禹之子于箕山之阴[②],朝觐、讼狱者不之益而之启[③],曰'吾君之子也';讴歌者不讴歌益而讴歌启,曰'吾君之子也'。丹朱之不肖,舜之子亦不肖,舜之相尧、禹之相舜也历年多,施泽于民久;启贤,能敬承继禹之道,益之相禹也历年少,施泽于民未久。舜、禹、益相去久远[④],其子之贤、不肖,皆天也,非人之所能为也。莫之为而为者天也,莫之致而至者命也。匹夫而有天下者,德必若舜、禹,而又有天子荐之者,故仲尼不有天下。继世以有天下,天之所废必若桀纣者也,故益、伊尹、周公不有天下。伊尹相汤以王于天下,汤崩,太丁未立,外丙二年,仲壬四年。太甲颠覆汤之典刑[⑤],伊尹放之于桐[⑥],三年,太甲悔过[⑦],自怨自艾[⑧],于桐处仁迁义三年,以听伊尹之训己也,复归于亳。周公之不有天下,犹益之于夏、伊尹之于殷也。孔子曰:'唐、虞禅,夏后、殷、周继[⑨],其义一也。'"

【注释】

① 阳城：山名，在今河南登封以北。② 箕山：在今河南登封东南。阴：《史记·夏本纪》作“阳”，古称山南为阳、山北为阴。③ 启：禹的儿子。古本《竹书纪年》称“益干启位，启杀之”，与孟子此处所述不同。④ 久远：犹今言长短。⑤ 颠覆：朱熹《集注》云：“坏乱也。”典刑：朱熹《集注》云：“常法也。”⑥ 桐：在今河南商丘以西，位处当时商国都的西南方。旧说桐是汤的葬地，伊尹将太甲流放于此是要让他对照先王而反省。⑦ 太甲悔过：《书序》谓“太甲既立，不明，伊尹放诸桐，三年复归于亳”，古本《竹书纪年》称伊尹放太甲“七年，太甲潜出自桐，杀伊尹”，与《书序》及孟子此处所述不同。⑧ 艾：赵注云：“治也。”朱熹《集注》云：“斩绝自新之意。”⑨ 后：古称君王为后，《尔雅·释诂》：“后，君也。”

【导读】

此章的基本涵义与上章相同。

万章问曰：“人有言伊尹以割烹要汤[①]，有诸？”

孟子曰：“否，不然。伊尹耕于有莘之野[②]，而乐尧舜之道焉。非其义也，非其道也，禄之以天下弗顾也，系马千驷弗视也；非其义也，非其道也，一介不以与人[③]，一介不以取诸人。汤使以币聘之[④]，嚣嚣然曰[⑤]：‘我何以汤之聘币为哉？我岂若处畎亩之中，由是以乐尧舜之道哉？’汤三使往聘之，既而幡然改曰[⑥]：‘与我处畎亩之中，由是以乐尧舜之道，吾岂若使是君为尧舜之君哉？吾岂若使是民为尧舜之民哉？吾岂若于吾身亲见之哉？天之生此民也，使先知觉后知[⑦]，使先觉觉后觉也。予，天民之先觉者也，予将以斯道觉斯民也。非予觉之，而谁也？’思天下之民匹夫匹妇有不被尧舜之泽者，若己推而内之沟中[⑧]，其自任以天下之重如此，故就汤而说之以伐夏救民。吾未闻枉己而正人者也，况辱己以正天下者乎？圣人之行不同也，或远或近，或去或不去，归洁其身而已矣。吾闻其以尧舜之道要汤，未闻以割烹也，《伊训》曰：‘天诛造攻自牧宫[⑨]，联载自亳[⑩]。’”

【注释】

① 以割烹要汤：谓伊尹因无法接近汤，所以通过烹饪之道来进身，此事在《墨子·尚贤》、《吕氏春秋·本味》及《史记·夏本纪》中均有记载。要，是干求、邀结的意思。② 有莘(shēn)：古称国名常在前加“有”，当时的莘国约在今河南开封东南，一说在今山东曹县以北。③ 一介：介同“芥”，细小之意。④ 币：古代相见所用的礼物，《仪礼·聘礼》郑玄注云：“币谓束帛也。”⑤ 嚣嚣然：朱熹《集注》云：“无欲自得之貌。”⑥ 幡然：幡同“翻”，朱熹《集注》云：“变动之貌。”⑦ 先知觉后知：朱熹《集注》云：“知谓识其事之所当然，觉谓悟其理之所以然。”⑧ 内：同“纳”。⑨《伊训》：赵注云：“《尚书》逸篇名。”据《书序》，这是伊尹训示太甲之文。现在《尚书》中的《伊训》是伪古文。造：朱熹《集注》云：“始也。”牧宫：赵注云：“桀宫。”又，任启运《四书约旨》谓牧宫指汤的祖庙，“古者大征伐必告庙而出，反亦必告庙，此‘造攻自牧宫’是告而出”。⑩ 载：赵注云：“始也。”

【导读】

孟子认为，伊尹是以尧舜之道来得到成汤欢心的，否认他曾以切割、烹饪之道来进身。因为，后者不行正道，也就不可能匡正他人、使天下平定。

万章问曰：“或谓孔子于卫主痈疽[①]，于齐主侍人瘠环[②]，有诸乎？”

孟子曰：“否，不然，好事者为之也。于卫主颜雠由[③]，弥子之妻与子路之妻兄弟也[④]，弥子谓子路曰：‘孔子主我，卫卿可得也。’子路以告，孔子曰：‘有命。’孔子进以礼，退以义，得之不得曰‘有命’，而主痈疽与侍人瘠环是无义无命也。孔子不悦于鲁、卫，遭宋桓司马将要而杀之[⑤]，微服而过宋[⑥]。是时孔子当阨，主司城贞子[⑦]，为陈侯周臣[⑧]。吾闻观近臣以其所为主[⑨]，观远臣以其所主。若孔子主痈疽与侍人瘠环，何以为孔子？”

【注释】

① 主：朱熹《集注》云：“谓舍于其家，以之为主人也。”痈疽：赵注谓指治痈疽的医生，是卫君的亲信。② 侍人：即后来所谓的宦官，朱熹《集

注》云："奄人也。"瘠环：名环，赵注谓其亦齐君所亲近之人。③ 颜雠由：赵注云："卫之贤大夫。"④ 弥子：即卫灵公的宠臣弥子瑕，《吕氏春秋·贵因》载有孔子与弥子瑕交往的事，清人毕沅认为，"此皆战国时人所为也"。⑤ 遭宋桓司马将要而杀之：此事在《论语·述而》中亦有记载，《史记·孔子世家》云："孔子去曹适宋，与弟子习礼大树下，宋司马桓魋欲杀孔子，拔其树，孔子去。"⑥ 微服：《说文》云："微，隐行也。"谓改变常服而避人注意。⑦ 司城贞子：据《史记·孔子世家》，此人是陈国人。⑧ 陈侯周：名周的陈国国君。⑨ 近臣：赵注云："近臣当为远方来贤者为主，远臣自远而至，当主于在朝之臣贤者。"

【导读】

此章是说，圣人的行为都依据礼义的准则，即使在危难之中，也不可能放弃准则去迁就他人。

万章问曰："或曰百里奚自鬻于秦养牲者五羊之皮①，食牛以要秦穆公②，信乎？"

孟子曰："否，不然，好事者为之也。百里奚，虞人也③，晋人以垂棘之璧与屈产之乘假道于虞以伐虢④，宫之奇谏⑤，百里奚不谏，知虞公之不可谏而去，之秦年已七十矣。曾不知以食牛干秦穆公之为污也，可谓智乎？不可谏而不谏，可谓不智乎？知虞公之将亡而先去之，不可谓不智也。时举于秦，知穆公之可与有行也而相之⑥，可谓不智乎？相秦而显其君于天下，可传于后世，不贤而能之乎？自鬻以成其君，乡党自好者不为⑦，而谓贤者为之乎？"

【注 释】

① 百里奚：春秋时人，原为虞国大夫，虞灭后被转卖到楚国，秦穆公听说他有贤才，遂以五张羊皮的代价将其赎出，任命他为大夫。后来，秦穆公在他的辅佐下成就了霸业。《史记·商君列传》则说他听说秦穆公贤明，"而愿望见，行而无资，自粥（同'鬻'）于秦客，被褐食牛。期年，缪（同'穆'）公知之，举之牛口之下，而加之百姓之上"。万章所问的就是这个传

说。② 食牛：赵注云："为人养牛。"③ 虞：周初所封诸侯国名，始封国君是周先祖古公亶父之子虞仲的后裔，故地在今山西平陆。前655年被晋所灭。④ 垂棘之璧：赵注云："垂棘，美玉所出地名。"璧是用玉制作的礼器。屈产之乘：朱熹《集注》云："屈地所生之良马也。"按，晋以璧和良马向虞借路伐虢在前658年。虢：周初所封诸侯国名，其始封国君是周文王的弟弟虢仲，原封地在今陕西宝鸡，西周灭亡后随周平王迁至今河南陕县，前655年被晋所灭。⑤ 宫之奇：虞臣，他进谏虞君之事载《左传》的僖公二年与五年。⑥ 有行：犹言有所作为。⑦ 自好：朱熹《集注》云："自爱其身之人也。"

【导读】

此章的涵义与上章相近。有人指出："伊尹、百里奚之事皆圣贤出处之大节，故孟子不得不辩。"（朱熹《集注》引范氏语）

万 章 下

孟子曰："伯夷，目不视恶色，耳不听恶声，非其君不事，非其民不使，治则进，乱则退。横政之所出[①]，横民之所止，不忍居也。思与乡人处，如以朝衣朝冠坐于涂炭也。当纣之时，居北海之滨以待天下之清也。故闻伯夷之风者，顽夫廉[②]，懦夫有立志。"

"伊尹曰：'何事非君，何使非民。'治亦进，乱亦进。曰：'天之生斯民也，使先知觉后知，使先觉觉后觉。予，天民之先觉者也，予将以此道觉此民也。'思天下之民匹夫匹妇有不与被尧舜之泽者，若己推而内之沟中，其自任以天下之重也。"

"柳下惠不羞污君，不辞小官；进不隐贤，必以其道；遗佚而不怨，阨穷而不悯。与乡人处，由由然不忍去也，'尔为尔，我为我，虽袒裼裸裎于我侧，尔焉能浼我哉？'故闻柳下惠之风者，鄙夫宽[③]，薄夫敦[④]。"

"孔子之去齐，接淅而行[⑤]；去鲁，曰'迟迟吾行也'，去父母国之道也。可以速而速，可以久而久，可以处而处，可以仕而仕，孔子也。"

孟子曰："伯夷，圣之清者也；伊尹，圣之任者也[6]；柳下惠，圣之和者也[7]；孔子，圣之时者也。孔子之谓集大成[8]，集大成也者，金声而玉振之也[9]。金声也者始条理也[10]，玉振之也者终条理也。始条理者智之事也，终条理者圣之事也。智譬则巧也，圣譬则力也。由射于百步之外也，其至尔力也，其中非尔力也。"

【注 释】

① 横政：朱熹《集注》云："横，谓不循法度。"下文的"乡民"，亦指不循法度的"横民"。② 顽夫：赵注释为"顽贪之夫"。③ 鄙：犹今言吝啬，朱熹《集注》云："狭陋也。"④ 薄：与"敦"对文，犹今言刻薄。⑤ 接淅：朱熹《集注》云："接，犹承也。淅，渍米水也。渍米将炊，而欲去之速，故以手承水取米而行，不及炊也。"⑥ 任：朱熹《集注》引孔氏说云："以天下为己责也。"⑦ 和：朱熹《集注》引张子说云："无所异者和之极。"⑧ 集大成：古称乐曲一终为一成，朱熹《集注》云："此言孔子集三圣之事而为一大圣之事，犹作乐者集众音之小成而为一大成也。"⑨ 金声而玉振之：指奏乐时以钟声起音而以磬声收尾，朱熹《集注》云："八音之中，金石为重，故特为众音之纲纪。又金始震而玉终诎然也，故并奏八音，则于其未作而先击镈钟以宣其声，俟其既阕而后击特磬以收其韵。"⑩ 条理：焦循《正义》谓指"节奏次第"。

【导 读】

此章是说，当时所赞扬的圣贤，都有他们突出的长处，也有自己的局限，唯有孔子才是集大成的"圣之时者"。以射箭来打比方，唯有孔子才既具备膂力，又拥有技艺，所以所作所为都合乎准则；而其他的人只是在膂力或技艺上有所特长罢了。朱熹认为，其他三人都是膂力有余而技艺不足，所以虽然在某一方面的行为上达到了圣贤的水准，却没有像孔子那样从容自如地处世(《集注》)。

北宫锜问曰："周室班爵禄也[1]，如之何？"

孟子曰："其详不可得闻也，诸侯恶其害己也而皆去其籍[2]，然而轲也尝闻其略也。天子一位，公一位，侯一位，伯一位，子、男同一位，凡五等也。君一位，卿一位，大夫一位，上士一位，中士一位，下士一位，凡六等。”

“天子之制地方千里，公、侯皆方百里，伯七十里，子、男五十里，凡四等。不能五十里[③]，不达于天子，附于诸侯[④]，曰附庸。天子之卿受地视侯[⑤]，大夫受地视伯，元士受地视子、男[⑥]。”

“大国地方百里，君十卿禄，卿禄四大夫，大夫倍上士，上士倍中士，中士倍下士，下士与庶人在官者同禄，禄足以代其耕也。次国地方七十里，君十卿禄，卿禄三大夫，大夫倍上士，上士倍中士，中士倍下士，下士与庶人在官者同禄，禄足以代其耕也。小国地方五十里，君十卿禄，卿禄二大夫，大夫倍上士，上士倍中士，中士倍下士，下士与庶人在官者同禄，禄足以代其耕也。耕者之所获，一夫百亩，百亩之粪，上农夫食九人，上次食八人，中食七人，中次食六人，下食五人。庶人在官者，其禄以是为差[⑦]。”

【注释】

① 北宫锜（qí）：名锜，赵注云：“卫人。”班：排比，赵注云：“列也。”② 籍：指有关的文书档案。③ 不能：朱熹《集注》云：“犹不足也。”④ 附于诸侯：赵注云：“因大国以名通。”⑤ 视：比照。⑥ 元士：即上士。⑦ 差：等差。

【导读】

此章叙述周代的爵位、俸禄制度。孟子当然不会泛泛而谈，因为这一套制度正是孟子理想的“王道”典范。这一章所叙述的制度，与《周礼》、《礼记·王制》中所述的“周制”不尽相同，因而具有一定的史料价值。

万章问曰：“敢问友。”

孟子曰：“不挟长、不挟贵、不挟兄弟而友[①]。友也者，友其德也，不可以有挟也。孟献子[②]，百乘之家也，有友五人焉[③]，乐正裘、牧仲，其三人则予忘之矣。献子之与此五人者友也，无献子之家者也，此五人者亦有献子之家，则不与之友矣。非惟百乘之家为然也，虽小国之君亦有之。费惠公曰[④]：‘吾于子思则师之矣，吾于颜般则友之矣，王顺、长息则事我者也。’非惟小国之君为然也，虽大国之君亦有之。晋平公之于亥唐也⑤，入云则入、坐云则坐、食云则食，虽蔬食菜羹未尝不饱⑥，盖不敢不饱也。然终于此而已矣，弗与共天位也⑦，弗与治天职也，弗与食天禄也，士之尊贤者也，非王公之尊贤也。舜尚见帝⑧，帝馆甥于贰室⑨，亦飨舜，迭为宾主，是天子而友匹夫也。用下敬上⑩，谓之贵贵；用上敬下，谓之尊贤。贵贵尊贤，其义一也。”

【注 释】

① 挟：朱熹《集注》云：“兼有而恃之之称。”兄弟：赵注云：“兄弟有富贵者。”焦循《正义》录有异说两则，其一，江永《群经补义》谓“古人以婚姻为兄弟”；其二，赵佑《温故录》谓“兄弟，等夷之称。必其人之与己等夷而后友之，则不肯于胜己处，不能不耻下问矣”。② 孟献子：即鲁国大夫仲孙蔑，献是他死后的谥号。③ 有友五人：焦循《正义》云：“《国语·晋语》‘赵简子曰：鲁孟献子有斗臣五人’注云：‘斗臣，捍难之士。’未知即此五人否？”④ 费惠公：朱熹《集注》云：“费邑之君也。”据下文“于子思则师之”，其当为战国时人。按，费国故地约在今山东费县以北，它在春秋时已成为鲁邑（孔子的弟子子羔曾担任过费邑长官，见《论语·先进》），故后人对此处所谓的“小国之君”有多种说法，较为可取者有二，其一谓战国时邑长官亦有称公者，相当于春秋时之小国之君；一说，当时仍有附庸小国。朱熹似取前说。⑤ 晋平公：春秋时晋国国君，名彪，前 557—前 532 年在位。亥唐：赵注云：“晋贤人也，隐居陋巷。晋平公尝往造之，亥唐言入，平公乃入，言坐乃坐，言食乃食也。”⑥ 蔬：同“疏”。⑦ 天位：朱熹《集注》引范氏说云：“位曰天位，职曰天职，禄曰天禄，言天所以待贤人，使治天民，非人君所得专者也。”⑧ 尚：同“上”。据下文“天子而友匹夫”，则当时舜还是平民，所以他见尧帝称“上”。⑨ 甥：即今所谓女婿，《尔雅·释亲》郭璞注云：“谓我舅者，吾谓之甥，然则亦宜呼婿为甥。”贰室：赵注云：“副宫也。”⑩ 用：以。

【导 读】

此章是说，作为人际之间五种重要关系之一的朋友，是为了结交道德、辅助自己的德行。这也就是尧、舜之所以成为圣贤的原因之一。

万章问曰："敢问交际何心也[1]？"

孟子曰："恭也。"

曰："却之却之为不恭[2]，何哉？"

曰："尊者赐之，曰其所取之者义乎不义乎，而后受之，以是为不恭，故弗却也。"

曰："请无以辞却之，以心却之。曰其取诸民之不义也[3]，而以他辞无受[4]，不可乎？"

曰："其交也以道，其接也以礼，斯孔子受之矣。"

万章曰："今有御人于国门之外者[5]，其交也以道，其馈也以礼，斯可受御与？"

曰："不可。《康诰》曰：'杀越人于货[6]，闵不畏死[7]，凡民罔不憝[8]。'是不待教而诛者也，殷受夏、周受殷所不辞也[9]，于今为烈[10]。如之何其受之？"

曰："今之诸侯取之于民也，犹御也。苟善其礼际矣，斯君子受之，敢问何说也？"

曰："子以为有王者作，将比今之诸侯而诛之乎，其教之不改而后诛之乎？夫谓非其有而取之者盗也，充类至义之尽也[11]。孔子之仕于鲁也，鲁人猎较[12]，孔子亦猎较。猎较犹可，而况受其赐乎？"

曰："然则孔子之仕也，非事道与[13]？"

曰："事道也。"

"事道，奚猎较也？"

曰："孔子先簿正祭器[14]，不以四方之食供簿正。"

曰："奚不去也？"

曰："为之兆也[15]。兆足以行矣，而不行，而后去，是以未尝有所终三年淹也[16]。孔子有见行可之仕[17]，有际可之仕[18]，有公养之仕[19]。于季桓子[20]，见行可之仕也；于卫灵公，际可之仕也[21]；于卫孝公，公养之仕也[22]。"

【注 释】

① 交际：交往，赵注云："际，接也。"② 却之却之：朱熹《集注》云："却，不受而还之也。再言之，未详。"③ 曰：此处是自己认为之意。④ 他辞：犹今言找借口。⑤ 御人：赵注云："以兵御人而夺之货。"兵，指武器。

下文“受御与”之“御”，即指抢来的东西。国门之外：朱熹《集注》云：“无人之处也。”⑥《康诰》：《尚书》篇名。越：朱熹训为“颠越”，云：“言杀人而颠越之，因取其货。”于货：强取他人货财之意。⑦ 闵：《尚书》作“暋”，伪孔传云：“暋，强也。”⑧ 憝(duì)：朱熹《集注》云：“怨也。”⑨ 般受夏：自此至“于今为烈”十四字，朱熹《集注》以为衍文，“故阙之可也”。不辞：赵注认为，三代有法令，对此类行为可不加讯问而杀之。仍不可通。从字面上来理解，孟子是承上“不待教而诛”而言，谓夏、商为暴，商、周之王即不加教诲予以诛灭，没有其他的借口（不辞）。⑩ 烈：据上文理解，此处之“烈”是指功业。⑪ 充类至义之尽：朱熹《集注》云：“推其类，至于义之至精至密处而极言之耳，非便以为真盗也。”⑫ 猎较：赵注云：“田猎相较夺禽兽，得之以祭，时俗所尚，以为吉祥。”⑬ 事道：赵注云：“事行其道。”⑭ 簿正祭器：朱熹《集注》云：“未详。”前人对此各有所释，大体谓孔子猎较是权宜之计，而簿正祭器乃是正本，仍觉不甚妥帖。⑮ 兆：赵注云：“始也。”⑯ 淹：淹留。⑰ 见行可：朱熹《集注》云：“见其道之可行也。”⑱ 际可：朱熹《集注》云：“接遇以礼也。”⑲ 公养：赵注云：“国君养贤者之礼。”其与“际可”之区别，似公养是对一般贤者皆如此，而际可则仅对一人如此。⑳ 季桓子：名斯，职掌鲁国大权季氏家族的成员。孔子一向不满三桓专擅鲁政，故孟子说他在季氏当政时任职是“见行可之仕”。据《论语·微子》载：“齐人归女乐，季桓子受之，三日不朝，孔子行。”㉑ 卫灵公：名元，卫襄公的庶子，前534—前493年在位。据《史记·孔子世家》，孔子初到卫国时，卫灵公亲自“郊迎”，但后来却无意任用孔子，故孔子离去。孟子所谓“际可之仕”当指此事而言。㉒ 卫孝公：朱熹《集注》云：“《春秋》、《史记》皆无之，疑出公辄也。”卫出公，前491—前481年在位。《史记·孔子世家》说，他曾有意任用孔子。焦循《正义》引周柄中《孟子辨正》云：“盖出公继立时，孔子又尝过卫，大约其致粟仍袭灵公之旧而礼遇不深，故第为公养之仕耳。”

【导读】

这一章前人颇多歧义，朱熹说：“此章文义多不可晓，不必强为之说。”(《集注》)其大致的观点是：人际之间的交往，应以恭敬为本；对于不合乎准则的行为，不能“不教而诛”。

孟子曰：“仕非为贫也，而有时乎为贫；娶妻非以为养也，而有时乎为养。为贫者，辞尊居卑①，辞富居贫。辞尊居卑，辞富居贫，恶乎宜乎？抱关击柝②。孔子尝为委吏矣③，曰会计当而已矣；尝为乘田矣④，曰牛羊茁壮长而已矣。位卑而言高，罪也；立乎人之本朝而道不行⑤，耻也。”

【注释】

① 辞尊居卑：尊卑指官位的高低，赵注云：“为贫之仕，当让高显之位，无求重禄。”同理，下文的贫富是指俸禄的多少。② 抱关：守门的吏卒。击柝（tuò）：巡夜者，赵注云：“柝，行夜所击木也。”③ 委吏：赵注云：“主委积仓庾之吏也。”④ 乘（shèng）田：赵注云：“苑囿之吏也，主六畜之刍牧者也。”⑤ 人之本朝：他人的朝堂上。

【导读】

先秦时代的儒家，不排斥为了维持生计而出仕任职，但认为，在这种情况下不应该通过任职去谋求优厚的薪俸，对于自己所任的职事要负责尽心。既然在这种情况下出来任职是为了糊口，所以也就谈不上施行大道；反过来说，如果任职主要不是为了糊口，那么“道不行”就是最大的失职。

万章曰：“士之不托诸侯①，何也？”

孟子曰：“不敢也。诸侯失国，而后托于诸侯②，礼也；士也托于诸侯，非礼也。”

万章曰：“君馈之粟，则受之乎？”

曰：“受之。”

“受之何义也？”

曰：“君之于氓也③，固周之④。”

曰：“周之则受，赐之则不受，何也？”

曰：“不敢也。”

曰：“敢问其不敢何也？”

曰："抱关击柝者皆有常职以食于上，无常职而赐于上者[5]，以为不恭也。"

曰："君馈之则受之，不识可常继乎？"

曰："缪公之于子思也，亟问亟馈鼎肉[6]，子思不悦。于卒也[7]，摽使者出诸大门之外[8]，北面稽首再拜而不受[9]。曰：'今而后知君之犬马畜伋[10]。'盖自是台无馈也[11]。悦贤不能举，又不能养也，可谓悦贤乎？"

曰："敢问国君欲养君子，如何斯可谓养矣？"

曰："以君命将之[12]，再拜稽首而受。其后廪人继粟[13]，庖人继肉[14]，不以君命将之。子思以为鼎肉使己仆仆尔亟拜[15]，非养君子之道也。尧之于舜也，使其子九男事之、二女女焉，百官、牛羊、仓廪备，以养舜于畎亩之中，后举而加诸上位。故曰王公之尊贤者也。"

【注 释】

① 托：依附，朱熹《集注》云："寄也，谓不仕而食其禄。"② 托于诸侯：朱熹《集注》云："古者诸侯出奔他国，食其廪饩，谓之寄公。"③ 氓：焦循《正义》云："不言'君之于民'而言'氓'者，'氓'是自他国至此国之民，与'寄'之义合。"④ 周：朱熹《集注》云："救也，视其空乏则周恤之，无常数，君待民之礼也。"⑤ 赐于上：朱熹《集注》云："赐谓予之禄，有常数，君所以待臣之礼也。"⑥ 鼎肉：朱熹《集注》云："熟肉也。"⑦ 卒：犹今言最后，赵注云："末后复来时也。"⑧ 摽（biāo）：赵注云："麾也。"类似于现在所谓的下逐客令。⑨ 稽首再拜：古代跪坐，相见行礼时，以双手交叠前揖至地，头触手，谓之拜；再敬重些，就在拜后以头俯至地，稍迟而后起，谓之稽首。既稽首而再拜，是非常尊重的礼节。⑩ 犬马畜：朱熹《集注》云："言不以人礼待己也。"⑪ 台：朱熹《集注》云："贱官，主使令者。盖缪公愧悟，自此不复令台来致馈也。"⑫ 将：《尔雅·释言》云："将，送也。"⑬ 廪人：管仓库的官员。继：朱熹《集注》云："继续所无。"⑭ 庖人：供应国君饮食的官员。⑮ 仆仆：赵注云："烦猥貌。"

【导 读】

此章是说，尊敬贤者，最关键的是要施行贤者的主张，优厚的待遇只是这样做的表现，否则，待遇即使优厚，也与蓄养狗马一样。

万章曰："敢问不见诸侯，何义也？"

孟子曰："在国曰市井之臣，在野曰草莽之臣，皆谓庶人。庶人不传质为臣[①]，不敢见于诸侯，礼也。"

万章曰："庶人，召之役则往役；君欲见之，召之则不往见，何也？"

曰："往役，义也；往见，不义也。且君之欲见之也，何为也哉？"

曰："为其多闻也，为其贤也。"

曰："为其多闻也，则天子不召师，而况诸侯乎？为其贤也，则吾未闻欲见贤而召之也。缪公亟见于子思，曰：'古千乘之国以友士，何如？'子思不悦曰：'古之人有言曰事之云乎[②]，岂曰友之云乎？'子思之不悦也，岂不曰以位则子君也、我臣也，何敢与君友也？以德则子事我者也，奚可以与我友？千乘之君求与之友而不可得也，而况可召与？齐景公田，招虞人以旌[③]，不至，将杀之。'志士不忘在沟壑，勇士不忘丧其元'，孔子奚取焉？取非其招不往也。"

"敢问招虞人何以？"

曰："以皮冠[④]。庶人以旃[⑤]，士以旂[⑥]，大夫以旌。以大夫之招招虞人，虞人死不敢往，以士之招招庶人，庶人岂敢往哉？况乎以不贤人之招招贤人乎？欲见贤人而不以其道，犹欲其入而闭之门也。夫义路也，礼门也，惟君子能由是路出入是门也。《诗》云：'周道如砥[⑦]，其直如矢。君子所履，小人所视'"[⑧]。

万章曰："孔子君命召，不俟驾而行[⑨]，然则孔子非与？"

曰："孔子当仕有官职，而以其官召之也。"

【注释】

① 传质：质同"贽"，是见面时送给对方的礼物。焦循《正义》云："执贽请见，必由将命者传之，故谓之传贽。"② 云乎：句末辞，无义。《公羊传·庄公二十四年》何休注："云乎，辞也。"③ 招虞人以旌：按此事亦见《左传·昭公二十年》，作"招虞人以弓"。④ 皮冠：古时田猎所戴之冠，加帽于平常所戴的礼冠之外，以避尘土和雨雪。⑤ 旃(zhān)：《说文》：

"旗有曲柄也，所以表士众。《周礼》曰'通帛为旃'。"⑥ 旗(qí)：《说文》："旗有众铃，以令众也。"⑦ 此处诗句引自《诗·小雅·大东》，旧说这是首东方诸侯国臣民讥刺周室的诗歌。周道：即大路。砥：磨刀石，用以比喻道路的平坦。下文"其直如矢"之"矢"与此类似。⑧ 视：注视。按此语是双关语，表面上是说小人看着君子在大道上往来，实际是说君子的一言一行对小人都有影响，是小人效法、关注的对象。⑨ 不俟驾而行：此说亦见于《论语·乡党》篇。

【导读】

此章是说，君主对于士人必须待之以礼，因为君主尊奉贤者为师，所以就不应该像对待仆役那样颐指气使。朱熹说："此章言不见诸侯之义最为详悉，更合陈代、公孙丑所问者而观之，其说乃尽。"(《集注》)

孟子谓万章曰："一乡之善士斯友一乡之善士，一国之善士斯友一国之善士，天下之善士斯友天下之善士。以友天下之善士为未足，又尚论古之人[1]。颂其诗[2]，读其书，不知其人，可乎？是以论其世也。是尚友也。"

【注释】

① 尚：同"上"。② 颂：同"诵"，《周礼·大司乐》郑玄注云："倍文曰讽，以声节之曰诵。"

【导读】

孟子所谓与古人结交，实际就是学习古人优秀的东西为己所用。此章引起后人注意的，是其中提出的"知人论世"的主张，也就是把具体的人放到当时的社会环境中去观察、理解，这一点成为后世文学批评很注重的方法。

齐宣王问卿，孟子曰："王何卿之问也？"

王曰："卿不同乎？"

曰："不同。有贵戚之卿[1]，有异姓之卿。"

王曰:“请问贵戚之卿。”

曰:“君有大过则谏②,反复之而不听则易位③。”

王勃然乎变色。曰:“王勿疑也。王问臣,臣不敢不以正对④。”

王色定,然后问异姓之卿。曰:“君有过则谏,反复之而不听则去。”

【注释】

① 贵戚之卿:此与“异姓之卿”对文,当指同姓之卿。所谓同姓,即王室的成员。② 大过:朱熹《集注》云:“谓足以亡其国者。”③ 易位:赵注云:“易君之位,更立亲戚之贤者。”④ 正对:直言相告。

【导读】

此章是说,同样是君主的大臣,由于亲疏关系不同,他们的职责也各有不同。王室宗族之卿,因为与国君有亲缘关系,不能离去,国君的祖先也就是他们的祖先,所以尤其不能坐视政权覆亡,故而若国君不听劝谏,不得已之下只能更立新君。朱熹《集注》说:“贵戚之卿,小过非不谏也,但必大过而不听,乃可易位。异姓之卿,大过非不谏也,虽小过而不听,已可去矣。”因为身份不同,所承担的责任不同,其处事也就有所区别。

告子上

告子曰:“性犹杞柳也①,义犹桮棬也②,以人性为仁义,犹以杞柳为桮棬。”

孟子曰:“子能顺杞柳之性而以为桮棬乎,将戕贼杞柳而后以为桮棬也?如将戕贼杞柳而以为桮棬,则亦将戕贼人以为仁义与?率天下之人而祸仁义者,必子之言夫!”

【注释】

① 杞柳:杨柳科植物,落叶丛生灌木,枝条柔软,去皮晒干后可编器物。② 桮棬(bēi quān):桮同“杯”,是盘、盎、盆、盏等器物的通称。棬是

杯器未经雕饰的胚胎。

【导读】

孟子主张“性善”，认为人的本性与“仁义”并不违背，所以不同意告子“毁伤人的本性来成就仁义”的比喻。据《墨子·公孟》的记载，告子是墨子的晚辈而年长于孟子。

告子曰：“性犹湍水也①，决诸东方则东流，决诸西方则西流。人性之无分于善不善也，犹水之无分于东西也。”

孟子曰：“水信无分于东西，无分于上下乎？人性之善也，犹水之就下也。人无有不善，水无有不下。今夫水，搏而跃之②，可使过颡③；激而行之④，可使在山。是岂水之性哉？其势则然也。人之可使为不善，其性亦犹是也。”

【注释】

① 湍：《说文》云：“急濑也。”又，朱熹《集注》云：“波流潆回之貌也。”② 搏：拍击。③ 颡(sǎng)：额头。④ 激：堵住水流使水位提高。

【导读】

此章是说，人性天生趋向于善，而不善则是因为人性受到了逼迫的缘故。

告子曰：“生之谓性①。”

孟子曰：“生之谓性也，犹白之谓白与？”曰：“然。”

“白羽之白也犹白雪之白，白雪之白犹白玉之白与？”曰：“然。”

“然则犬之性犹牛之性，牛之性犹人之性与？”

【注释】

① 生之谓性：赵注云：“凡物生同类者皆同性。”朱熹《集注》云：“生，指人物之所以知觉、运动者而言。”《荀子·正名》云：“生之所以然者谓

之性。”

【导读】

朱熹认为,此篇中开首四章告子谈“性”,其要旨不外乎此处所谓的“生之谓性”(天生的叫做本性)一语(《集注》)。孟子认为,告子这个对“性”的定义过于宽泛,所以驳斥他。从孟子的反问来揣测,他认为具有仁、义、礼、智等文化素养是人与动物的根本区别,而这些东西从本质上说都是人的本性先天所拥有的。

告子曰:“食色,性也。仁,内也,非外也;义,外也,非内也。”

孟子曰:“何以谓仁内义外也?”

曰:“彼长而我长之,非有长于我也,犹彼白而我白之,从其白于外也,故谓之外也。”

曰:“异于白[①],马之白也无以异于白人之白也,不识长马之长也无以异于长人之长与?且谓长者义乎,长之者义乎?”

曰:“吾弟则爱之,秦人之弟则不爱也,是以我为悦者也,故谓之内;长楚人之长,亦长吾之长,是以长为悦者也,故谓之外也。”

曰:“耆秦之炙无以异于耆吾炙[②],夫物则亦有然者也,然则耆炙亦有外与?”

【注释】

① 异于白:朱熹《集注》引张氏说云:“‘异于’两字疑衍。”俞樾《古书疑义举例·以一字作两读例》谓此句中最前之“白”字当重读,全句读作“异于白,白马之白也无以异于白人之白也”,“如此则文义自明,亦不必疑其有阙文矣”。其说甚洽,此处标点从之。② 耆:同“嗜”。

【导读】

此章是上一章的继续。告子认为人的本能就是性,所以仁爱的情感是内在的,而义则是外在的。孟子继续就“义”是否是外在的问题与告子进行辩论。与前几章一样,孟子没有正面阐明“义”是内在的理由,只是驳斥了告子立论的缺陷,这个问题在下一章有具体的论述。

孟季子问公都子曰[①]:"何以义内也?"曰:"行吾敬,故谓之内也。"

"乡人长于伯兄一岁,则谁敬?"曰:"敬兄。"

"酌则谁先?"曰:"先酌乡人。"

"所敬在此,所长在彼,果在外,非由内也。"

公都子不能答,以告孟子。孟子曰:"敬叔父乎,敬弟乎?彼将曰'敬叔父'。曰'弟为尸[②],则谁敬',彼将曰'敬弟'。子曰'恶在其敬叔父也',彼将曰'在位故也'。子亦曰'在位故也,庸敬在兄,斯须之敬在乡人[③]'。"

季子闻之,曰:"敬叔父则敬,敬弟则敬,果在外,非由内也。"

公都子曰:"冬日则饮汤[④],夏日则饮水,然则饮食亦在外也?"

【注释】

① 孟季子:或谓此处之孟季子乃本书《公孙丑下》篇中孟仲子之弟。然赵注直称"季子"而无"孟",故前人疑原文中本无"孟",季子乃别是一人,或即本书《告子下》中之季任。② 尸:古代祭祀以儿童为受祭代理人,称为"尸"。朱熹《集注》云:"尸,祭祀所主以象神,虽子弟为之,然敬之当如祖考也。"③ 斯须:朱熹《集注》云:"暂时也。"④ 汤:古称热水为"汤"。日语中亦称热水为汤,即此古义之残存。

【导读】

此章与下一章,是前面四章的进一步展开。此章主要辩论义的内在性。"仁义"是孟子道德学说的核心,在本书《公孙丑》篇中孟子曾强调,"恻隐之心,仁之端也"、"羞恶之心,义之端也",他的"性善"说正是建立在这个基础之上的。后世学者指出:"二章问答,大指略同,皆反复譬喻以晓当世,使明仁义之在内,则知人之性善而皆可以为尧舜矣。"(《集注》引范氏说)

公都子曰:"告子曰:'性无善无不善也。'或曰:'性可以为善,可以为不善。是故文、武兴则民好善,幽、厉兴则民好暴。'或曰:'有性善,有性不善。是故以尧为君而有象，以瞽瞍为父而有舜，以纣为兄之子且以为君而有微子启、王子比干。'今曰性善，然则彼皆非与？"

孟子曰："乃若其情则可以为善矣[①]，乃所谓善也。若夫为不善，非才之罪也[②]。恻隐之心人皆有之，羞恶之心人皆有之，恭敬之心人皆有之，是非之心人皆有之。恻隐之心仁也，羞恶之心义也，恭敬之心礼也，是非之心智也。仁、义、礼、智非由外铄我也[③]，我固有之也，弗思耳矣。故曰求则得之，舍则失之，或相倍蓰而无算者[④]，不能尽其才者也。《诗》曰：'天生蒸民[⑤]，有物有则[⑥]。民之秉夷[⑦]，好是懿德[⑧]。'孔子曰：'为此诗者，其知道乎！故有物必有则，民之秉彝也，故好是懿德。'"

【注 释】

① 乃若：朱熹《集注》云："发语辞。"焦循《正义》引程瑶田《通艺录·论学小记》云："乃若者，转语也。"② 才：朱熹《集注》云："犹材质，人之能也。"③ 铄（shuò）：朱熹《集注》云："以火销金之名，自外以至内也。"又，《尔雅·释诂》云："铄，美也。"谓自外而加的美饰。④ 无算：无法计算。⑤《诗》曰：此处诗句引自《诗·大雅·烝民》，这是首赞美周宣王的诗歌。蒸：《诗》作"烝"，毛传释为"众"。⑥ 则：指法则。⑦ 秉：郑笺云："执也。"夷：《诗》作"彝"，毛传释为"常"。⑧ 懿：毛传云："美也。"

【导 读】

此章具体阐述性善问题。孟子认为，人的本性就具备了仁、义、礼、智的本质，后天的修养只是对这些东西加以提高、发扬罢了。朱熹《集注》云："性虽本善，而不可以无省察矫揉之功，学者所当深玩也。"

孟子曰："富岁，子弟多赖[①]；凶岁，子弟多暴，非天之降才尔殊也，其所以陷溺其心者然也。今夫麰麦[②]，播种而耰之[③]，其地同，树之时又同[④]，浡然而生，到于日至之时皆熟矣[⑤]。虽有不同，则地有肥硗[⑥]，雨露之养、人事之不齐也。故凡同类者举相似也，何独至于人而疑之？圣人与我同类者，故龙子曰：'不知足而为屦，我知其不为蒉也[⑦]。'屦之相似，天下之足同也。口之于味，有同者也，易牙先得我口之所耆者也[⑧]。如使口之于味也，其性与人殊，若犬马之与我不同类也，则天下何耆皆从易牙之于味也？至于味，天下期于易牙，是天下之口相似也。惟耳亦然，至于声，天下期于师旷，是天下之耳相似也。惟目亦然，至于子都[⑨]，天下莫不知其姣也[⑩]，不知子都之姣者无目者也。故曰，口之于味也有同耆焉，耳之于声也有同听焉，目之于色也有同美焉。至于心，独无所同然乎？心之所同然者何也？谓理也，义也。圣人先得我心之所同然耳，故理义之悦我心犹刍豢之悦我口[⑪]。"

【注 释】

① 赖：焦循《正义》引阮元说释为"懒惰"。赵注、朱熹均以"赖"与"暴"对文而释为"善"，朱熹《集注》云："丰年衣食饶足，故有所顾藉而为善。"然孟子下文将"赖"、"暴"均判为"陷溺其心"，可知"赖"决非好字眼。② 麰(móu)：麦：即大麦。③ 耰(yōu)：种子撒下后，耙土覆盖，以防鸟类啄食。④ 树：种植。⑤ 日至：此指夏至。⑥ 硗(qiāo)：朱熹《集注》云："瘠薄也。"⑦ 蒉：草编的土筐。⑧ 易牙：齐桓公的宠臣，相传他善于烹饪。⑨ 子都：《诗·郑风·山有扶苏》"不见子都"，毛传云："子都，世之美好者也。"⑩ 姣：美好。⑪ 刍豢：概指牲畜，朱熹《集注》云："草食曰刍，牛羊是也；谷食曰豢，犬豕是也。"

【导 读】

孟子认为，人心对于仁义都有天生的本质，这一点是人人相同、毫无二致的。后来之所以有区分、不同，除了受到环境逼迫外，还有先知先觉的原因，但这只是后天的发挥、养护问题，并非说本性有不同。

孟子曰："牛山之木尝美矣[①]，以其郊于大国也[②]，斧斤伐之，可以为美乎？是其日夜之所息，雨露之所润，非无萌蘖之生焉[③]，牛羊又从而牧之，是以若彼濯濯也[④]。人见其濯濯也，以为未尝有材焉，此岂山之性也哉？虽存乎人者，岂无仁义之心哉？其所以放其良心者[⑤]，亦犹斧斤之于木也，旦旦而伐之，可以为美乎？其日夜之所息，平旦之气[⑥]，其好恶与人相近也者几希，则其旦昼之所为有梏亡之矣[⑦]。梏之反覆，则其夜气不足以存，夜气不足以存，则其违禽兽不远矣。人见其禽兽也，而以为未尝有才焉者，是岂人之情也哉？故苟得其养，无物不长；苟失其养，无物不消。孔子曰‘操则存⑧，舍则亡，出入无时，莫知其乡⑨’，惟心之谓与！”

【注释】

① 牛山：山名，在今山东临淄之南，位于当时齐国都的东南。② 郊：此作动词用，意为临近大都邑。③ 萌蘖：朱熹《集注》云：“萌，芽也。蘖，芽之旁出者也。”④ 濯濯：赵注云：“无草木之貌。”⑤ 良心：朱熹《集注》云：“本然之善心，即所谓仁义之心也。”⑥ 平旦之气：朱熹《集注》云：“谓未与物接之时，清明之气也。”⑦ 梏：古代拷手的刑具，转义为束缚。⑧ 操：拿起来。⑨ 乡：同“向”。

【导读】

此章是说对天生善性的养护问题。善心的保有，在于适当的、应有的养护，在此，孟子特别强调“夜气”（夜晚息养之气）的自我恢复功能，朱熹说：“孟子发此夜气之说，于学者极有力，宜熟玩而深省之也。”（《集注》）

孟子曰：“无或乎王之不智也①，虽有天下易生之物也，一日暴之、十日寒之，未有能生者也。吾见亦罕矣，吾退而寒之者至矣，吾如有萌焉何哉？今夫弈之为数②，小数也，不专心致志则不得也。弈秋③，通国之善弈者也。使弈秋诲二人弈，其一人专心致志，惟弈秋之为听。一人虽听之，一心以为有鸿鹄将至④，思援弓缴而射之⑤，虽与之俱学，弗若之矣。为是其智弗若与？曰非然也。”

【注释】

① 或：同“惑”。② 数：赵注云：“技也。”③ 弈秋：朱熹《集注》云：“善弈者名秋也。”④ 鸿鹄：即今所谓之天鹅。⑤ 缴（zhuó）：朱熹《集注》云：“以绳系矢而射也。”

【导读】

此章是就养护善性问题的进一步发挥。孟子认为，善性不但要养护，而且还要用心专一，否则，一暴十寒是不会有成效的。本章中所举的例子，因而成为著名的寓言。

孟子曰："鱼我所欲也，熊掌亦我所欲也，二者不可得兼，舍鱼而取熊掌者也。生亦我所欲也，义亦我所欲也，二者不可得兼，舍生而取义者也。生亦我所欲，所欲有甚于生者，故不为苟得也；死亦我所恶，所恶有甚于死者，故患有所不辟也。如使人之所欲莫甚于生，则凡可以得生者，何不用也？使人之所恶莫甚于死者，则凡可以辟患者，何不为也？由是则生而有不用也，由是则可以辟患而有不为也，是故所欲有甚于生者，所恶有甚于死者。非独贤者有是心也，人皆有之，贤者能勿丧耳。一箪食、一豆羹①，得之则生，弗得则死。嘑尔而与之②，行道之人弗受③；蹴尔而与之④，乞人不屑也。万钟则不辨礼义而受之，万钟于我何加焉？为宫室之美、妻妾之奉、所识穷乏者得我与？乡为身死而不受⑤，今为宫室之美为之；乡为身死而不受，今为妻妾之奉为之；乡为身死而不受，今为所识穷乏者得我而为之，是亦不可以已乎？此之谓失其本心。"

【注释】

① 豆：古代一种盛食物的器具。② 嘑尔：犹言呵叱、吆喝，赵注云："咄啐之貌也。"③ 行道之人：路上的行人。④ 蹴(cù)：朱熹《集注》云："践踏也。"⑤ 乡：同"向"，以往。

【导读】

此章是《孟子》中相当有名的一个章节。孟子认为，人的本性虽然善，但有时候也会迫于情势与欲望(告子认为它也属于本性)，作出非善的行为来，这样就失去了自己的本心，因此，"君子不可顷刻而不省察于斯焉"(朱熹《集注》)。后人对这一章表示欣赏，主要为其中的正气所感，"舍生取义"曾鼓舞了许多古代的志士仁人为自己的理想而献身，"鱼与熊掌不可兼得"也成了常用比喻。

孟子曰:“仁,人心也;义,人路也。舍其路而弗由,放其心而不知求,哀哉!人有鸡犬放则知求之,有放心而不知求。学问之道无他,求其放心而已矣。”

【导 读】

孟子由性善这个基点出发,认为教育和学习的根本目的是保持或恢复人的本来的善性。宋代的理学家们对这一点相当重视,程颐说:“圣贤千言万语,只是欲人将已放之心约之,使反复入身来,自能寻向上去,下学而上达也。”朱熹就此进一步指出:“此乃孟子开示切要之语,程子又发明之,曲尽其指,学者宜服膺而勿失也。”(《集注》)

孟子曰:“今有无名之指屈而不信①,非疾痛害事也,如有能信之者,则不远秦、楚之路,为指之不若人也。指不若人则知恶之,心不若人则不知恶,此之谓不知类也②。”

【注 释】

① 无名之指:即今言无名指。信:同“伸”。② 不知类:朱熹《集注》云:“言其不知轻重之等也。”

【导 读】

孟子用切身的小事作比喻,勉励人们要重视养护自己的善心,找回失去的本性。

孟子曰:“拱把之桐梓①,人苟欲生之,皆知所以养之者,至于身而不知所以养之者,岂爱身不若桐梓哉?弗思甚也。”

【注 释】

① 拱把:赵注云:“拱,合两手也;把,以一手把之也。”言树尚细小。

【导 读】

本章涵义与上章相近。

孟子曰："人之于身也，兼所爱。兼所爱则兼所养也，无尺寸之肤不爱焉，则无尺寸之肤不养也。所以考其善不善者，岂有他哉？于己取之而已矣。体有贵贱①，有小大。无以小害大，无以贱害贵。养其小者为小人，养其大者为大人。今有场师②，舍其梧槚③，养其樲棘④，则为贱场师焉。养其一指而失其肩背，而不知也，则为狼疾人也⑤。饮食之人则人贱之矣，为其养小以失大也。饮食之人无有失也，则口腹岂适为尺寸之肤哉⑥？"

【注 释】

① 贵贱：朱熹《集注》云："贱而小者，口腹也；贵而大者，心志也。"② 场师：赵注云："治场圃者。"《周礼·地官》："场人，掌国之场圃而树之果蓏珍异之物，以时敛而藏之。"③ 梧槚(jiǎ)：梧桐和楸树。④ 樲(èr)棘：酸枣和荆棘。⑤ 狼疾：同"狼藉"，焦循《正义》云："狼藉犹纷错，害而不知，此医之昏愦瞀乱者矣。"⑥ 适：赵注释此字兼存"但"、"往"两义。焦循《正义》引王引之说，谓"适"通"啻"，作仅、但解。

【导 读】

此章是说，人的身体、本性都需要养护，但两者的价值有大小、分量有轻重，不仅在两者不可兼顾的情况下要注重大的、重的，而且在日常生活中，也要把养护的重点放在这上头。正如人们常说的，"吃饭是为了活着，但活着不仅仅是为了吃饭"。

公都子问曰："钧是人也①，或为大人，或为小人，何也？"

孟子曰："从其大体为大人，从其小体为小人。"

曰："钧是人也，或从其大体，或从其小体，何也？"

曰："耳目之官不思②，而蔽于物，物交物则引之而已矣③。心之官则思，思则得之④，不思则不得也。此天之所与我者。先立乎其大者⑤，则其小者弗能夺也，此为大人而已矣。"

【注 释】

① 钧：同"均"。② 官：犹今言五官之"官"，朱熹《集注》云："官之为言司也。"③ 物交物：朱熹《集注》认为此处之两"物"，一指外物，一指"耳目之官"。后者之所以亦称"物"，是因其"既不能思而蔽于外物，则亦一物而已"。引：此为诱导之意。④ 思则得之：此处之"之"泛指思索后的心得。朱熹谓"之"指事物之理，亦可通。⑤ 大者：赵注云："大者谓生而有善性也，小者情欲也，善胜恶则恶不能夺之。"

【导 读】

本章的涵义与上章相近。朱熹说："心则能思，而以思为职。凡事之来，心得其职，则得其理，而物不能蔽。……若能有以立之，则事无不思，而耳目之欲不能夺之矣，此所以为大人也。"（《集注》）

孟子曰："有天爵者，有人爵者。仁义忠信，乐善不倦，此天爵也；公卿大夫，此人爵也。古之人修其天爵，而人爵从之。今之人修其天爵以要人爵，既得人爵而弃其天爵，则惑之甚者也，终亦必亡而已矣。"

【导 读】

此章是说，人世的爵位是依附于"仁义忠信"这些上天的爵位的。人们应以后者为追求目标，为了取得人世的爵位而去讲求自身修养，已经是动机不正了，如果得到了人世爵位后再抛弃自身修养，更是糊涂之极。

孟子曰："欲贵者，人之同心也。人人有贵于己者，弗思耳矣。人之所贵者，非良贵也。赵孟之所贵[①]，赵孟能贱之。《诗》云[②]：'既醉以酒，既饱以德。'言饱乎仁义也，所以不愿人之膏粱之味也[③]；令闻广誉施于身[④]，所以不愿人之文绣也[⑤]。"

【注 释】

① 赵孟：即春秋时晋国的执政大臣赵盾，孟是他的字。此处用以指有权势者。② 此处诗句引自《诗·大雅·既醉》，这是首赞颂世道太平的

诗歌。③ 愿：朱熹《集注》云："欲也。"膏粱：指珍羞美味。朱熹《集注》云："膏，肥肉；粱，美谷。"又，赵注云："细粱如膏者也。"④ 令闻广誉：朱熹《集注》云："令，善也；闻，亦誉也。"⑤ 文绣：朱熹《集注》云："衣之美者也。"若分而言之，文指绘画的纹饰，绣指刺绣的花纹。

【导读】

孟子认为，人生真正可宝贵的不是锦衣美食，"仁义充足而闻誉彰著，皆所谓良贵也"（朱熹《集注》）。

孟子曰："仁之胜不仁也，犹水胜火。今之为仁者，犹以一杯水救一车薪之火也，不熄则谓之水不胜火，此又与于不仁之甚者也，亦终必亡而已矣。"

【导读】

孟子肯定仁必定能战胜不仁，但认为，当时行仁的人不能战胜不仁的人，其中还有力量对比的强弱，不能因为这一特殊情况而怀疑仁本身的力量。

孟子曰："五谷者，种之美者也，苟为不熟，不如荑稗[①]。夫仁，亦在乎熟之而已矣。"

【注释】

① 荑（tí）稗：朱熹《集注》云："草之似谷者，其实亦可食，然不能如五谷之美也。"

【导读】

此章可与上一章联系起来看，仁本身还有成熟与否的问题，说仁不成熟还及不上稗草，正如朱熹所说："为仁必贵乎熟，而不可徒恃其种之美，又不可以仁之难熟，而甘为他道之有成也。"（《集注》）

孟子曰:“羿之教人射,必志于彀[①],学者亦必志于彀。大匠诲人必以规矩,学者亦必以规矩。”

【注 释】

① 必志于彀(gòu):朱熹《集注》云:“志,犹期也;彀,弓满也。”

【导 读】

学习必须高标准、严要求,所谓标准、要求,就是孟子所言的“规矩”。朱熹说:“此章言事必有法,然后可成,师舍是则无以教,弟子舍是则无以学。”(《集注》)学技艺是如此,学习为人处世的大道更应该如此。

告 子 下

任人有问屋庐子曰[①]:“礼与食孰重?”曰:“礼重。”

“色与礼孰重?”曰:“礼重。”

曰:“以礼食则饥而死,不以礼食则得食,必以礼乎?亲迎则不得妻[②],不亲迎则得妻,必亲迎乎?”

屋庐子不能对,明日之邹以告孟子[③]。孟子曰:“于答是也何有[④]?不揣其本而齐其末[⑤],方寸之木可使高于岑楼[⑥]。金重于羽者,岂谓一钩金与一舆羽之谓哉[⑦]?取食之重者与礼之轻者而比之,奚翅食重[⑧]?取色之重者与礼之轻者而比之,奚翅色重?往应之曰:‘纱兄之臂而夺之食则得食[⑨],不纱则不得食,则将纱之乎?逾东家墙而搂其处子则得妻[⑩],不搂则不得妻,则将搂之乎?’”

【注 释】

① 任:周初诸侯国名,其始封国君相传是太皞的后裔,故地在今山东济宁县境,战国时其地入鲁。屋庐子:名连,孟子的弟子。② 亲迎:古代婚礼仪式之一,此处概指正式的婚礼。③ 邹:任与邹相距约百里。④ 何有:犹言有何难。⑤ 揣:《方言》云:“度高为揣。”⑥ 岑楼:朱熹《集

注》云："楼之高锐似山者。"⑦ 钩：赵注、朱熹均释为"带钩"，带钩是古人系连腰带的小饰件，战国时代的古墓中常有出土。⑧ 翅：同"啻"，意为止、但。⑨ 紾(zhěn)：犹今言扭转。赵注云："戾也。"⑩ 处子：犹言处女，古通称子女为"子"。

【导 读】

此章的基本思想是摒斥形而上学的态度。礼仪与饮食、性欲相比固然有轻重之分，但它们各自内部还有大小轻重的区分，不能因为不恰当的对比而怀疑礼仪的重要性，在具体情况下要进行具体分析、区别对待。

曹交问曰[①]："人皆可以为尧舜，有诸？"

孟子曰："然。"

"交闻文王十尺[②]、汤九尺，今交九尺四寸以长，食粟而已，如何则可？"

曰："奚有于是，亦为之而已矣。有人于此，力能不胜一匹雏[③]，则为无力人矣；今曰举百钧，则为有力人矣。然则举乌获之任[④]，是亦为乌获而已矣。夫人岂以不胜为患哉？弗为耳。徐行后长者谓之弟，疾行先长者谓之不弟。夫徐行者，岂人所不能哉？所不为也。尧舜之道，孝弟而已矣。子服尧之服，诵尧之言，行尧之行，是尧而已矣；子服桀之服，诵桀之言，行桀之行，是桀而已矣。"

曰："交得见于邹君可以假馆，愿留而受业于门。"

曰："夫道若大路然，岂难知哉？人病不求耳。子归而求之，有余师[⑤]。"

【注 释】

① 曹交：赵注云："曹君之弟。"按，曹国于前487年为宋所灭，去孟子活动年代已久，孟子似不可能与曹君之弟相遇，赵说不知何据。前人对此大致有二说，一说曹在灭后又复国，一说曹交乃郳君之族人(郳亦曹姓)。② 尺：战国时齐鲁一带的尺度，一尺约合15.76厘米。③ 一匹雏：一只小鸡。又，朱熹谓此处的"匹"乃是"鸥"的省文，鸥即鸭。焦循《正义》引张

氏说谓"匹雏"乃是指一对小鸡。④ 乌获：赵注云："古之有力人也，能移举千钧。"⑤ 有余师：赵注云："师不少也。"

【导读】

"人皆可以为尧舜"，是孟子基于"性善"说提出的著名论题。孟子认为，是否能达到这个境界，关键不在于能够不能够，而在于有没有决心去做，为善为恶都在于自身的所作所为。

公孙丑问曰："高子曰①，《小弁》小人之诗也②。"

孟子曰："何以言之？"

曰："怨。"

曰："固哉③，高叟之为《诗》也。有人于此，越人关弓而射之④，则己谈笑而道之，无他，疏之也；其兄关弓而射之，则己垂涕泣而道之，无他，戚之也⑤。《小弁》之怨，亲亲也。亲亲，仁也。固矣夫！高叟之为《诗》也。"

曰："《凯风》何以不怨⑥？"

曰："《凯风》，亲之过小者也；《小弁》，亲之过大者也。亲之过大而不怨，是愈疏也；亲之过小而怨；是不可矶也⑦。愈疏不孝也，不可矶亦不孝也。孔子曰：'舜其至孝矣，五十而慕。'"

【注释】

① 高子：孟子下文称其为"高叟"，可见其年长于孟子，显然与本书《公孙丑下》篇中孟子的弟子高子不是一人。②《小弁》(pán)：《诗·小雅》中的诗篇名，旧说是讥刺周幽王的诗歌，或说是周宣王名臣尹吉甫之子因遭后母之谗而作。从下文孟子说"亲之过大者"来看，他是取后说。赵注云："怨亲之过，故谓之小人。"③ 固：犹言呆板，赵注云："陋也。"④ 关弓：朱熹《集注》云："'关'与'弯'同。"⑤ 戚：赵注云："亲也。"⑥《凯风》：《诗·邶风》中的诗篇，朱熹《集注》云："卫有七子之母，不能安其室，七子作此以自责也。"⑦ 不可矶：朱熹《集注》云："言微激之而遽怒也。"

【导读】

这是孟子“不以文害辞，不以辞害志，以意逆志”的治《诗》方法的具体例证。

宋牼将之楚[1]，孟子遇于石丘[2]，曰：“先生将何之[3]？”

曰：“吾闻秦楚构兵，我将见楚王说而罢之，楚王不悦，我将见秦王说而罢之，二王我将有所遇焉。”

曰：“轲也请无问其详，愿闻其指，说之将何如？”

曰：“我将言其不利也。”

曰：“先生之志则大矣，先生之号则不可[4]。先生以利说秦楚之王，秦楚之王悦于利以罢三军之师，是三军之士乐罢而悦于利也。为人臣者怀利以事其君，为人子者怀利以事其父，为人弟者怀利以事其兄，是君臣、父子、兄弟终去仁义，怀利以相接，然而不亡者未之有也。先生以仁义说秦楚之王，秦楚之王悦于仁义而罢三军之师，是三军之士乐罢而悦于仁义也。为人臣者怀仁义以事其君，为人子者怀仁义以事其父，为人弟者怀仁义以事其兄，是君臣、父子、兄弟去利，怀仁义以相接也，然而不王者未之有也。何必曰利？”

【注释】

① 宋牼(kēng)：宋国人，名牼(亦作“钘”)，当时的著名学者。《荀子·非十二子》篇将其与墨子归为一类(此处谓其欲说秦楚罢兵，颇似于墨子止楚攻宋)，《庄子·天下》篇则将其与尹文列为一家。《汉书·艺文志》著录其所作的《宋子》十八篇，今已佚。据近人考证，《管子》中的《心术》、《白心》、《内业》等篇是该派的著作。② 石丘：今地未详。据钱穆考证，孟子与宋牼相遇约在前312年，时年71岁。③ 先生：赵注云：“学士年长者，故谓之先生。”按，孟子与宋牼均曾在齐稷下学宫讲过学，原就相识，宋牼又年长于孟子，故孟子呼之为先生。④ 号：赵注释为“所称名号”，犹今言提法、说法。

【导读】

同样的实际效果，可能出于不同的出发点。孟子认为，作为君子来说，更要注意到动机的纯正性。朱熹特别强调，这一点是"学者所当深察而明辨之也"（《集注》）。

孟子居邹，季任为任处守①，以币交，受之而不报。处于平陆，储子为相，以币交，受之而不报。他日，由邹之任，见季子；由平陆之齐，不见储子。屋庐子喜曰："连得间矣②。"问曰："夫子之任见季子，之齐不见储子，为其为相与？"

曰："非也。《书》曰：'享多仪③，仪不及物曰不享④，惟不役志于享⑤。'为其不成享也。"

屋庐子悦。或问之，屋庐子曰："季子不得之邹，储子得之平陆。"

【注 释】

① 季任：赵注云："任君季弟也，任君朝会于邻国，季任为之居守其国。"② 得间：此处之"间"，犹读书得间之"间"。盖屋庐子以为从孟子的行为中悟到了道理，故喜。③《书》曰：此处语句引自《尚书》中的《洛诰》篇，其内容是周公与成王讨论营建洛邑之事。享多仪：享是诸侯朝见天子的礼仪，多是重视的意思。④ 物：指朝见时所献的礼物。⑤ 役：朱熹《集注》云："用也。"

【导 读】

季子与储子同样送礼物去与孟子结交，孟子认为季子礼数到了，而储子的礼数不备，因为储子可以亲自去见孟子，故而他的礼节的规格够不上礼物的规格。从本章中，也可窥见当时老师对学生的教育方法。老师除了讲课之外，更多的是以身教来熏陶学生，学生不仅在上课时学理论，更要通过老师的行为举止去体会，而且还要善于思考、举一反三地向老师询问。哪一位学生的主观能动性发挥得好，他学得的东西相对也多。

淳于髡曰："先名实者为人也①，后名实者自为也。夫子在三卿之中②，名实未加于上下而去之，仁者固如此乎？"

孟子曰："居下位，不以贤事不肖者伯夷也，五就汤、五就桀者伊尹也，不恶君、不辞小官者柳下惠也，三子者不同道，其趋一也。一者何也？曰仁也。君子亦仁而已矣，何必同？”

曰：“鲁缪公之时，公仪子为政[3]，子柳[4]、子思为臣，鲁之削也滋甚。若是乎，贤者之无益于国也！”

曰：“虞不用百里奚而亡，秦穆公用之而霸。不用贤则亡，削何可得与？”

曰：“昔者，王豹处于淇而河西善讴[5]，绵驹处于高唐而齐右善歌[6]，华周、杞梁之妻善哭其夫而变国俗[7]。有诸内必形诸外，为其事而无其功者，髡未尝睹之也。是故无贤者也，有则髡必识之。”

曰：“孔子为鲁司寇，不用，从而祭，燔肉不至[8]，不税冕而行[9]。不知者以为肉也，其知者以为为无礼也，乃孔子则欲以微罪行[10]，不欲为苟去。君子之所为，众人固不识也。”

【注释】

① 名实：赵注云：“名者，有道德之名也；实者，治国惠民之功实也。”② 三卿：《礼记·王制》云：“大国三卿，皆命于天子。”按，孟子曾担任过官职，齐国是大国，故淳于髡说孟子“在三卿之中”。③ 公仪子：赵注、朱熹均谓指公仪休。按，《史记·循吏列传》云：“公仪休者，鲁博士也，以高弟为鲁相。奉法循理，无所变更，百官自正。”④ 子柳：即本书《公孙丑下》篇中提及之泄柳。⑤ 王豹：赵注云：“卫之善讴者。”淇：水名，在今河南北部，古为黄河支流，南流至今汲县东北入河。河西：即邻近淇水的西河地区，相当今河南浚县、滑县及其迤南、迤北一带。⑥ 绵驹：朱熹《集注》云：“齐人，善歌。”高唐：在今山东禹城西南。齐右：高唐在齐国的西部，古称西方为右，故云。⑦ 华周、杞梁之妻善哭：朱熹《集注》云：“华周、杞梁二人皆齐臣，战死于莒，其妻哭之哀，国俗化之皆善哭。”按，华周亦作“华旋”、“华舟”，杞梁亦作“杞殖”，此二人战死于莒之事，见载于《左传·襄公二十三年》。后世盛传之孟姜女故事即由此衍出。⑧ 燔肉：即祭肉。按礼仪，祭祀结束后，应将祭肉分送参加祭祀的有关人员。⑨ 不税冕：税同“脱”，冕是祭祀时所戴的礼冠。⑩ 以微罪行：犹言找一点小的借口离去。朱熹《集注》云：“孟子言以为‘为肉’者，固不足道；以为‘为

无礼'，则亦未为深知孔子者。盖圣人于父母之国，不欲显其君相之失，又不欲为无故而苟去，故不以女乐去而以燔肉行。其见几明决而用意忠厚，固非众人所能识也。"

【导读】

淳于髡觉得，孟子在齐国任职无益于国政，可见贤者对于治国没有多大好处。孟子认为，治国必须要任用贤者是不容怀疑的；在如何界定仁、贤的问题上，则要看大的行为，君子的某些用心、处事，不是常人所能完全理解的。

孟子曰："五霸者三王之罪人也①，今之诸侯五霸之罪人也，今之大夫今之诸侯之罪人也。天子适诸侯曰巡狩，诸侯朝于天子曰述职。春省耕而补不足，秋省敛而助不给。入其疆，土地辟，田野治，养老尊贤，俊杰在位，则有庆②，庆以地。入其疆，土地荒芜，遗老失贤，掊克在位③，则有让④。一不朝则贬其爵，再不朝则削其地，三不朝则六师移之⑤。是故天子讨而不伐，诸侯伐而不讨⑥。五霸者，搂诸侯以伐诸侯者也⑦，故曰五霸者三王之罪人也。"

"五霸，桓公为盛。葵丘之会⑧，诸侯束牲载书而不歃血⑨。初命曰：'诛不孝，无易树子⑩，无以妾为妻。'再命曰：'尊贤育才，以彰有德。'三命曰：'敬老慈幼，无忘宾旅⑪。'四命曰：'士无世官⑫，官事无摄⑬，取士必得⑭，无专杀大夫⑮。'五命曰：'无曲防⑯，无遏籴⑰，无有封而不告⑱。'曰：'凡我同盟之人，即盟之后，言归于好。'今之诸侯皆犯此五禁，故曰今之诸侯五霸之罪人也。"

"长君之恶其罪小，逢君之恶其罪大。今之大夫皆逢君之恶，故曰今之大夫今之诸侯之罪人也。"

【注释】

① 五霸：春秋时代先后称霸的五个诸侯，其说法有多家，一般以齐桓公、宋襄公、晋文公、秦穆公、楚庄王为五霸。赵注、朱熹均取此说。② 庆：赵注云："赏也。"③ 掊(póu)克：朱熹《集注》云："聚敛也。"④ 让：

赵注释为“责任”，朱熹释为“责”。⑤ 六师：按周代制度规定，天子设六军，大国诸侯设三军。此处之六师即指天子的军队。移之：朱熹《集注》云：“诛其人而变置之也。”⑥ 伐而不讨：朱熹《集注》云：“讨者，出命以讨其罪，而使方伯、连帅帅诸侯以伐之也；伐者，奉天子之命，声其罪而伐之也。”⑦ 搂：带领，朱熹《集注》云：“牵也。”⑧ 葵丘之会：齐桓公于前651年在葵丘（今河南兰考）邀集鲁、宋、卫、郑、许、曹等国举行的一次重要会盟，通过这次会盟，齐国的霸权正式确立。⑨ 束牲载书：不宰杀牺牲，将盟书用函装起来，放在牺牲上，《谷梁传·僖公九年》云：“葵丘之盟，陈牲而不杀，读（同‘椟’）书，加于牲上。”歃血：亦作“喋血”，当时盟誓时的一项仪式，即以口微吸牲血表示信守盟约而不渝。⑩ 无易树子：赵注云：“树，立也。已立世子不得擅易也。”⑪ 无忘宾旅：朱熹《集注》云：“宾，宾客也；旅，行旅也。皆当有以待之，不可忽忘也。”⑫ 士无世官：赵注云：“仕为大臣，不得世官，贤臣乃得世禄也。”⑬ 无摄：摄是兼代的意思，朱熹《集注》云：“当广求贤才以充之，不可以阙人废事也。”⑭ 必得：赵注云：“必得贤。”⑮ 专杀：擅杀，朱熹《集注》云：“大夫有罪，则请命于天子而后杀之也。”⑯ 曲防：曲在此处有“遍”之意，《易·系辞》云：“曲成万物而不遗。”防，是堤防的意思。当时诸侯们以邻为壑，自筑堤防，使邻国遭灾，故盟约申明禁止。《中国水利史稿》谓，此处所说的“防”主要指沿河筑堤。⑰ 遏籴：朱熹《集注》云：“邻国凶荒，不得闭籴也。”⑱ 无有封而不告：赵注云：“无以私恩擅有封赏而不告盟主也。”

【导读】

孟子对于三王、五霸及现今的诸侯、大夫的不同看法，与其王道、仁政的主张有很大关系。大道的崩坏，是从上到下逐步而行的，要纠正这股风气，也就必须自下而上逐步而行。

鲁欲使慎子为将军①，孟子曰：“不教民而用之谓之殃民，殃民者不容于尧舜之世。一战胜齐，遂有南阳②，然且不可。”

慎子勃然不悦曰：“此则滑厘所不识也。”

曰：“吾明告子。天子之地方千里，不千里不足以待诸侯；诸侯之地方百里，不百里不足以守宗庙之典籍[3]。周公之封于鲁为方百里也，地非不足而俭于百里[4]；太公之封于齐也亦为方百里也，地非不足也而俭于百里。今鲁方百里者五，子以为有王者作，则鲁在所损乎，在所益乎？徒取诸彼以与此，然且仁者不为，况于杀人以求之乎？君子之事君也，务引其君以当道、志于仁而已。”

【注 释】

① 慎子：名滑厘，赵注云："善用兵者。"或谓即慎到，或据其名滑厘而谓即禽滑厘，理由均不充分。② 南阳：在泰山西南、汶水之北，是当时齐、鲁争夺的要地。古称山南、水北为阳，故名。③ 典籍：指有关典制的档案文献。④ 俭于百里：此处意为仅有百里，朱熹《集注》云："其封国不过百里。"

【导 读】

慎子自以为能夺城拓地就有功于国家了。孟子对他提出批评，告诫他：事奉君主重要的是引导君主施行大道、仁义，而不是一味穷兵黩武。

孟子曰："今之事君者皆曰'我能为君辟土地，充府库'，今之所谓良臣，古之所谓民贼也。君不乡道[1]、不志于仁而求富之，是富桀也。'我能为君约与国，战必克'，今之所谓良臣，古之所谓民贼也。君不乡道、不志于仁而求为之强战，是辅桀也。由今之道，无变今之俗，虽与之天下，不能一朝居也。"

【注 释】

① 乡：同"向"。

【导 读】

此章的涵义与上章相近。

白圭曰[1]："吾欲二十而取一，何如？"

孟子曰:“子之道,貉道也[②]。万室之国,一人陶则可乎?”

曰:“不可,器不足用也。”

曰:“夫貉,五谷不生,惟黍生之,无城郭、宫室、宗庙、祭祀之礼,无诸侯币帛饔飧[③],无百官有司,故二十取一而足也。今居中国,去人伦[④],无君子,如之何其可也?陶以寡且不可以为国,况无君子乎?欲轻之于尧舜之道者,大貉、小貉也;欲重之于尧舜之道者,大桀、小桀也。”

【注 释】

① 白圭:名丹,圭(亦作“珪”)是他的字。曾在魏惠王时任大臣,善于修筑堤防,主张减轻田税。② 貉:赵注云:“貉,夷貉之人,在荒服者也。貉之税二十而取一。”③ 饔飧(sūn):朱熹《集注》云:“以饮食馈客之礼也。”④ 去人伦:赵注云:“今之居中国,当行礼义,而欲效夷貉无人伦之叙、无君子之道,岂可哉?”朱熹《集注》云:“无君臣、祭祀、交际之礼,是去人伦;无百官有司,是无君子。”

【导 读】

孟子认为,“什一而税”的税率是恰当的,过高过低都是不对的。高了会损害民众的利益,低了国家就无法具备应有的礼仪。

白圭曰:“丹之治水也[①],愈于禹。”

孟子曰:“子过矣。禹之治水,水之道也[②],是故禹以四海为壑[③],今吾子以邻国为壑。水逆行谓之洚水[④],洚水者洪水也,仁人之所恶也,吾子过矣。”

【注 释】

① 丹之治水:当时齐、赵、魏等国均沿黄河,赵、魏地势高而齐地势低,故这些国家竞相筑堤护卫本国,致使“河水东抵齐堤则西泛赵魏”(《汉书·沟洫志》),虽然有益于本国,但对别国却造成了灾害。又,《韩非子·喻老》云:“白圭之行堤也,塞其穴……是以无水难。”是指白圭解决了对堤防造成危害的虫蚁钻穴问题。② 水之道:朱熹《集注》云:“顺水之

性也。”③ 壑：朱熹《集注》云：“受水处也。”④ 水逆行：孟子认为，治水堵塞了水道，水流无法畅通，故而逆流。

【导读】

当时各国竞相在河流上筑堤防，“雍防百川，各以自利”（《汉书·沟洫志》）。孟子对白圭的批评，正是对这种“以邻为壑”的恶劣行为进行抨击。

孟子曰：“君子不亮①，恶乎执？”

【注释】

① 亮：同“谅”，意为诚实守信。

【导读】

要是缺乏诚实守信的专一作风，任何事情都随随便便，什么东西都把握不住。所以，儒者把诚信作为修养的一个重要方面。

鲁欲使乐正子为政。孟子曰：“吾闻之，喜而不寐。”

公孙丑曰：“乐正子强乎？”曰：“否。”

“有知虑乎？”曰：“否。”

“多闻识乎？”曰：“否。”

“然则奚喜而不寐？”曰：“其为人也好善。”

“好善足乎？”曰：“好善优于天下①，而况鲁国乎？夫苟好善，则四海之内皆将轻千里而来告之以善②；夫苟不好善，则人将曰：‘訑訑③，予既已知之矣。’訑訑之声音、颜色距人于千里之外④。士止于千里之外，则谗谄面谀之人至矣。与谗谄面谀之人居，国欲治，可得乎？”

【注释】

① 优于天下：赵注云：“以此治天下，可以优之虞舜。”朱熹《集注》云：“优，有余裕也。言虽治天下，尚有余力也。”② 轻：朱熹《集注》云：“易也，言不以千里为难也。”③ 訑訑（yí）：赵注云：“自足其智不嗜善言之

貌。”④ 距：同“拒”。

【导读】

孟子并非认为没有能力就能治理好国家。因为当时的治国者大多有能力而缺乏好善的作风，鲁国起用乐正子，说明统治者有向善的意向，关键不在于乐正子一个人得到重用，而是这个举动将会引起的反应，许多既有能力、又有德行的士人将会因此而前来，所以孟子为此感到高兴。

陈子曰：“古之君子何如则仕①？”

孟子曰：“所就三，所去三。迎之致敬以有礼，言将行其言也，则就之；礼貌未衰②，言弗行也，则去之。其次，虽未行其言也，迎之致敬以有礼，则就之；礼貌衰，则去之。其下，朝不食，夕不食，饥饿不能出门户，君闻之曰：‘吾大者不能行其道，又不能从其言也，使饥饿于我土地，吾耻之。’周之亦可受也，免死而已矣。”

【注释】

① 陈子：赵注认为即本书《公孙丑下》篇中的孟子弟子陈臻。② 礼貌：此指礼仪、态度，非今通常所言之礼貌。

【导读】

孟子认为，君子在三种情况下可以出仕任职，但无论哪一种情况，都以基础一旦不存在必须离去为前提。这就是君子的节操与界限所在。此章可与本书《万章下》篇“交际何心”章参看。

孟子曰：“舜发于畎亩之中，傅说举于版筑之间①，胶鬲举于鱼盐之中，管夷吾举于士②，孙叔敖举于海③，百里奚举于市。故天将降大任于是人也，必先苦其心志，劳其筋骨，饿其体肤，空乏其身，行拂乱其所为④，所以动心忍性⑤，曾益其所不能⑥。人恒过，然后能改，困于心、衡于虑而后作⑦，征于色⑧、发于声而后喻。入则无法家拂士⑨，出则无敌国外患者，国恒亡,然后知生于忧患而死于安乐也。”

【注 释】

① 傅说:商王武丁的大臣。相传他原是在傅岩从事版筑的工匠。版筑,即筑墙。古时以两版相夹,实土其中,用杵夯筑而成。② 举于士:此处之“士”指士师,即狱官。管仲原辅佐公子纠,齐桓公杀死子纠后,管仲被拘押,经鲍叔牙的推荐,才被桓公释放任用。故孟子说他“举于士”。③ 孙叔敖:春秋楚国人,姓芀,敖是他的名,孙叔是字。他在楚庄王时任令尹(即国相),辅佐庄王称霸。赵注云:“孙叔敖隐处耕于海滨,楚庄王举之以为令尹。”④ 行拂乱其所为:赵注云:“所行不从,拂戾而乱之。”⑤ 忍性:赵注云:“坚忍其性。”⑥ 曾益:同“增益”。⑦ 衡于虑:朱熹《集注》云:“横,不顺也。”赵注云:“衡塞其虑于胸臆之中,而后作为奇计异策、愤激之说也。”⑧ 征于色:赵注云:“征验见于颜色,若屈原憔悴,渔父见而怪之。”⑨ 法家拂(bì)士:朱熹《集注》云:“法家,法度之世臣也;拂士,辅弼之贤士也。”拂,同“弼”,辅助。

【导 读】

此章是《孟子》中的著名篇章,后人经常引以为座右铭,勉励自己在逆境中奋起。艰苦的环境,是锻炼有志者的好时机,历史上许多著名人物大都有过一段在艰难中奋斗的经历,并从中磨炼了意志、吸取了教训,奠定了尔后成功的基础。因此,这是一段值得反复涵咏体会的经典名言。

孟子曰:“教亦多术矣,予不屑之教诲也者,是亦教诲之而已矣!”

【导 读】

孟子的意思是说,不屑去教诲,如果其人能因此感悟,迎头赶上,不也起到了教诲的作用吗?如果其人至此仍不感悟,即使讲得再多也不起作用。所以后人说:“言或抑或扬、或与或不与,各因其材而笃之,无非教也。”(朱熹《集注》引尹氏语)

尽心上

孟子曰："尽其心者知其性也，知其性则知天矣。存其心①，养其性②，所以事天也。殀寿不贰③，修身以俟之，所以立命也。"

【注释】

① 存其心：朱熹《集注》云："存，谓操而不舍。"② 养其性：朱熹《集注》云："养，谓顺而不害。"③ 殀（yāo）：同"夭"。不贰：赵注云："虽见前人或殀或寿，终无二心改易其道。"

【导读】

本篇中集中了孟子关于认识论与自身修养的许多论述。此章充分肯定了自身修养的重要性，孟子也谈论上天和命运，与孔子稍有不同的是，他并非消极地等待命运的安排，而是强调以个体的道德自律来"立命"，"从而极大地突出了个体的人格价值及其所负的道德责任和历史使命"（李泽厚《中国古代思想史论·孔子再评价》）。

孟子曰："莫非命也①，顺受其正，是故知命者不立乎岩墙之下②。尽其道而死者，正命也；桎梏死者，非正命也③。"

【注释】

① 莫非命：赵注云："命有三名，行善得善曰受命，行善得恶曰遭命，行恶得恶曰随命。惟顺受命为受其正也。"② 岩墙：朱熹《集注》云："墙之将覆者。知正命，则不处危地以取覆压之祸。"③ 桎梏：古代拘束犯人的刑具，喻犯罪而死。

【导读】

此章承上章而言，进一步阐发"立命"的意义。

孟子曰："求则得之，舍则失之，是求有益于得也，求在我者也；求之有道，得之有命，是求无益于得也，求在外者也。"

【导读】

孟子的意思是说，像仁、义、礼、智这类东西，是自身本性所固有的，去求索它有助于获得；富贵权势之类的东西，不是人自身所固有的，能通过一定的途径去求索，但能否得到，这要听候命运的安排了。

孟子曰："万物皆备于我矣①。反身而诚②，乐莫大焉。强恕而行③，求仁莫近焉。"

【注释】

① 万物皆备于我：赵注云："谓人为成人以往，皆备知天下万物，常有所行矣。"朱熹《集注》云："此言理之本然也，大则君臣父子、小则事物细微，其当然之理，无一不具于性分之内也。"② 反身而诚：赵注云："反自思其身所施行能皆实而无虚，则乐莫大焉。"朱熹《集注》云："言反诸身而所备之理皆如好好色、恶恶臭之实然，则其行之不待勉强而无不利矣，其为乐孰大于是。"③ 强恕而行：赵注云："当自强勉以忠恕之道。"朱熹《集注》云："强，勉强也。恕，推己以及人也。"

【导读】

此章中的"万物皆备于我"，是流传很广的一句名言。孟子认为，世间万物的根本原理，其实都具备于人的本性之内，只须一一把它们发现、发挥出来就行。

孟子曰："行之而不著焉①，习矣而不察焉②，终身由之而不知其道者，众也③。"

【注释】

① 著：朱熹《集注》云："知之明。"② 察：朱熹《集注》云："识之精。"

③ 众也：赵注云："众庶之人也。"

【导读】

此章的基本意思与上一章接近，绝大多数人只是不自觉地按"大道"行事，这既是人人都能知"道"的基础，也是人人必须加强自身修养、提高自觉性的出发点。

孟子曰："人不可以无耻，无耻之耻[①]，无耻矣。"

【注释】

① 无耻之耻：赵注云："人能耻己之无所耻，是为改行从善之人，终身无复有耻辱之累也。"

【导读】

所谓"无耻之耻"（对无耻感到羞耻），就是对毫无耻辱感感到愧疚，"是能改行从善之人，终身无复有耻辱之累矣"（朱熹《集注》引赵氏说）。

孟子曰："耻之于人大矣。为机变之巧者无所用耻焉[①]，不耻不若人，何若人有[②]？"

【注释】

① 机变：朱熹释为"机械变诈"，《淮南子·原道训》："故机械之心藏于胸中。"高诱注："机械，巧诈也。"② 何若人有：意为有什么地方及得上他人的呢？赵注释为"何有如贤人之名"。

【导读】

是否有羞耻之心，是检测一个人道德水准高下的尺度。有了羞耻之心，才懂得什么是该做的、什么是不该做的，才明白自己的不足之处。正如朱熹所说："但无耻一事不如人，则事事不如人矣。"（《集注》）

孟子曰:“古之贤王好善而忘势①,古之贤士何独不然,乐其道而忘人之势,故王公不致敬尽礼,则不得亟见之。见且由不得亟②,而况得而臣之乎?”

【注释】

① 势:权势。② 亟:多次。

【导读】

此章是说,作为君主应该尊重贤士,作为士人应该乐于大道,不为富贵权势所屈服,“二者势若相反而实则相成,盖亦各尽其道而已”(朱熹《集注》)。

孟子谓宋句践曰:“子好游乎①?吾语子游。人知之亦嚣嚣②,人不知亦嚣嚣。”

曰:“何如斯可以嚣嚣矣?”

曰:“尊德乐义则可以嚣嚣矣,故士穷不失义,达不离道。穷不失义,故士得已焉③;达不离道,故民不失望焉。古之人,得志泽加于民,不得志修身见于世④;穷则独善其身,达则兼善天下。”

【注释】

① 宋句践:名句践,其生平无考。据其此处的言谈来看,似是纵横家流。游:指游说。② 嚣嚣:赵注云:“自得无欲之貌。”③ 得己:犹言自得。又,朱熹《集注》云:“言不失己也。”④ 见(xiàn):同“现”,朱熹《集注》云:“谓名实之显著也。”

【导读】

当时通过游说来谋取职位的士人很多,纵横策士就属于此类人。孟子自己也是这类士人之一,他认为,游说也要遵循道德准则,以行道为目的。能行道则以天下为己任,不能行道就加强自身的修养。这样,才不至于为了得到显宦富贵而违背自己的主张。

孟子曰:“待文王而后兴者,凡民也[①],若夫豪杰之士,虽无文王犹兴。”

【注释】

① 兴:朱熹《集注》云:“感动奋发之意。”

【导读】

孟子所谓的“豪杰之士”并非有勇无谋的匹夫,而是有过人才智的贤士。此章既说明了智者与常人的不同,同时也含有勉励人们争取做“豪杰之士”的意思在内。

孟子曰:“附之以韩魏之家[①],如其自视欿然[②],则过人远矣。”

【注释】

① 附:此处是增益的意思。韩魏之家:赵注云:“晋六卿之富者也。”此处用以代指财富。按,在春秋后期,晋国最强而富有的卿有六家,后来被兼并掉三家,剩下的韩、魏、赵就瓜分了晋国。② 欿(kǎn):据段玉裁《说文解字注》云:“孟子假‘欿’为‘坎’,谓视盈若虚也。”

【导读】

此章与孟子曾说的“富贵不能淫”的意思相近。富贵、地位是常人所热衷追求的,不为这些东西动心,必定崇仰比它们更高尚的东西,所以不同于常人。

孟子曰:“以佚道使民[①],虽劳不怨;以生道杀民[②],虽死不怨杀者。”

【注释】

① 佚道:同“逸道”,言安乐之道。② 生道:指谋求生存 。

【导读】

此章是告诫统治者,在役使民众时要顾及民众的自身利益。如果确实是为了民众，他们即使劳累、即使死去也不会怨恨。

孟子曰："霸者之民欢虞如也①，王者之民皞皞如也②，杀之而不怨，利之而不庸③，民日迁善而不知为之者④。夫君子所过者化⑤，所存者神，上下与天地同流，岂曰小补之哉？"

【注释】

① 欢虞：同"欢娱"。② 皞皞（hào）：同"浩浩"，朱熹《集注》云："广大自得之貌。"③ 庸：此处作动词用，赵注云："功也。"④ 为之者：谁之所为。⑤ 君子：朱熹《集注》云："圣人之通称也。"

【导读】

此章阐明王道、霸道的不同之处，肯定了王道的广大深远。

孟子曰："仁言不如仁声之入人深也①，善政不如善教之得民也。善政民畏之，善教民爱之；善政得民财，善教得民心。"

【注释】

① 仁言不如仁声：朱熹《集注》引程颐说云："仁言谓以仁厚之言加于民；仁声谓仁闻，谓有仁之实而为众所称道者也。"

【导读】

此章是说，为政者要以得民心为根本。

孟子曰："人之所不学而能者，其良能也；所不虑而知者，其良知也。孩提之童无不爱其亲者①，及其长也无不知敬其兄也。亲亲，仁也；敬长，义也。无他，达之天下也。"

【注释】

① 孩提之童：赵注云："二三岁之间在襁褓，知孩笑、可提抱者也。"

【导读】

此章是说，仁、义之类的道理是不必经过学习就能具有的“良知”、“良能”。

孟子曰：“舜之居深山之中，与木石居，与鹿豕游①，其所以异于深山之野人者几希。及其闻一善言、见一善行，若决江河，沛然莫之能御也。”

【注释】

① 与鹿豕游：赵注云：“鹿豕近人，若与人游也。”

【导读】

此章是赞颂舜能虚心行善，朱熹说：“非孟子造道之深，不能形容至此也。”（《集注》）

孟子曰：“无为其所不为①，无欲其所不欲，如此而已矣。”

【注释】

① 所不为：此指不该为者。下文“所不欲”与此类似。

【导读】

此章阐述了最基本的做人道理，言简意赅，很值得仔细体会。

孟子曰：“人之有德慧术知者①，恒存乎疢疾②。独孤臣孽子③，其操心也危，其虑患也深，故达。”

【注释】

① 德慧术知：朱熹《集注》云：“德慧者，德之慧；术知者，术之知。”又，赵注释为“德行、智慧、道术、才智”。② 存：言存心。疢（chèn）疾：朱熹《集注》云：“犹灾患也。”③ 孽子：指非嫡妻所生的子女。

【导 读】

此章是勉励人们，不要为艰难困苦所屈服，要利用这些条件来激励自己奋发，提高自己的修养。

孟子曰："有事君人者，事是君则为容悦者也；有安社稷臣者，以安社稷为悦者也；有天民者[①]，达可行于天下而后行之者也；有大人者，正己而物正者也。"

【注 释】

① 天民：赵注云："知道者也。"朱熹《集注》云："天民则非一国之士矣，然犹有意也。无意无必，惟其所在而物无不化，惟圣者能之。"

【导 读】

此章是说人品有不同的区分，孟子显然是赞赏"天民"、"大人"这样的圣贤人格。

孟子曰："君子有三乐，而王天下不与存焉。父母俱存，兄弟无故[①]，一乐也；仰不愧于天，俯不怍于人[②]，二乐也；得天下英才而教育之，三乐也。君子有三乐，而王天下不与存焉。"

【注 释】

① 故：言灾难病患。② 怍：惭愧。

【导 读】

此章所说的三种乐趣，第一种是天意，第二种在于自身修养，第三种在乎他人。有的学者说，这三种乐趣"其可以自致者，惟不愧不怍而已，学者可不勉哉？"（朱熹《集注》引林氏语）

孟子曰："广土众民，君子欲之，所乐不存焉；中天下而立，定四海之民，君子乐之，所性不存焉。君子所性，虽大行不加焉[①]，虽穷居不损焉，分定故也[②]。君子所性，仁义礼智根于心，其生色也睟然[③]。见于面，盎于背[④]，施于四体[⑤]，四体不言而喻。"

【注 释】

① 大行：与"穷居"对文，朱熹《集注》释为通达，赵注云："行政于天下。"② 分：朱熹《集注》云："所得于天之全体，故不以穷达而有异。"③ 睟(cuì)然：朱熹《集注》云："清和润泽之貌。" ④ 盎：显现，朱熹《集注》云："丰厚盈溢之意。"⑤ 施于四体：朱熹《集注》云："谓见于动作、威仪之间也。"

【导 读】

此章是说，本性与行道既有联系，又有区别。行道是本性的进一步发扬，但本性是与生俱有的，不因为能否发扬而有所增损。

孟子曰："伯夷辟纣，居北海之滨，闻文王作，兴曰：'盍归乎来！吾闻西伯善养老者。'太公辟纣，居东海之滨，闻文王作，兴曰：'盍归乎来！吾闻西伯善养老者。'天下有善养老，则仁人以为己归矣。五亩之宅，树墙下以桑，匹妇蚕之，则老者足以衣帛矣。五母鸡、二母彘无失其时，老者足以无失肉矣。百亩之田，匹夫耕之，八口之家足以无饥矣。所谓西伯善养老者，制其田里，教之树畜，导其妻子使养其老。五十非帛不煖，七十非肉不饱，不煖不饱谓之冻馁。文王之民无冻馁之老者，此之谓也。"

【导 读】

此章叙述周文王所施的"仁政"，类似的言论孟子多次说过，当然，这也是孟子所主张的理想境界。

孟子曰："易其田畴[①]，薄其税敛，民可使富也。食之以时，用之以礼，财不可胜用也。民非水火不生活，昏暮叩人之门户求水火，无弗与者，至足矣。圣人治天下，使有菽粟如水火。菽粟如水火，而民焉有不仁者乎？"

【注 释】

① 易：赵注云："治也。"

【导 读】

此章与《管子》所说"仓廪实则知礼节，衣食足则知荣辱"的意思相近。无论是孔子还是孟子，治国大纲的首要条件是使百姓富庶，因为只有富庶了才会安定，才不会产生动乱与犯罪之心。

孟子曰："孔子登东山而小鲁[①]，登泰山而小天下。故观于海者难为水，游于圣人之门者难为言。观水有术，必观其澜[②]。日月有明，容光必照焉[③]。流水之为物也，不盈科不行；君子之志于道也，不成章不达[④]。"

【注 释】

① 东山：朱熹《集注》谓指"鲁城东之高山"，一说在今山东蒙阴之南。② 必观其澜：朱熹《集注》云："观水之澜，则知其源之有本矣。"③ 容光必照：朱熹《集注》云："于容光之隙无不照。"④ 成章：古称乐曲终结为一章，此指事物达到一定阶段，犹孔子所言"斐然成章"。

【导 读】

此章是说，圣人之道虽然弘大，但有根基，为学者必须循序渐进，才能逐步通达。

孟子曰："鸡鸣而起，孳孳为善者舜之徒也[①]；鸡鸣而起，孳孳为利者跖之徒也[②]。欲知舜与跖之分，无他，利与善之间也。"

【注 释】

① 孳孳：朱熹《集注》云："勤勉之意。"② 跖：即本书《滕文公下》篇中所提及的盗跖。

【导读】

此章是说圣人与其他人的不同之处。有的学者指出："舜、跖之相去远矣，而其分乃在利、善之间而已，是岂可以不谨？然讲之不熟、见之不明，未有不以利为义者，又学者所当深察也。"（朱熹《集注》引杨氏语）

孟子曰："杨子取为我①，拔一毛而利天下不为也；墨子兼爱，摩顶放踵利天下为之②；子莫执中③。执中为近之，执中无权④，犹执一也。所恶执一者，为其贼道也，举一而废百也。"

【注释】

① 杨子：即杨朱，见本书《滕文公下》篇。取：主张。② 摩顶放踵：顶指头颅，踵指脚跟，赵注云："摩突其顶，下至于踵。"③ 子莫：赵注云："鲁之贤人也。"近人罗根泽认为此人即《说苑·修文》篇中的颛孙子莫，钱穆《先秦诸子系年考辨·子莫考》赞同罗说，并谓"核其年世，疑即子张之子申详其人也"。④ 权：赵注释为权变，朱熹释为权衡。

【导读】

此章是孟子对当时的"显学"杨朱、墨子学派的批判。孟子认为，比较可取的态度是"执中"而知道变通。

孟子曰："饥者甘食，渴者甘饮，是未得饮食之正也，饥渴害之也。岂惟口腹有饥渴之害？人心亦皆有害。人能无以饥渴之害为心害，则不及人不为忧矣。"

【导读】

孟子认为，本性会受到外界条件的影响，尤其是这些条件比较恶劣的情况下更是如此。认识到这一点，才会在自身修养时注意防护。

孟子曰："柳下惠不以三公易其介①。"

【注 释】

① 介：焦循《正义》引刘熙说云："介，操也。"朱熹谓"介有分辨之意"。

【导 读】

此章是赞美柳下惠不因外物而影响本性的高尚德行，这和"富贵不能淫，贫贱不能移"（见《滕文公上》）是一个意思。

孟子曰："有为者辟若掘井，掘井九轫而不及泉①，犹为弃井也。"

【注 释】

① 轫：古代度量单位，赵注谓一轫为八尺，焦循《正义》引程瑶田说云"轫"同"仞"，等于七尺。九轫，犹言很深，九是多的意思。

【导 读】

此章是勉励人们要善始善终，不能半途而废。

孟子曰："尧舜性之也①，汤武身之也②，五霸假之也。久假而不归，恶知其非有也③。"

【注 释】

① 性之：言本性使然。② 身之：赵注云："体之行仁，视之若身也。"朱熹《集注》释为"修身体道，以复其性"。③ 恶知其非有：赵注释为"安知其不真有"，朱熹认为此说不确，云："言窃其名以终身，而不自知其非真有。或曰'盖叹世人莫觉其伪者'，亦通。"

【导 读】

孟子认为，尧舜、汤武及五霸在功业上都有可观之处，但出发点与行事方式各有不同。尤其是五霸，利用仁义之名而成就事业，久而久之，就会使人忘记了他们并非真有仁义之心。有人认为，这是孟子对时世的感叹，“盖叹世人莫觉其伪者”（朱熹《集注》引）。

公孙丑曰：“伊尹曰：‘予不狎于不顺。’放太甲于桐，民大悦。太甲贤，又反之，民大悦。贤者之为人臣也，其君不贤，则固可放与？”

孟子曰：“有伊尹之志则可，无伊尹之志则篡也。”

【导 读】

此章是说，圣人出于公心，所以能随心所欲而不违背准则，如果只在表面上模仿，甚至可能走向反面。显然，孟子这番话是有所指的。

公孙丑曰：“《诗》曰：‘不素餐兮①。’君子之不耕而食，何也？”

孟子曰：“君子居是国也，其君用之则安富尊荣，其子弟从之则孝悌忠信。‘不素餐兮’，孰大于是？”

【注 释】

① 此处诗句引自《诗·魏风·伐檀》，旧说这是首讥刺贪鄙的诗歌。素餐：朱熹《集注》云：“素，空也。无功而食禄，谓之素餐。”

【导 读】

此章是说君子受到尊奉、供养的合理性，与《滕文公》篇中所说的“治于人者食人，治人者食于人”是一个意思。

王子垫问曰：“士何事①？”

孟子曰：“尚志。”

曰：“何谓尚志？”

曰：“仁义而已矣。杀一无罪，非仁也；非其有而取之，非义也。居恶在？仁是也；路恶也？义是也。居仁由义，大人之事备矣。”

【注 释】

① 王子垫：赵注云：“齐王子，名垫也。”

【导读】

孟子认为，士人的“专业”就是施行仁义，丧失了这一条，士人也就不成其为士人了。

孟子曰：“仲子①，不义与之齐国而弗受，人皆信之，是舍箪食、豆羹之义也。人莫大焉亡亲戚、君臣、上下，以其小者信其大者，奚可哉？”

【注释】

① 仲子：即本书《滕文公下》中所提及的於陵陈仲子。

【导读】

此章是说，看人要看其根本的大节，不要为小节所迷惑。

桃应问曰①：“舜为天子，皋陶为士，瞽瞍杀人，则如之何？”

孟子曰：“执之而已矣。”

“然则舜不禁与？”

曰：“夫舜恶得而禁之？夫有所受之也②。”

“然则舜如之何？”

曰：“舜视弃天下犹弃敝蹝也③，窃负而逃，遵海滨而处④，终身䜣然⑤，乐而忘天下。”

【注释】

① 桃应：赵注云：“孟子弟子。”② 有所受之：朱熹《集注》云：“言皋陶之法有所传受，非所敢私，虽天子之命亦不得而废之也。”③ 蹝(xǐ)：朱熹《集注》云：“草履也。”④ 遵：循。⑤ 䜣：同“欣”。

【导读】

此章所提出的问题，是比较典型的“道德两难”。孟子认为，不能因为父子的私情废弃公法，也不能因为公法而毁弃了父子的亲情，难题解决的关键是“舜视弃天下犹弃敝蹝”(舜把抛弃王位看得如同抛弃坏鞋一样)。

朱熹说："盖其所以为心者，莫非天理之极，人伦之至。学者察此而有得焉，则不待较计论量，而天下无难处之事矣。"（《集注》）

孟子自范之齐[①]，望见齐王之子[②]，喟然叹曰："居移气，养移体，大哉居乎！夫非尽人之子与？"

孟子曰："王子宫室、车马、衣服多与人同，而王子若彼者，其居使之然也，况居天下之广居者乎[③]？鲁君之宋，呼于垤泽之门[④]，守者曰：'此非吾君也，何其声之似我君也？'此无他，居相似也。"

【注释】

① 范：地名，在今山东范县东南。② 齐王之子：前人认为指齐宣王之子。③ 广居：孟子常以此词指仁。④ 呼：赵注云："以城门不肯夜开，故君自发声。"垤(dié)泽之门：宋都城门名。

【导读】

此章是说环境对于人的气质的作用，并由此引申开去，希望人们以仁义"广居"来涵养自己的心志、气质。

孟子曰："食而弗爱，豕交之也；爱而不敬，兽畜之也。恭敬者币之未将者也[①]，恭敬而无实，君子不可虚拘[②]。"

【注释】

① 将：此处犹言致送。② 拘：朱熹《集注》云："留也。"

【导读】

此章是感叹当时的诸侯虽然对贤者的待遇很优厚，却不采纳他们的主张，"恭敬而无实"。

孟子曰："形色，天性也[①]，惟圣人然后可以践形[②]。"

【注释】

① 天性：犹言天生。又，朱熹《集注》云："人之有形有色，无不各有自然之理，所谓天性也。"② 践：与实践之"践"意同。

【导读】

"践形"，用现在的话来说就是像个人的模样，反之就是衣冠禽兽。朱熹说："众人有是形而不能尽其理，故无以践其形；惟圣人有是形而又能尽其理，然后可以践其形而无歉也。"(《集注》)

齐宣王欲短丧。公孙丑曰："为期之丧犹愈于已乎[1]？"

孟子曰："是犹或紾其兄之臂，子谓之姑徐徐云尔，亦教之孝悌而已矣。"

王子有其母死者，其傅为之请数月之丧。公孙丑曰："若此者何如也？"

曰："是欲终之而不可得也。虽加一日愈于已，谓夫莫之禁而弗为者也。"

【注释】

① 期(jī)：一年。

【导读】

齐宣王与某王子虽然都没有服完三年之丧，但意义却有所不同。齐宣王的服丧，没有外界因素限制，他自己想缩短丧期；某王子的生母出身低微，为礼制所限制而不能服完丧期，所以主动要求再增加几个月。因此，孟子对后者加以肯定，而对齐宣王表示不满。

孟子曰："君子之所以教育五：有如时雨化之者[1]，有成德者，有达财者[2]，有答问者，有私淑艾者[3]。此五者君子之所以教也。"

【注释】

① 如时雨化之：时雨即及时之雨，赵注云："教之渐渍而浃洽也。"② 财：同"材"。朱熹《集注》云："各因其所长而教之者也。"③ 私淑艾：

朱熹《集注》云："人或不能及门受业，但闻君子之道于人，而窃以善治其身，是亦君子之教诲之所及。"

【导读】

此章是说，君子教诲他人，是根据不同的情况，因材施教，"小以成小，大以成大，无弃人也"（朱熹《集注》）。

公孙丑曰："道则高矣、美矣，宜若登天然，似不可及也，何不使彼为可几及而日孳孳也？"

孟子曰："大匠不为拙工改废绳墨，羿不为拙射变其彀率。君子引而不发，跃如也，中道而立，能者从之。"

【导读】

此章是说，君子不因为受教育者的才能高下而改变准则，教育者固然要因材施教，而受教育者也必须充分发挥自己的主观能动性。朱熹说："言学者当自勉也。"（《集注》）

孟子曰："天下有道，以道殉身[①]；天下无道，以身殉道，未闻以道殉乎人者也[②]。"

【注释】

① 以道殉身：此处的"殉"是相始终之意。② 殉乎人：言迁就他人，朱熹《集注》云："以道从人，妾妇之道。"

【导读】

此章是说，君子无论在什么情况下都不放弃准则，与大道相始终，而决不能放弃准则来迁就世人。

公都子曰："滕更之在门也[①]，若在所礼，而不答，何也？"

孟子曰："挟贵而问，挟贤而问，挟长而问，挟有勋劳而问，挟故而问[2]，皆所不答也。滕更有二焉。”

【注 释】

① 滕更：赵注云：“滕君之弟，来学于孟子者也。”② 故：赵注释为“故旧之好”。

【导 读】

此章是告诫求学者要诚心诚意。

孟子曰：“于不可已而已者[1]，无所不已；于所厚者薄，无所不薄也，其进锐者其退速。”

【注 释】

① 已：赵注释为“弃”，朱熹释为“止”。

【导 读】

孟子认为，大道是不当弃和不可薄的，失去了这个根本，虽速成必骤失。

孟子曰：“君子之于物也，爱之而弗仁；于民也，仁之而弗亲。亲亲而仁民，仁民而爱物。”

【导 读】

此章是说，君子对于万事万物的用心虽然一致，但表达方式却因对象的亲疏远近而有所不同。有的学者指出：“其分不同，故所施不能无差等，所谓理一而分殊者也。”（朱熹《集注》引杨氏语）

孟子曰：“知者无不知也，当务之为急；仁者无不爱也，急亲贤之为务。尧舜之知而不遍物，急先务也；尧舜之仁不遍爱人，急亲贤也。不能三年之丧而缌、小功之察[1]，放饭、流歠而问无齿决[2]，是之谓不知务。”

【注 释】

① 缌、小功之察：缌、小功都是古代丧服的等级，按礼制规定，前者应服丧三月、后者应服丧五月。为父母服丧，必须三年，所穿的丧服远比缌、小功为重。若不能做到这一点，却在服缌和小功上讲究，则是不知大体。② 放饭、流歠(chuò)：《礼记·曲礼上》云："毋放饭，毋流歠。"放饭，把吃剩的饭放回饭器。流歠，犹今言狼吞虎咽。前者不清洁，后者不文雅，都属于失礼的行为。齿决：《礼记·曲礼上》云："干肉不齿决。"即不在宴席上啃干肉，应用手折断后送入口中。朱熹谓，与放饭、流歠相比，齿决干肉只算是"不敬之小者"。

【导 读】

此章是说，施行大道有一定的次序，应该把急切要解决的问题放在首位。朱熹说："君子之于道，识其全体则心不狭，知所先后则事有序。"(《集注》)

尽 心 下

孟子曰："不仁哉，梁惠王也！仁者以其所爱及其所不爱，不仁者以其所不爱及其所爱。"

公孙丑问曰："何谓也？"

"梁惠王以土地之故，糜烂其民而战之①，大败，将复之，恐不能胜，故驱其所爱子弟以殉之，是之谓以其所不爱及其所爱也。"

【注 释】

① 糜烂：朱熹《集注》云："使之战斗，糜烂其血肉也。"

【导 读】

此章是批评梁惠王穷兵黩武的不仁行为。朱熹认为："此承前篇之末三章之意，言仁人之恩自内及外，不仁之祸由疏逮亲。"(《集注》)

孟子曰："《春秋》无义战，彼善于此则有之矣。征者，上伐下也，敌国不相征也①。"

【注 释】

① 敌：此指匹敌。

【导 读】

儒家认为，春秋时代是"礼乐征伐自诸侯出"的"礼崩乐坏"的时代，所以没有合乎义的交战。

孟子曰："尽信《书》则不如无《书》。吾于《武成》①，取二三策而已矣②。仁人无敌于天下，以至仁伐至不仁，而何其血之流杵也③？"

【注 释】

①《武成》：《尚书》篇名，旧说此篇主要记叙武王伐商成功后的重要政事。大约在秦汉之际亡佚，故赵注云："逸《书》之篇名。"现在《尚书》中的《武成》篇是伪古文。② 二三策：当时纸张还没有发明，书籍抄写在竹简上，每一片竹简称一策。③ 杵：朱熹《集注》云："舂杵也。或作'卤'，楯也。"

【导 读】

《书》是上古时代的文献选集，也是儒家重要经典之一。孟子认为，对于经典要领会其实质，不要因为表面上的辞句而伤害了大义。这与他关于治《诗》的见解是一致的。后人则一般从治学应独立思考的角度来理解它。

孟子曰："有人曰'我善为陈①，我善为战'，大罪也。国君好仁，天下无敌焉。南面而征，北狄怨；东面而征，西夷怨，曰：'奚为后我！'武王之伐殷也，革车三百两、虎贲三千人②，王曰：'无畏！宁尔也，非敌百姓也。'若崩厥角稽首③。征之为言正也，各欲正己也，焉用战？"

【注释】

① 陈：同“阵”。② 革车：兵车，《孙子·作战》“凡用兵之法，驰车千驷，革车千乘，带甲十万”，梅尧臣注云：“驰车，轻车也；革车，重车也。凡轻车一乘，甲士步卒二十五人；重车一乘，甲士步卒七十五人。举二车各千乘，是带甲者十万人。”虎贲：指勇士。“贲”同“奔”，言如猛虎之奔走，喻其勇猛。③ 厥角：顿首，即今所谓的磕响头。

【导读】

此章仍是阐发“仁者无敌”的意思。

孟子曰：“梓匠轮舆能与人规矩，不能使人巧。”

【导读】

此章是说，学问的初步境界可以由老师来传授，但进一步的高深境界要依靠自己钻研领悟，老师无法言传。所谓“老师领进门，修行靠个人”，与孟子所说是一个意思。

孟子曰：“舜之饭糗茹草也[①]，若将终身焉；及其为天子也，被袗衣[②]，鼓琴，二女果[③]，若固有之。”

【注释】

① 饭糗(qiǔ)：饭作动词用，糗指干饭。茹(rú)：《方言》：“茹，食也。”② 袗(zhěn)衣：画有花纹的贵重衣服。③ 果：赵注云：“侍也。”

【导读】

此章是说，圣人无论处在贫困或优裕的环境中都不改变自己的初衷，“不以贫贱而有慕于外，不以富贵而有动于中，随遇而安，无预于己，所性分定故也”(朱熹《集注》)。

孟子曰："吾今而后知杀人亲之重也：杀人之父，人亦杀其父；杀人之兄，人亦杀其兄。然则非自杀之也，一间耳[1]。"

【注 释】

① 一间：言相距很近。

【导 读】

此章可能是有感于当时的复仇之风而发的，有的学者指出："知此则爱敬人之亲，人亦爱敬其亲矣。"（朱熹《集注》引范氏语）

孟子曰："古之为关也，将以御暴；今之为关也，将以为暴。"

【导 读】

此章是抨击当时诸侯设立关卡扰民的现象。

孟子曰："身不行道[1]，不行于妻子；使人不以道[2]，不能行于妻子。"

【注 释】

① 身不行道：朱熹《集注》云："以行言之。"② 使人不以道：朱熹《集注》云："以事言之。"

【导 读】

此章是勉励人们要以身作则。

孟子曰："周于利者，凶年不能杀[1]；周于德者，邪世不能乱。"

【注 释】

① 周：朱熹《集注》云："足也，言积之厚则用有余。"杀：减杀，意为窘困。一说，此处仍用本义，言荒年不致饿死，亦通。

【导读】

此章是说，平时积累丰厚，利用的时候才会充裕。

孟子曰："好名之人能让千乘之国，苟非其人，箪食、豆羹见于色。"

【导读】

此章是说应该如何看人，"观人不于其所勉，而于其所忽，然后可以见其所安之实也"（朱熹《集注》）。

孟子曰："不信仁贤，则国空虚①；无礼义，则上下乱；无政事，则财用不足。"

【注释】

① 空虚：朱熹《集注》云："言若无人然。"赵注云："不亲信仁贤，仁贤去之，国无贤人则曰空虚也。"

【导读】

此章是说，治政必须要在根本上下功夫。有的学者指出："三者以仁贤为本，无仁贤则礼义、政事处之皆不以其道矣。"（朱熹《集注》引尹氏语）

孟子曰："不仁而得国者有之矣，不仁而得天下者未之有也。"

【导读】

此章是说，不仁的人可能会有侥幸的得手，但终究不会得到民众的拥护，所以，不仁者不可能获得天下。

孟子曰："民为贵，社稷次之，君为轻。是故得乎丘民而为天子①，得乎天子为诸侯，得乎诸侯为大夫。诸侯危社稷，则变置；牺牲既成，粢盛既洁，祭祀以时，然而旱干水溢，则变置社稷。"

【注 释】

① 丘民：王念孙《广雅疏证》释“丘”为“众”，焦循《正义》云：“丘民犹言邑民、乡民、国民也。”

【导 读】

此章是《孟子》中最具人道主义色彩的章节之一，“民贵君轻”的名句也一直为人所传诵。朱熹对这一句是如此解释的：“盖国以民为本，社稷亦为民而立，而君之尊又系于二者之存亡，故其轻重如此。”（《集注》）

孟子曰：“圣人，百世之师也，伯夷、柳下惠是也。故闻伯夷之风者，顽夫廉，懦夫有立志；闻柳下惠之风者，薄夫敦，鄙夫宽。奋乎百世之上，百世之下闻者莫不兴起也，非圣人而能若是乎？而况于亲炙之者乎[1]？”

【注 释】

① 亲炙：言直接受到熏陶，朱熹《集注》云：“亲近而熏炙之也。”

【导 读】

此章是赞扬圣人高风亮节的巨大感召力与影响力。

孟子曰：“仁也者，人也[1]，合而言之道也。”

【注 释】

① 人也：朱熹《集注》云：“或曰外国本‘人’之下有‘义也者宜也，礼也者履也，智也者知也，信也者实也’凡二十字。今按，如此则理极分明，然未详其是否也。”

【导 读】

朱熹对此章是这样解释的：“仁者，人之所以为人之理也。然仁，理也；人，物也。以仁之理合于人之身而言之，乃所谓道者也。”（《集注》）

孟子曰:"孔子之去鲁,曰'迟迟吾行也',去父母国之道也;去齐,接淅而行,去他国之道也。"

【导读】

此章已见于《万章》篇。

孟子曰:"君子之戹于陈蔡之间①,无上下之交也。"

【注释】

① 君子:据下文"戹于陈蔡"来看,此处的"君子"是指孔子。戹于陈蔡:"戹"同"厄"。鲁哀公四年(前491),孔子辗转来到陈国、蔡国的边境,正好遇上吴国与陈国交战,秩序比较混乱,因此断绝了粮食,处境很困难(《史记·孔子世家》说,当时楚国出兵救陈,打算礼聘孔子,陈、蔡两国的大夫不愿意让孔子被楚国所用,"于是乃相与发徒役,围孔子于野,不得行,绝粮"。清代学者崔述认为,陈、蔡大夫发兵围攻孔子的事出于后人附会,不足信,见《洙泗考信录》卷三)。

【导读】

孟子认为,孔子因为与陈、蔡的君臣没有交往,所以遭到困厄。因此,君子所遭到的困厄不是大道的困厄。

貉稽曰:"稽大不理于口①。"

孟子曰:"无伤也,士憎兹多口②。《诗》云'忧心悄悄③,愠于群小',孔子也;'肆不殄厥愠④,亦不殒厥问⑤',文王也。"

【注释】

① 貉稽:赵注云:"貉,姓;稽,名。仕者也。"不理于口:赵注云:"为众口所讪。"焦循《正义》云:"犹云不利于人口也。"② 憎兹多口:一般以本义释"憎",赵注则以此处之"憎"同"增",谓"凡人而为仕者益多口"。③《诗》云:此处诗句引自《诗·邶风·柏舟》,旧说这是首感叹仁人不遇

的诗歌。俞樾《古书疑义举例·简策错乱例》谓本章从此以下当接于上章“无上下之交”后,是上章的错简,“盖因孔子而及文王,正以文王比孔子也。若果孟子为貉稽引《诗》,则当有次弟,安得先孔子而后文王乎”。此可备一说。悄悄:赵注云:“忧在心也。”④ 肆不殄厥愠:此处之诗句引自《诗·大雅·绵》,这是首歌颂周族创业功绩的诗歌。肆,是发语词,无义。殄,赵注释为“绝”。⑤ 不殒厥问:殒,赵注释为“失”。问,赵注、朱熹释为“声问”。

【导读】

此章是说,只要自问言行无愧于心,就不必去理会他人的多嘴多舌。

孟子曰:“贤者以其昭昭使人昭昭①,今以其昏昏使人昭昭②。”

【注释】

① 昭昭:朱熹《集注》云:“明也”。② 昏昏:朱熹《集注》云:“暗也。”

【导读】

此章是批评当时的统治者,本身对大道一知半解,却在担负教化民众的责任。

孟子谓高子曰:“山径之蹊间①,介然用之而成路②,为间不用则茅塞之矣③。今茅塞子之心矣。”

【注释】

① 山径之蹊间:朱熹《集注》云:“径,小路也。蹊,人行处也。”又,焦循《正义》释“山径”为“山之领(岭)”;蹊,段玉裁《说文解字注》云:“凡始行以待后行之径曰蹊。”二说含义相近。② 介然:赵注以此词属上读,释为界限分明;朱熹以之属下读,释为短时间。此处从朱熹句读,然朱释似未恰。按,“介然”系当时之成语,谓专一,言一直沿着小道行走就成为大路。又刘师培《古书疑义举例补·双声之字后人误读之例》以“介”属上读、“然”属下读,谓“‘间介’亦双声字”,“‘间介’者,即‘扞格’之转音,亦即‘格

奸'之倒文也。'间介'二字,形容山径障塞之形"。用:朱熹《集注》云:"由也。"③ 为间:朱熹《集注》云:"少顷也。"

【导读】

孟子用山间小道之所以成为路来作比喻,勉励高子,对于大道要经常讲求,不能稍有间断,否则就会茅塞不通。鲁迅也说过类似的话,"其实地上本没有路,走的人多了,也便成了路"(《呐喊·故乡》)。虽然不是从孟子的意义上来说的,但两者的联系颇值得探讨。

高子曰:"禹之声,尚文王之声①。"

孟子曰:"何以言之?"

曰:"以追蠡②。"

曰:"是奚足哉?城门之轨③,两马之力与④?"

【注释】

① 尚:同"上",胜过。② 追蠡:赵注云:"追,钟钮也。钮磨啮处深矣,蠡欲绝之貌也。……先代之乐器,后王皆用之,禹在文王之前千有余岁,用钟日久,故追欲绝耳。"③ 轨:车辙痕。④ 两:同"辆"。

【导读】

高子简单地以钟钮来判断不同时代雅乐的优劣,孟子认为,夏禹早于文王千余年,自然钟钮就磨损得厉害,这不足为据。

齐饥,陈臻曰:"国人皆以夫子将复为发棠①,殆不可复。"

孟子曰:"是为冯妇也②。晋人有冯妇者,善搏虎③,卒为善士。则之野④,有众逐虎,虎负隅,莫之敢撄⑤。望见冯妇,趋而迎之。冯妇攘臂下车⑥,众皆悦之,其为士者笑之⑦。"

【注释】

① 复为发棠:棠是在齐城即墨附近的粮仓,孟子曾经劝说齐王开此

仓济贫,故而国人在遇到灾荒时期望孟子再次劝说齐王开仓。② 冯妇:妇是名,不是姓冯的妇人。③ 搏:朱熹《集注》云:"手执曰搏。"④ 则之野:前人或断此前后的文句作"卒为善,士则之,野有众逐虎",亦通。⑤ 撄:朱熹《集注》云:"触也。"⑥ 攘臂:言卷袖露臂。⑦ 笑之:朱熹《集注》云:"笑其不知止也。"

【导读】

这也是《孟子》中比较著名的篇章,"再为冯妇"的典故就出于此章。朱熹说:"疑此时齐王已不能用孟子,而孟子亦将去矣,故其言如此。"(《集注》)

孟子曰:"口之于味也,目之于色也,耳之于声也,鼻之于臭也①,四肢之于安佚也,性也②,有命焉,君子不谓性也。仁之于父子也,义之于君臣也,礼之于宾主也,知之于贤者也,圣人之于天道也,命也,有性焉,君子不谓命也。"

【注释】

① 臭:同"嗅",气味。② 性:此与下文的"命",即《礼记·中庸》所谓的"天命之谓性,率性之谓道"。

【导读】

孟子在此章所列举的两类事物都兼有天性与命运在内,但人们对于前者,如得不到就竭力追求;对于后者,如不具备就听之任之,因此,孟子特别强调前者的命运成分、后者的天性成分,以勉励人们追求大道、善行。

浩生不害问曰①:"乐正子何人也。"

孟子曰:"善人也,信人也。"

"何谓善,何谓信?"

曰:"可欲之谓善,有诸己之谓信,充实之谓美,充实而有光辉之谓大,大而化之之谓圣,圣而不可知之之谓神。乐正子,二之中、四之下也。"

【注 释】

① 浩生不害：名不害，赵注云："齐人也。"

【导 读】

孟子借评论自己的弟子乐正子的机会，阐述了个人道德人格的完善层次，其最高级的"神"，也就是孔子所谓的"从心所欲不踰矩"的境界。达到了这一层次，行为的合乎规律性与合乎道德目的已相当完美地统一起来了。

孟子曰："逃墨必归于杨，逃杨必归于儒。归，斯受之而已矣。今之与杨、墨辩者，如追放豚，既入其苙[①]，又从而招之[②]。"

【注 释】

① 苙（lì）：圈养牲畜的栏。② 招之：朱熹《集注》云："羁其足也。言彼既来归，而又追咎其既往之失也。"

【导 读】

孟子在此提出的对杨、墨两家的态度，颇有点"批判从严，处理从宽"的意思。朱熹说："此章见圣贤之于异端，距之甚严，而于其来归，待之甚恕。距之严，故人知彼说之为邪；待之恕，故人知此道之可反，仁之至，义之尽也。"（《集注》）

孟子曰："有布缕之征[①]，粟米之征，力役之征。君子用其一，缓其二。用其二而民有殍，用其三而父子离。"

【注 释】

① 布缕之征：此与下文提到的"粟米之征"、"力役之征"，都是当时向民众征收赋税的名目。或说它们是不同的征取方式，如粟米是以米粮纳税；或说是不同季节的赋税，如布缕在夏季征收。

【导读】

民众是立国之本,所以不能对他们聚敛无度,否则,不仅民众活不下去,国家也会败亡。

孟子曰:“诸侯之宝三:土地、人民、政事。宝珠玉者,殃必及身。”

【导读】

真正值得统治者所宝贵的,不是金银财宝。类似的话,当时除孟子之外的许多政治家、思想家都这样说过,可见,这已成为当时贤达、明智者的共识了。

盆成括仕于齐[①],孟子曰:“死矣盆成括!”

盆成括见杀,门人问曰:“夫子何以知其将见杀?”

曰:“其为人也小有才,未闻君子之大道也,则足以杀其躯而已矣。”

【注释】

① 盆成括:赵注云:“盆成,姓也;括,名也。尝欲学于孟子,问道未达而去,后仕于齐,孟子闻而嗟叹。”

【导读】

此章是说,大道是人们的立身之本。

孟子之滕,馆于上宫[①]。有业屦于牖上[②],馆人求之弗得[③],或问之曰:“若是乎从者之廋也[④]?”

曰:“子以是为窃屦来与?”曰:“殆非也[⑤]。”

“夫子之设科也[⑥],往者不追,来者不拒。苟以是心至,斯受之而已矣。”

【注释】

① 上宫:前人对此有多说,赵注释为“楼”,朱熹释为“别宫”,焦循则谓是上等的馆舍。② 业屦(jù):屦是草鞋,赵注云:“织之有次业而未成

也。”③ 馆人：管理馆舍的官吏。④ 廋：此指隐匿。⑤ 殆非也：俞樾《古书疑义举例·一人之辞而加曰字例》谓“曰殆非也”乃孟子自问自答，下文均为孟子之语。⑥ 夫子：据赵注，此处之“夫子”乃“夫予”之讹。朱熹《集注》则以此为馆人之言，夫子乃其对孟子的尊称。设科：赵注云：“设教授之科。”

【导读】

此章可见孟子教授门徒的态度。孟子最后所说的一段话，也有人认为是询问者所说，意思是说，孟子只根据是否愿意学道来接收门徒，不能保证过去有没有犯过错误，“门人取其言有合于圣贤之指，故记之”(朱熹《集注》)。

孟子曰：“人皆有所不忍，达之于其所忍，仁也；人皆有所不为，达之于其所为，义也。人能充无欲害人之心，而仁不可胜用也；人能充无穿踰之心[1]，而义不可胜用也；人能充无受尔汝之实[2]，无所往而不为义也。士未可以言而言，是以言餂之也[3]；可以言而不言，是以不言餂之也，是皆穿踰之类也。”

【注释】

① 穿踰：犹言穿穴踰墙。② 尔汝：朱熹《集注》云：“人所轻贱之称。”③ 餂(tiǎn)：同“舔”，赵注释为“取”，朱熹《集注》云：“探取之也，今人以舌取物曰餂，即此意也。”

【导读】

此章与孔子所说“己所不欲，勿施于人”、“推己及人”，是一个意思。

孟子曰：“言近而指远者[1]，善言也；守约而施博者，善道也。君子之言也，不下带而道存焉[2]；君子之守，修其身而天下平。人病舍其田而芸人之田，所求于人者重，而所以自任者轻。”

【注 释】

① 指：同“旨”。② 不下带而道存：朱熹《集注》云：“古人视不下于带，则带之上乃常见至近之处也。举目前之近事而至理存焉。”

【导 读】

此章是要求人们对自己严格要求，“守约而施博”，这一点的集中体现就是通过修饰自身来治理天下。此章可与《大学》参看。

孟子曰：“尧舜，性者也；汤武，反之也。动容周旋中礼者，盛德之至也。哭死而哀，非为生者也；经德不回[①]，非以干禄也；言语必信，非以正行也[②]。君子行法以俟命而已矣[③]。”

【注 释】

① 经德不回：朱熹《集注》云：“经，常也。回，曲也。”② 正行：指为了端正品行而去“正行”，赵注释此句为“非必欲以正行为名也”。③ 行法：赵注云：“行其法度。”朱熹《集注》云：“法者，天理之当然者也。”

【导 读】

此章是说，君子的修养，不以功利为目的。尧、舜依天性行事，没有存心行善的用意；汤、武稍差一些，有心去行善，但也取得了成功。至于下文所说的“非为”（不是为了），是告诫人们不要存着这样的心思去履行礼、义。有人概括说：“法由此立，命由此出，圣人也；行法以俟命，君子也。圣人性之，君子所以复其性也。”（朱熹《集注》引吕氏语）

孟子曰：“说大人则藐之，勿视其巍巍然。堂高数仞[①]，榱题数尺[②]，我得志弗为也；食前方丈[③]，侍妾数百人，我得志弗为也；般乐饮酒[④]，驱骋出猎，后车千乘，我得志弗为也。在彼者皆我所不为也，在我者皆古之制也，吾何畏彼哉？”

【注释】

① 堂高：焦循《正义》云："经传称堂高者，皆指堂阶而言。"② 榱(cuī)题：焦循《正义》云："榱之抵檐处为榱题，其下覆以瓦，雨自此下溜。"③ 食前方丈：喻饮食丰饶，朱熹《集注》云："馔食列于前者方一丈也。"④ 般乐饮酒：赵注云："般，大也。大作乐而饮酒。"

【导读】

此章也是《孟子》中颇为著名的章节。以今天的眼光来看，孟子所主张的，颇近于自我心理暗示，调节自己的情绪，以使自己在进言时表现出良好的竞技状态。从另一个角度说，这也是儒家所主张"富贵不能淫，贫贱不能移"（见《滕文公上》）之态度的具体化。

孟子曰："养心莫善于寡欲。其为人也寡欲，虽有不存焉者[①]，寡矣；其为人也多欲，虽有存焉者，寡矣。"

【注释】

① 存：此处是存其本心之意。

【导读】

减少了欲望，就削弱了影响人们脱离本心的外界因素，这当然是比较便利的方法。据说，明清故宫中的"养心殿"即据此而命名。

曾皙嗜羊枣[①]，而曾子不忍食羊枣。公孙丑问曰："脍炙与羊枣孰美[②]？"

孟子曰："脍炙哉。"

公孙丑曰："然则曾子何为食脍炙而不食羊枣？"

曰："脍炙所同也，羊枣所独也。讳名不讳姓[③]，姓所谓同也，名所独也。"

【注释】

① 羊枣：何焯《义门读书记》云："羊枣非枣也，乃柿之小者。初生色

黄，孰（熟）则黑，似羊矢（屎）。”② 脍炙：其与“羊枣”对文，当亦一物，似指细切烧烤的肉食。③ 讳：不直呼尊长之名。

【导 读】

此章是说曾子的孝父之心。从表面上看，曾子吃的是好东西，但他是为了不忍心去吃父亲嗜好的东西才这样做的，其中的意义就不同了。

万章问曰：“孔子在陈曰①：‘盍归乎来！吾党之小子狂简②，进取不忘其初。’孔子在陈，何思鲁之狂士？”

孟子曰：“孔子‘不得中道而与之③，必也狂狷乎④。狂者进取，狷者有所不为也’，孔子岂不欲中道哉？不可必得，故思其次也。”

“敢问何如斯可谓狂矣？”

曰：“如琴张、曾皙、牧皮者⑤，孔子之所谓狂矣。”

“何以谓之狂也。”

曰：“其志嘐嘐然⑥，曰‘古之人、古之人’⑦，夷考其行而不掩焉者也⑧。狂者又不可得，欲得不屑不洁之士而与之，是狷也，是又其次也。孔子曰⑨：‘过我门而不入我室，我不憾焉者，其惟乡原乎。乡原，德之贼也⑩。’”

曰：“何如斯可谓之乡原矣？”

曰：“‘何以是嘐嘐也⑪？言不顾行，行不顾言，则曰古之人、古之人。行何为踽踽凉凉⑫？生斯世也，为斯世也，善斯可矣’。阉然媚于世也者⑬，是乡原也。”

万子曰：“一乡皆称原人焉，无所往而不为原人，孔子以为德之贼，何哉？”

曰：“非之无举也，刺之无刺也，同乎流俗，合乎污世，居之似忠信，行之似廉洁，众皆悦之，自以为是，而不可与入尧舜之道，故曰德之贼也。孔子曰：‘恶似而非者：恶莠⑭，恐其乱苗也；恶佞，恐其乱义也；恶利口，恐其乱信也；恶郑声⑮，恐其乱乐也；恶紫，恐其乱朱也⑯；恶乡原，恐其乱德也。’君子反经而已矣⑰。经正则庶民兴，庶民兴，斯无邪慝矣。”

【注释】

① 孔子在陈曰：此处所引，亦见于《论语·公冶长》篇，字句与此稍有不同。② 党：乡里。古时称乡里为乡党。狂简：朱熹《论语集注》云："志大而略于事也。"鲁哀公三年（前492），执掌鲁国大权的季桓子去世，接替他的季康子召请冉求回国，客居陈国的孔子得知后，感到有了一线希望，便说了这番话。孔子从内心希望新上台的季康子能以此为开端革新政治，采纳自己的主张。鲁哀公十一年（前484），季康子在冉求的鼓动下迎请孔子回国，孔子在流亡十多年后终于回到了故国。③ 不得中道而与之：此处孔子之语，亦见于《论语·子路》篇。④ 狂狷：朱熹《论语集注》云："狂者，志极高而行不掩；狷者，知未及而守有余。"⑤ 琴张：赵注、朱熹都认为他就是孔子的弟子子张。牧皮：生平无考，赵注云："牧皮行与二人同，皆事孔子学者也。"⑥ 嘐嘐（xiāo）：赵注云："志大言大者也。"⑦ 曰"古之人、古之人"：俞樾《古书疑义举例·简策错乱例》谓此七字是断烂之衍文，下文"曰何以是嘐嘐也"至"踽踽凉凉"三十字原当在此处。"曰何以是嘐嘐也"是万章的问话，"言不顾行"以下是孟子的答话。其说亦通。⑧ 夷：赵注、朱熹皆释为"平"，或谓此系语助词，无义。⑨ 孔子曰：此处引文另有所出，唯最后一句"乡原，德之贼也"见于《论语·阳货》篇。朱熹以此至"何如斯可谓之乡原矣"为万章之问话。⑩ 乡原：朱熹《论语集注》云："乡人之愿者也，盖其同流合污以媚于世，故在乡人之中独以愿称。"⑪ 何以是嘐嘐也：自此至"善斯可矣"，旧注以为是乡原之人的主张。⑫ 踽踽（jǔ）凉凉：朱熹《集注》云："踽踽，独行不进之貌。凉凉，薄也，不见亲厚于人也。"⑬ 阉：此为低下之意。⑭ 莠：田间的杂草，很像禾苗。⑮ 郑声：郑地的乐歌，在春秋战国时很流行，儒家认为"郑声淫"，极力排斥。⑯ 朱：古代以纯色为"正色"、杂色为"间色"。朱即大红色，属正色，紫是间色。⑰ 反经："反"同"返"，"经"犹言正道，朱熹《集注》云："经，常也，万世不易之常道也。"

【导读】

此章的中心思想是告诫人们，要依据"中道"来行事，不合乎"中道"，或者类似于"中道"的行为，都是君子所不取的。这点做好了，才能教育、引导好民众。

孟子曰："由尧舜至于汤五百有余岁，若禹、皋陶则见而知之，若汤则闻而知之。由汤至于文王五百有余岁，若伊尹、莱朱则见而知之①，若文王则闻而知之。由文王至于孔子五百有余岁，若太公望、散宜生则见而知之②，若孔子则闻而知之。由孔子而来至于今百有余岁，去圣人之世若此其未远也，近圣人之居若此其甚也③，然而无有乎尔④，则亦无有乎尔？"

【注 释】

① 莱朱：赵注云："亦汤贤臣也，一曰仲虺。"旧说伊尹与仲虺是汤的左右相，赵注殆据此而言。② 散宜生：周文王时贤臣，后辅佐武王灭商。③ 圣人之居：旧说此指孟子所居之邹与孔子所居之鲁相近。或谓，孟子常以"广居"比拟仁义道德，此处恐亦是此意。亦通。④ 然而无有乎尔：朱熹《集注》引林氏说云："然而已无有见而知之者矣。"

【导 读】

此章从"五百年必有王者兴"的现实出发，历述过去那些具有里程碑性质的圣人。孟子对圣人的传统将会中断感到忧患，告诫人们不要使大道失坠，并隐然以大道继承者自居。编《孟子》的人把这一章作为全书的终结，是有深意的。唐、宋时代的"道统"说即据此而立论，孟子本人也由此被戴上了"亚圣"的桂冠。

《历代名著精选集》书目

黄帝内经
周易
诗经
周礼
左传
国语
论语
孟子
老子
庄子
管子
晏子春秋
商君书
墨子
荀子
韩非子
六韬·三略·阴符经
鬼谷子·本经阴符七术
孙子兵法
孙膑兵法
山海经
列子
吕氏春秋
战国策
楚辞
吴越春秋
新语
新书
礼记
孝经
淮南子
史记
汉书
东观汉记
后汉书
三国志
博物志
西京杂记
搜神记
华阳国志

水经注
世说新语
抱朴子
文心雕龙
金刚经
贞观政要
大唐西域记
唐宋传奇
唐诗三百首
资治通鉴
朱子语类
东京梦华录
容斋随笔
元曲三百首
阳明传习录
徐霞客游记
陶庵梦忆
东华录
扬州画舫录
人间词话
洛阳伽蓝记
颜氏家训
高僧传
诗品·二十四诗品
六祖坛经
史通
茶经
唐语林
宋词三百首
梦溪笔谈
近思录
武林旧事
元朝秘史
本草纲目
日知录
五杂俎
闲情偶寄
阅微草堂笔记
曾国藩家书